Ullstein

Carlo Manzoni

Die Giraffe in der Straßenbahn

Super-Lügengeschichten

Mit Zeichnungen des Autors

Ullstein

ein Ullstein Buch
Nr. 23450
im Verlag Ullstein GmbH,
Frankfurt/M – Berlin
Aus dem Italienischen
von Maria Kern

Ungekürzte Ausgabe
Titel der gebundenen Erstausgabe:
*Die Lügengeschichten
des Carlo Manzoni*

Umschlagentwurf:
Brian Bagnall
Alle Rechte vorbehalten
Taschenbuchausgabe mit
freundlicher Genehmigung der
F. A. Herbig Verlagsbuchhandlung
GmbH, München
© by Albert Langen-Georg Müller
Verlags GmbH, München · Wien
Printed in Germany 1994
Gesamtherstellung:
Ebner Ulm
ISBN 3 548 23450 X

Oktober 1994
Gedruckt auf alterungs-
beständigem Papier mit
chlorfrei gebleichtem Zellstoff

Vom selben Autor
in der Reihe
der Ullstein Bücher:

Die Deutsche Bibliothek –
CIP-Einheitsaufnahme

Manzoni, Carlo:
Die Giraffe in der Strassenbahn :
Super-Lügengeschichten / Carlo
Manzoni. [Aus dem Ital. von Maria Kern]. –
Ungekürzte Ausg. – Frankfurt/M ; Berlin :
Ullstein, 1994
  (Ullstein-Buch ; Nr. 23450)
  ISBN 3-548-23450-X
NE: GT

Inhalt

Der Lügner

Ein Lügner ist und bleibt ein Lügner. Sie haben sicher verstanden, was ich damit sagen will, und alle näheren Erläuterungen erübrigen sich.

Die Lüge ist vollständig oder wenigstens fast vollständig der Wahrheit entgegengesetzt; wenn einer also von einer weißen Sache sagt, sie ist schwarz, haben Sie die vollkommene Lüge.

Aber es ist ganz unnötig, daß ich fortfahre, Ihnen erklären zu wollen, daß dies das und das dies ist, ich will Ihnen ganz etwas anderes sagen. Und zwar folgendes: Es gibt Lügner und Nicht-Lügner. Da gibt's jene, die Lügen erzählen, weil sie Lügner sind. Ein Nicht-Lügner dagegen lügt eben nicht oder nur ganz wenig, und die wenigen Lügen, die er erzählt, hören sich wie Wahrheit an, so daß alle sie glauben. Daraus folgt die Tatsache, daß, wenn ein braver Mann Lügen erzählt, diese für Wahrheiten genommen werden, und eben dieser Lügner gilt als Nicht-Lügner und als fanatischer Verfechter der Wahrheit.

Sie kennen Pippo Trimelli wahrscheinlich nicht.

Pippo Trimelli war ein Mann von ungefähr einsvierundsiebzig oder einsfünfundsiebzig. Er pendelte zwischen einsvierundsiebzig oder einsfünfundsiebzig hin und her, je nach Witterung. Wenn es regnete, war er einen Zentimeter kleiner und bei Sonnenschein einen Zentimeter größer. Aber das hat nichts zu sagen. Viele Dinge, die nichts zu sagen haben, rauben den Menschen die Zeit, aber andererseits sollte man auch die Dinge, die nichts zu sagen haben, kennenlernen.

Ich möchte nicht, daß einem, nachdem er diese Geschichte gelesen hat, die Idee käme zu fragen: Aber dieser Pippo Trimelli, von dem hier die Rede ist, wie groß war er eigentlich?

Irgendeinem kann wirklich einfallen, diese Frage zu stellen. Gut. Jetzt ist dieser Irgendeine zufriedengestellt.

Fahren wir also fort. Pippo Trimelli war, außer daß er zwischen einsvierundsiebzig und einsfünfundsiebzig hin- und herpendelte, auch ein Lügner. Aber kein gewöhnlicher Lügner. Ich will damit sagen, wie es wenige gibt, vielleicht gar keinen mehr wie ihn. Er war einmalig in seiner Art.

Auf seinen Lügen klebte das Etikett »Wahrheit«.

In dem Sinn, daß, wenn er log, ihm alle blind glaubten.

Potenz der Suggestion!

Vielleicht nicht einmal der Suggestion, eher der Überzeugungskraft. Könnte man es so nennen?

Lassen Sie sich von Senafro Grissini erzählen, was ihm eines Tages passierte.

Besser, ich werde es Ihnen berichten, weil es schwierig wäre, Senafro Grissini um diese Zeit aufzuspüren, da er wahrscheinlich auf der Insel Kreta mit der Anfertigung von Krügen zum Einlegen der Oliven beschäftigt ist.

Also eines Tages, als Senafro Grissini seinem Büro zustrebt, hört er Hilferufe. Er lauscht eine Weile. Es sind tatsächlich Hilferufe, verzweifelte Schreie von einem, der sich in großer Not befindet. Der arme Teufel sendet auch noch zwischen einem und dem anderen »zu Hilfe« S.O.S.-Zeichen.

Senafro Grissini schaut sich um und sieht mitten in einer Wiese hingestreckt Pippo Trimelli, der krampfhaft mit den Armen rudert.

Pippo Trimelli sieht Senafro Grissini und schreit ihm zu: »Hilfe! Ich ertrinke!«

»Er ertrinkt?« fragt sich beeindruckt Grissini. Er weiß wohl, daß Pippo Trimelli Nichtschwimmer ist, aber andererseits ist weder Meer noch See, noch irgendein Wasserlauf zu sehen.

Grissini berührt das Gras, auch das Gras ist trocken.

Aber Trimellis Hilfeschreie sind so voll echter Verzweiflung, daß Grissini keine weiteren unnötigen Überlegungen anstellt. Wenn einer am Ertrinken ist, überlegt man nicht lang, ob er im Wasser liegt oder im Gras. Wenn man nicht als Feigling dastehen will, wenn man den Mut hat und keine Angst weder vor Wasser noch vor Gras, denkt man nicht einmal zwei Minuten nach, sondern wirft sich eben hinein.

Um so mehr, als der Schreier Pippo Trimelli ist, dessen Lügen den Stempel absoluter Wahrheit tragen und dem alle auf ersten Anhieb glauben. Was macht also Grissini? Er entledigt sich schnell seines Jacketts, seiner Schuhe und Strümpfe, wobei ihm einfällt, daß es unnötig ist, die Strümpfe auszuziehen, also zieht er sie wieder an.

Dann krempelt er die Hemdärmel auf und wirft sich kopfüber ins Gras. Mit ein paar Schwimmstößen erreicht er Trimelli, packt ihn bei den Haaren und schleppt ihn mühsam auf einen Weg.

Inzwischen haben sich Leute angesammelt, die der Szene zusehen.

»Der arme Teufel war am Ertrinken«, sagt Grissini, »haben Sie gehört, wie er um Hilfe geschrien hat?«

»Ich danke dir«, sagt Trimelli und drückt Grissini die Hand, »du hast mir das Leben gerettet. Aber geh dich jetzt abtrocknen, du bist ja durch und durch naß.«

Grissini nimmt sein Jackett und seine Schuhe auf und geht sich abtrocknen.

Erst zwei Monate später beginnen die Leute zu schimpfen und Trimelli der Lüge zu bezichtigen. Man klagt ihn an, er habe behauptet, in einer vollständig trockenen Wiese zu ertrinken.

Der erste, der dieses Gerücht in Umlauf gebracht hat, ist ein Gegner Trimellis, sein erbittertster Feind, der immer nur die Wahrheit spricht, die er aber so vorbringt, daß alle die Wahrheit für Lüge halten.

Dieser Mensch nun bringt bei einer Gerichtssitzung der Stadtväter vor, daß Trimelli gelogen hat. Man nimmt einen Lokalaugenschein vor und studiert viele Paragraphen. An Ort und Stelle beweist der Feind Trimellis, daß niemand auf einer Wiese ertrinken kann. Ein zweijähriges Kind wird gebracht, das noch nie im Wasser gewesen ist und natürlich auch nicht schwimmen kann. Das Kind wird vorsichtshalber am Rücken festgebunden und dann auf die Wiese gebracht. Es läuft über eine halbe Stunde in ihr herum und kehrt dann quicklebendig zurück.

Trimelli wird vor Gericht zitiert und des Falles angeklagt.

Trimelli grinst nur und sagt, daß alle recht haben, aber auch er sei im Recht, denn an dem Tag, als er im Gras zu ertrinken glaubte, sei seine Uhr stehengeblieben.

Aber alle bemerken, daß er die Geschworenen nur verwirren will. Und so wird er der erwiesenen Lügenhaftigkeit für schuldig befunden und auf die Dauer von zwanzig Jahren als Dauerlügner in betrügerischer Absicht verurteilt.

Von diesem Tag an glaubt keiner mehr Trimelli. Was er auch sagt, alles wird ihm als Lüge ausgelegt.

Sieben Jahre später, an einem regnerischen Tag, fällt Pippo Trimelli in einen tiefen Kanal. Seine Hilferufe ziehen die Menge an, aber alle schütteln den Kopf und rufen aus: »Dieser Lügner! Der meint, wir fallen wieder auf ihn herein wie damals auf der Wiese!«

Sie lassen ihn ertrinken, und der arme Teufel ertrinkt noch immer.

Wer einmal lügt, dem glaubt man nicht . . .

Das Wort genügt

Wenn einer das Vertrauen der Menschen genießt, kann keiner gegen ihn an. Was er auch macht, alles ist in Ordnung, alle sind zufrieden, alle glauben ihm.

Es gibt Menschen auf der Welt, um die sich eine Aura der Unfehlbarkeit gebildet hat, aber mehr noch gibt es solche, die aus persönlichem Interesse an die Unfehlbarkeit eines Menschen glauben, weil sie einen Posten haben möchten oder eine bestimmte Tätigkeit. Alle diese Leute glauben nicht ehrlich, sondern tun nur so, als ob sie glaubten. Sie zeigen, daß sie überzeugt sind von dem, was diese Persönlichkeit tut oder sagt, und sie machen das mit so viel Elan und Hingabe, daß zum Schluß auch die Mißtrauischen bereit sind zu glauben.

Einer dieser Unfehlbaren war ein gewisser Acidulio dal Fegato, der in einem fernen Land lebte. Fern von was und wo? werden Sie fragen. Weit weg von vielen Dingen, weit weg von den Weiden, die auf der Jupiter-Allee stehen, weit weg vom Walroß im Zoo, fern auch der Technischen Hochschule. Er lebte in einem Land jenseits des Ozeans, jenseits aller Meere. Ein Land, das zum Beispiel Peru sein könnte, aber es ist nicht Peru. Nehmen wir an, daß das Land Pero statt Peru heißt, weil die Entfernung so ungefähr die gleiche ist. Die Entfernung dieses Landes von dem unsrigen. Von anderen Entfernungen wollen wir nicht sprechen, weil sie uns nicht interessieren.

Acidulio dal Fegato war in seinem Land ein großer Mann. Groß im Sinne von wichtig. Von allen bewundert, hatte er für sein Land schon eine Menge getan. In wenigen Jahren hatte er die Anzahl der Prellsteine verdoppeln lassen und die alten durch neue, ganz moderne ersetzen lassen; einige von ihnen waren sogar bunt lackiert. Er hatte gestattet, Häuser auf baureife Gelände zu bauen und nicht mitten in der Stadt, wo sie nur den Verkehr behindert hätten. Sein Verdienst war es auch, daß in keinem Landesteil

15

mehr die Möbel wackelten. Im ganzen Land hatte er zu Schleuderpreisen kleine Klötze verkauft, um sie unter Tischen und Stühlen anzubringen. Er tat auch sonst viel Gutes, und das war schön von ihm. Er wollte auf dem laufenden bleiben über den Geschmack der Suppen, und kaum wurde ihm von einer berichtet, die fad schmeckte, kam er schon mit ein paar Körnchen Salz an. Ebenso hatte er versprochen, in den nächsten zwei Jahren dafür zu sorgen, daß alle Schreibmaschinen geräuschlos funktionierten.

Das alles war nicht leicht. Aber für Acidulio dal Fegato gab es keine Hindernisse. Er wurde der einflußreichste Mann des Landes, und wenn ein Entschluß zu fassen war, kamen alle um Rat zu ihm, auch wenn nur eine Feder im Füllhalter auszuwechseln war oder man nicht wußte, ob man eine Katze blau oder in einer anderen Farbe färben sollte.

In den Augen der Peroaner war ihr Land das beste der Welt, denn keiner war noch verreist gewesen und hatte etwas anderes gesehen. Die Nachrichten aus den anderen Ländern nahmen die Peroaner sehr skeptisch auf und fragten sich, wozu es überhaupt andere Länder gebe. Einzig die Schönheiten Peros waren des Ansehens wert. In der Mitte des Hauptplatzes stand ein wasserspeiender Brunnen, das wichtigste Denkmal der ganzen Stadt. Die Menschen blieben stehen und bestaunten ihn. Für sie war es das Schönste, was je von Menschenhand geschaffen wurde. Es gab auch noch andere Schönheiten: die Bäume, die einmal im Jahr Früchte trugen, das Panorama, den Himmel, den Sonnenaufgang und -untergang und manchmal auch den Regen.

Eines Tages machte sich ein Peroaner Bürger auf eine lange Reise. Er wollte sich mit eigenen Augen überzeugen, daß es kein besseres Land auf der Welt gab als das seine. Er reiste viel, und als er heimkehrte, erzählte er Wunderdinge. Die Leute hörten mit offenem Mund und ungläubig zu. Er beschrieb die Züge, die unter der Erde fuhren, die Flugzeuge, die Seilbahnen, die eisernen, kilometerlangen

Brücken, den Eiffelturm, den Petersdom, den Simplontunnel. Seine Zuhörer schüttelten die Köpfe und wunderten sich, woher dieser Mensch soviel Phantasie nahm.

Acidulio dal Fegato fragte ihn bis ins kleinste aus und versuchte, ihn in Widersprüche zu verwickeln.

»Ist der Eiffelturm aus Eisen oder aus Holz?«

»Aus Eisen, glaube ich.«

»Aber sicher sind Sie nicht.«

»Ich bin quasi sicher, doch, ganz bestimmt ist er aus Eisen. Seine enormen Träger ragen zum Himmel.«

»Aber eben haben Sie doch noch von einem unterirdischen Turm gesprochen, der verschiedene Viertel in den Großstädten miteinander verbindet.«

»Von einer Untergrundbahn, Signore. Die hat nichts mit dem Eiffelturm zu schaffen.«

»Es scheint mir, Sie wollen uns verwirren. Sie waren nicht präzise in Ihren Beschreibungen. Sie haben auch von einer Kuppel gesprochen, die St. Peter heißt und dazu dient, zwei Ufer eines Flusses miteinander zu vereinen, und sie soll länger sein als ein Kilometer Eisen.«

»Das ist eine Brücke.«

»Und sie heißt St. Peter?«

»Nein, Signore, St. Peter ist eine Kathedrale.«

»Eine Kathedrale oder eine Kuppel?«

»Eine Kathedrale mit einer Kuppel.«

»Und durch sie fahren Züge und Autos?«

»Nein, Signore, diese fahren auf der Brücke.«

»Aber vorhin haben Sie gesagt, daß die Züge durch unterirdische Tunnel fahren. Kann es denn eine Brücke geben, die ein unterirdischer Tunnel ist? Sie erzählen eine Menge Flausen, das tun Sie. Sie möchten die Einwohner von Pero glauben machen, daß in anderen Ländern Wunderdinge existieren, dabei klingt alles sehr unglaubwürdig.«

»Ich versichere Ihnen, daß alles wahr ist.«

»Können Sie es beweisen?«

»Tja . . . man müßte eben hinfahren.«

»Was Ihnen einfällt, ich soll in der Welt herumreisen, eine Menge Zeit verlieren, nur um zu konstatieren, daß Sie uns einen Haufen Lügen erzählt haben.«

»Sie könnten jemanden schicken.«

»Das ist unnötig, vollkommen unnötig.«

»In vielen Ländern sind in den Häusern Aufzüge, mit denen man bis ins oberste Stockwerk fahren kann. Man braucht keine Treppen zu steigen wie hier bei uns. Diese Aufzüge sind kleine Kabinen, die sich vertikal bewegen.«

»Jetzt reicht es mit diesem Geschwindel!« schrie Acidulio dal Fegato und haute mit der Faust auf den Tisch. »Alle sind davon überzeugt, daß Sie nichts als Lügen erzählen.«

Der Reisende ging beschämt weg. Auf der Straße deuteten die Leute mit den Fingern auf ihn und flüsterten hinter seinem Rücken. Alle lachten ihn nur aus, wenn er von den Dingen erzählte, die er gesehen hatte.

»Also . . . da gibt es riesige Schiffe, die sich auf und ab bewegen und von den Leuten statt der Treppen benützt werden. Dann gibt es eine Untergrundbahn, mit der man auf den Eiffelturm fährt? Aber ist's wirklich wahr, daß es unter der Erde eine Kuppel gibt, die St. Peter heißt?«

Eines Tages wurde es dem Reisenden zu dumm. Er ging nach Hause, wühlte in seinem Gepäck und fand endlich in seinen Sachen ein Foto vom Mailänder Domplatz. Auf diesem Bild schien der Dom enorm und die Leute auf dem Platz waren klein wie Ameisen.

Er lief zu Acidulio dal Fegato und warf das Foto auf den Tisch. »Da, wenn Sie mir schon nicht glauben, sehen Sie sich das an!« sagte er und zeigte auf das Foto. »Das ist der Dom von Mailand.« Signor dal Fegato nahm das Foto in die Hand und betrachtete es. »Fälschung«, sagte er dann.

»Wieso?« schrie der Reisende verzweifelt.

»Eine Fälschung«, wiederholte Signor dal Fegato.

»Aber wie können Sie das behaupten, das ist doch ein Foto!«

»Eine Fotomontage«, sagte Acidulio dal Fegato, »gut gemacht, aber eben eine Fotomontage.«

»Das ist keine Fotomontage«, protestierte der Reisende mit Tränen in den Augen, »das ist eine authentische Fotografie. Was soll ich Ihnen denn noch zeigen? Wie soll ich beweisen, daß der Dom echt ist?«

»Bringen Sie ihn her«, antwortete Signor dal Fegato.

»Hierherbringen?« rief der Reisende verblüfft aus. »Ja, sind Sie sich denn klar über das, was Sie da sagen?«

Signor dal Fegato breitete die Arme aus.

»Tut mir leid«, sagte er, »wenn Sie nicht imstande sind, die Wahrheit zu beweisen, weiß ich wirklich nicht, was zu tun wäre.«

Der Reisende nahm sein Foto und verließ gedemütigt den großen Mann. Alle Peroaner glaubten Acidulio dal Fegato und waren überzeugt, daß der Reisende ein Lügner war.

Pero ist so weit weg, daß ich nicht weiß, wie die Geschichte ausgegangen ist. Ich weiß nur, daß eines Tages Acidulio dal Fegato mit einigen seiner Landsleute in Mailand auftauchte. Kann sein, daß auch sein Land von der Evolution nicht verschont geblieben war und die Peroaner sich entschlossen hatten, ins Ausland zu fahren, um zu sehen, wie es in den anderen Ländern aussah.

Ich bemerkte ihn auf dem Domplatz, umgeben von seinen Getreuen, und alle betrachteten den Dom, ohne etwas zu sagen. Sie warteten auf ein Wort von ihrem Acidulio dal Fegato.

Dieser schüttelte sich plötzlich und schaute seine Freunde an.

»Fälschung«, sagte er und deutete auf den Dom.

»Wenn *Sie* es sagen, glauben wir es«, antworteten alle.

Nur bei einem zeigte sich der Schatten des Zweifels in seinem Blick. »Das sind Kulissen«, sagte Acidulio dal Fegato, »mit Papier und Leinwand bespannte Rahmen.«

Der mit dem Zweifel im Auge seufzte. Dann entfernte

er sich einige Schritte, nahm einen Anlauf und landete mit dem Kopf an der steinernen Grundmauer.

Man hörte ein dumpfes Geräusch, und der mit dem Zweifel im Blick fiel mit gebrochenem Schädel auf das Pflaster.

»Geschieht ihm recht«, sagte Acidulio dal Fegato, »jetzt hat er wenigstens gelernt, was es heißt, kein Vertrauen zu meinen Worten zu haben. Ihr aber habt Vertrauen zu mir, nicht wahr?«

»Aber sicher«, sagten die anderen, »unbegrenztes Vertrauen.«

Sie hoben den Armen mit dem gebrochenen Schädel auf und kehrten in ihr Land zurück, wo sie alle miteinander großartige Karrieren machten.

Die Flaschenpost

Michele Stupefatto neigte den Kopf und zeigte so mitten auf dem Kopf eine große kahle Stelle, die von einer ungefähr acht Zentimeter langen Narbe durchzogen war.

»Wir möchten die Geheimnisse der Natur entschleiern. Wir suchen. Wir stellen uns Fragen und wollen die Antwort finden«, sagte Michele. »Das sollte man nicht tun. Dies hier ist die Antwort auf eine der vielen Fragen, die ich mir stellte«, fuhr er fort und zeigte auf die Narbe auf seinem Scheitel, »denn ich stellte mir wahrscheinlich mehr Fragen als andere. Es ist eine fixe Idee von uns, eine Manie.

Wir wollen die Grenzen, die uns gesteckt sind, überschreiten. Schicksal, Verhängnis, Zufall. Dies sind hauptsächlich die Probleme, die wir lösen möchten. Ist unser Schicksal schon irgendwo festgelegt, ist unser Ende vorbestimmt schon bei unserer Geburt? Haben wir selbst Einfluß auf unsere Zukunft? Können wir unsere Zukunft bestimmen? Tun wir es, oder folgen wir doch nur einem Gesetz, das unseren Willen leitet und dem wir folgen müssen? Wann greift der Zufall in unser Schicksal ein? Ist es dieser Zufall, der uns gewisse Personen in den Weg schickt, der uns etwas tun läßt, oder ist es nur eine einfache Tatsache, was aber nicht sein kann, wenn auch die kleinsten Dinge vorbestimmt sind. An all das dachte ich und quälte mich damit herum. Einige sind für Tatsachen, andere für das Schicksal. Einige behaupten, daß unser Leben Minute für Minute abläuft und daß nichts vorbestimmt ist, andere sagen, daß unser Leben im ›Großen Schicksalsbuch‹ geschrieben steht, der Bleistift, den man spitzt, der Schuhsenkel, der abreißt, die Spaghetti, die verkocht sind, und all die winzigen Dinge, die uns Sterblichen zustoßen. Auch die unbedeutendsten Vorkommnisse, wie zum Beispiel der Kaffeefleck auf der Krawatte, können den Ablauf unseres Lebens ändern. Das Problem ist nur: Ändert es sich wirklich, oder war es von Anfang an so bestimmt? Das Dumme ist, daß man das Leben nicht zurückdrehen kann, um dann zu sehen, ob es anders geworden wäre, wenn . . .

Man bleibt immer in der Theorie hängen und weiß nicht einmal, von welcher Seite beginnen bei einem solchen Experiment.

Ich habe viele Experimente gemacht auf diesem Gebiet, aber sie haben mir keinerlei Gewißheit vermitteln können.

Nur die Narbe auf meinem Schädel«, sagte Michele Stupefatto, »ist das Endresultat aller meiner Versuche und hat mich zu dem Entschluß gebracht, auf die Lösung aller meiner Probleme ein für allemal zu verzichten.

Schon in jungen Jahren habe ich mir Gedanken gemacht über vieles und habe versucht, entweder nichts dem Zufall zu überlassen oder diesen Zufall zu provozieren. Ungefähr so: Ich ging auf der Straße und fragte mich, ob mir all die Personen und Dinge, die mir begegneten, auf einer anderen Straße genauso begegnet wären oder ob mir ganz etwas anderes zugestoßen wäre. Ich sah Dinge, die ich sicher nicht gesehen hätte, wenn ich woanders gegangen wäre. Ein sehr kompliziertes Problem.

Ab und zu stellte ich mich unter ein Haustor. War dies nun Bestimmung oder freier Wille?

Es war unmöglich, darüber Klarheit zu erhalten. Dann blieb ich hier und da zehn Minuten länger im Bett: Diese verlorenen zehn Minuten konnten etwas bedeuten in meinem Leben. Eines Tages riß ich von meiner Jacke einen Knopf ab. Das hatte *ich* entschieden. Ich hätte gewettet, daß in meinem Schicksalsbuch nichts geschrieben stand von diesem abgerissenen Knopf. Er war fest angenäht gewesen, und der Entschluß, ihn abzureißen, war mir spontan gekommen. War die Theorie der Vorbestimmung richtig, konnte ich in diesem Fall sicher sein, die Eintragungen im Schicksalsbuch ganz schön durcheinandergebracht zu haben.

Mit dem Knopf in der Hand ging ich den ganzen Nachmittag herum auf der Suche nach einer Idee: Logisch wäre gewesen, mir in der Pension, in der ich damals wohnte, den Knopf annähen zu lassen. Diese Idee ließ ich fallen. Der Knopf sollte dazu dienen, mein Leben zu ändern, und tatsächlich fand ich ein Geschäft mit der passenden Aufschrift.

Es war eine Wäscherei. Ich ging hinein und bat ein Mädchen, das bügelte, mir den Knopf anzunähen. Sie tat dies mit soviel Charme und Liebreiz, daß ich sie abends vor dem Geschäft erwartete.

Einige Zeit später wurde sie meine Frau. Ich hätte nun besonders gern gewußt, was im Schicksalsbuch stand. Sicher hatte ich alle Pläne durcheinandergebracht. Vielleicht war mir eine andere Frau bestimmt, die ich irgendwann kennengelernt hätte, bei einer ganz anderen Gelegenheit. Vielleicht ganz zufällig? Aber dann hatte ich auch das Schicksal des Mädchens, das ich gar nicht kannte, durcheinandergebracht. Wer war es? fragte ich mich. Was tat es gerade? Vielleicht findet sie nun keinen

Mann mehr und wird eine alte Jungfer, durch meine Schuld.

Wenn ich mir nicht selbst den Knopf abgerissen hätte, wäre ich ihr wahrscheinlich begegnet und *sie* wäre meine Frau geworden. Und was wäre mit meiner jetzigen Frau geschehen? Ich hätte denen, die an die Vorbestimmung glauben, beweisen können, daß ich durch das einfache Abreißen eines Knopfes mein ganzes Schicksal durcheinandergebracht hatte.

Wenn es überhaupt solche Schicksalsbücher gab, dachte ich dann, wahrscheinlich ist eben doch alles dem Zufall anvertraut. Zufrieden war ich trotzdem nicht. Ich betrieb meine Experimente weiter und tat oft das Gegenteil von dem, was ich hätte tun wollen. Unter den verschiedensten Versuchen war auch der mit der Flasche, und gerade dieser bestimmte mich, meinen eingeschlagenen Weg zu ändern, aber es dauerte lange. Acht Jahre brauchte ich, um mit meinen Experimenten aufzuhören, und ich tat es eigentlich gezwungenermaßen, denn sonst wären alle Projekte ins Nichts versunken. Ich hatte endlich begriffen, daß es wirklich für jeden von uns ein Schicksal gibt und daß, wenn ich so fortfuhr, ein fürchterliches Durcheinander entstanden wäre, aus dem ich nie mehr einen Ausweg gefunden hätte.

Meine Idee mit der Flasche war folgende: Ich nahm eine Flasche, ein Blatt Papier und einen Umschlag. Ich schrieb: ›Wer immer diese Botschaft erhält, wird gebeten, an meine Adresse zu schreiben und mir die seinige mitzuteilen. Ich möchte mit dem Finder in Verbindung treten.‹

Ich tat die Botschaft in den Umschlag, versiegelte ihn, schob den Brief in die Flasche und verschloß sie luftdicht.

Ich ging auf die Po-Brücke (ich war damals in Turin) und warf die Flasche in den Fluß. Ich sah, wie sie von den Wellen davongetragen wurde. Hatte ich nun diese neue Bekanntschaft durch die Flasche dem Zufall überlassen? Wer wird sie finden? Vielleicht jemand am Po-Ufer, oder vielleicht wurde die Flasche durch die Fluten bis nach Sizilien getragen oder nach Griechenland, nach Ägypten, nach Amerika? Es konnte sein, daß mir eines Tages ein Neger schrieb oder ein Indianer, wenn meine Botschaft gefunden wurde. War der Name dieser Person in meinem Schicksalsbuch verzeichnet? Aber die Idee der Flaschenpost war mir plötzlich gekommen, und sie konnte logischerweise gar nicht vorbestimmt gewesen sein. In der ersten Zeit dachte ich immerfort an die Flasche und versuchte, mir ihren Reiseweg vorzustellen, wie sie von den Fluten fortgetragen wurde. Aber die Zeit verging, und ich erhielt keinerlei Botschaft. Ich machte viele andere Experimente und vergaß darüber die Flasche.

Acht Jahre waren vergangen, als ich mich eines Nachmittags an der Küste des französischen Mittelmeeres befand. Es regnete. Kurz vorher war ein Orkan aufgekommen, und die Wellen brachen sich mit ohrenbetäubendem Krach am Ufer. Ich betrachtete die entfesselten Elemente. Ich war allein am Strand, schwarze Wolken ballten sich über mir zusammen. Einige Regentropfen fielen. Plötzlich fühlte ich einen heftigen Schlag und fiel ohnmächtig nieder. Als ich wieder zu mir kam, sah ich neben mir Blut in den Sand tropfen. Flaschenscherben lagen da, zwischen denen ich einen Brief entdeckte . . . meinen Brief, den ich vor acht Jahren versiegelt hatte. Ich war zutiefst erschüttert. Die Flasche war von oben auf mich gefallen. Dieses Phänomen war erklärlich. Eine Windhose hatte sie vom Wasser emporgetragen und auf mich geschleudert. Gab es so etwas überhaupt? Ausgerechnet ich, unter Millionen Menschen, mußte nach acht Jahren meine eigene Flasche wiederfinden! Irgend etwas stimmte da nicht, ich öffnete den Umschlag und nahm meinen Brief heraus. Es war der meinige, aber die wenigen Zeilen darauf waren nicht von mir geschrieben.

›Lieber Michele Stupefatto‹, stand da zu lesen, ›es ist höchste Zeit, daß du dich endlich nur um deinen eigenen

Kram kümmerst.‹ Nun wurde mir klar, daß ich bei *dem,* der unsere Geschicke lenkt, gräßliche Verwirrung gestiftet hatte . . . Ich beendete ein für allemal diese Tätigkeit. Ich tue nichts mehr, als mich meinem Schicksal anzuvertrauen, ohne den leisesten Versuch, in den Ablauf der Dinge einzugreifen.«

Der Erfinder

Der große Saal war überfüllt. Überfüllt wie ein Bahnhof zur Urlaubszeit. Nur daß auf einem Bahnhof die Menge steht und geht, manche rennen sogar, und die meisten haben Gepäck. In diesem Saal nichts von alledem, keiner rannte, keiner hatte Gepäck, und die standen, taten es nur, weil es keine Sitzplätze mehr gab. Sie wissen schon, wie es bei diesen Gelegenheiten zugeht: Man protestiert, weil die Leute Ihnen die Sicht nehmen, bleiben-Sie-doch-hinten, merken-Sie-nicht, daß-Sie-auf-mir-sitzen, Sie-wissen-wohl-nicht, wer-ich-bin usw. In dem usw. sind auch die Füllfederhalter enthalten, die Knie, die Hüte und alles, was in so einem übervollen Saal enthalten ist.

Es war ein melancholischer Septembernachmittag, an dem viele zu den Seen fuhren oder auch zu Hause blieben. Die aber in dem überfüllten Saal waren weder an den Seen noch zu Hause geblieben.

Gelehrte waren es, verschiedener Fakultäten, versteht sich, weil Professor Duilio Canzonati gewünscht hatte, daß alle bei seiner Konferenz zugegen waren.

Gelehrte in Geographie, Geschichte, in lebendigen und toten Objekten, in flüssigem und festem Gas, in Tasten, in Lebensmitteln, elektrischen Apparaten und anderem.

Aus allen Teilen der Welt waren sie erschienen, einige von sehr weit her, denn der Ruf des Professors Duilio Tannasio Canzonati war sehr verbreitet.

25

Sogar in Uganda sprach man ab und zu von ihm, meistens um vier Uhr nachmittags.

Und nicht nur in Uganda, auch in anderen, noch unbekannteren Gegenden.

Worauf nun basierte seine Berühmtheit? Auf seinem nur den Studien gewidmeten Leben.

Er war einer der berühmtesten Wissenschaftler der Welt. Sogar der berühmteste. Andere Gelehrte unterbrachen wenigstens hier und da ihre Studien, um in den Tabakladen zu gehen oder mit der Straßenbahn zu fahren, was ich nur als Beispiel anführe. Es gab nichts, das ihn auch nur einen Augenblick von seinen Studien hätte abhalten können.

Nicht nur das, niemand konnte in Erfahrung bringen, was der Gelehrte studierte. Sein Studienobjekt war ein Geheimnis, und er wußte es in jeder Hinsicht zu wahren.

Er bewohnte eine Villa außerhalb der Stadt. Keiner konnte sie betreten, keiner konnte sie verlassen.

Die Tatsache, daß nie jemand die Villa verließ, hatte einmal sogar bei der Polizei Verdacht erregt. Sie stellte gewissenhafte Recherchen an, aber daß nie jemand die Villa betrat, genügte ihr als Erklärung, warum sie nie jemand verließ, und so wurden die Recherchen eingestellt.

Alle Gelehrten der Welt waren in Sorge, daß er eine umwälzende Entdeckung machen würde, aber es fehlte ihnen jeder Anhaltspunkt, auf welchem Gebiet der Professor arbeitete.

Endlich verbreitete der Professor die Nachricht, er würde seine Entdeckung der Welt vorstellen. Seine große Entdeckung.

Gab es je eine größere Aufregung als die, welche die Gelehrten bei dieser Nachricht erfaßte? Es gab keine. Viele fielen in Ohnmacht, als sie davon hörten.

Die Nachricht verbreitete sich in der ganzen Welt, und alle eilten dem Zusammenkunftsort entgegen.

Professor Duilio Tannasio Canzonati hatte beschlossen,

seine Konferenz im »Saal der Geräusche« abzuhalten. Dort würde er seine Entdeckung der Öffentlichkeit vorstellen.

Obwohl an diesem Septembernachmittag der Saal überfüllt war wie ein Bahnhof zur Urlaubszeit, waren die anliegenden Straßen und Plätze noch voll von Gelehrten, die im Saal keinen Platz mehr bekommen hatten.

Die aus den entlegensten Gegenden Gekommenen protestierten, aber ihre Proteste zielten ins Nichts. Man sah einige Gelehrte weinen aus Kummer, andere boten phantastische Summen, um wenigstens ins Innere zu kommen.

Verschiedene versuchten, sich mit den Ellbogen Platz zu schaffen, einige hatten einen Tunnel unter dem Pflaster gegraben und waren bis zum Fußboden des Saales vorgedrungen, aber die Menge, die den Saal füllte, machte einen Ausstieg unmöglich.

Da nichts zu machen war, beruhigten sich die draußen Gebliebenen und begnügten sich, von den Kollegen im Saal über die große Entdeckung wenigstens mündlich informiert zu werden.

Punkt sechzehn Uhr hatte Professor Duilio Tannasio Canzonati seinen Auftritt. Schnellen Schrittes kam er aus einer kleinen Tür zu einem kleinen Tisch auf das Podium.

Beifall rauschte auf und dauerte gute zehn Minuten. Dann trat Ruhe ein. Man hörte das Herzklopfen der Menschen in Erwartung der großen Entdeckung.

Der Professor sah aus wie ein Siebziger, er konnte auch älter oder weniger alt sein. Das passiert ja oft, daß einer so und so alt aussieht, was aber dann nicht stimmt. Aber dafür können wir nichts.

Er war sehr elegant gekleidet. Man sah an seinem Krawattenknoten, daß er seiner Toilette viel Zeit gewidmet hatte, was bewies, daß seine Studien abgeschlossen waren und er sich nun anderen Dingen widmen konnte.

In absoluter Stille ergriff der Professor das Wort. Er begann beim Anfang, das heißt, er gab eine klare Schilderung seines Gelehrtenlebens. Er sagte, daß er von klein auf sich zu Entdeckungen hingezogen gefühlt hatte. Die Blumen hatten es ihm besonders angetan, dann die Pflanzen, später die Insekten. Die Steine hatte er studiert und auch die Lehre vom Raum. Er ging nicht auf Details ein. Das Ziel dieser Konferenz war, dem Publikum das wichtigste Phänomen der Welt vorzustellen, der Studien würdig und aller Aufmerksamkeit wert. Der große Augenblick war gekommen, und er bat das Publikum, sich nicht vom Enthusiasmus hinreißen zu lassen, wenn es seine Entdeckung kennenlerne.

»Es handelt sich nicht um eine neue Bombe oder Bombenabwehr«, sagte der Professor, »es ist auch keine Weltraumrakete, um auf irgendeinem Planeten zu landen, es handelt sich um etwas viel Wichtigeres, um dies.«

Er machte ein Zeichen, und zwei Diener brachten eine Kiste, die sie vor dem Tischchen auf das Podium stellten. Alle applaudierten frenetisch.

»Nicht die Kiste, die Sie hier sehen, ist meine Entdekkung«, sagte der Professor, »aber der Inhalt. Ich stelle das ausdrücklich fest, damit keine Irrtümer entstehen können. Sie applaudieren einer Kiste, aber ich bitte Sie, noch zu warten. Der Augenblick ist noch nicht da.«

Langsam hob er den Kistendeckel, ein junger Mann stieg heraus und stellte sich neben den Professor.

Ein junger Mann um die Zwanzig, nur mit einer Badehose bekleidet, mit tiefgebräunter Haut wie nach einer langen Sonnenbadekur. Der Professor verbeugte sich lächelnd und zeigte auf den jungen Mann.

»Hier«, sagte er, »haben Sie die vollkommenste menschliche Maschine.«

Ein nie gehörter Beifall brach aus. Minuten um Minuten dauerte er und schien nicht enden zu wollen.

Mit einer Geste bat der Professor um Ruhe.

Als es im Saal still wurde, ergriff er das Wort.

»Kein Trick, meine Herrschaften. Das ist ein Mensch und nichts anderes als ein Mensch. Er bewegt sich ohne besondere Mechanismen. Wie Sie sehen, gibt es weder elektrische Drähte noch Kabel, keine Batterien, keine Federn, keine Aufziehungsmechanik. Er bewegt sich aus eigenem Antrieb.«

Er bat ihn, den linken Arm zu heben, und der junge Mann hob den linken Arm, er bat ihn, den Kopf zu beugen, und der Junge beugte den Kopf. Dann bewegte er sich einige Schritte nach vorne, drehte sich um, verbeugte sich, hob dann eine Zigarette auf, die dem Professor heruntergefallen war, und legte sie auf das Tischchen.

Der Professor schaute ihm glücklich lächelnd und zufrieden zu. Das Publikum begann wieder zu applaudieren.

Dann bat der Professor den Jungen, sich zu setzen, und er setzte sich auch, das Publikum hatte sich wieder beruhigt, und der Professor ergriff wieder das Wort.

»Es ist unnötig, Ihnen Erklärungen geben zu wollen. Ich bin nach vielen, vielen Jahren intensivsten Studiums zu diesem Ergebnis gekommen. Um genau zu sein, nach sechzig Jahren. Nach dieser langen Zeit ist es mir klargeworden, daß dies die beste Maschine ist, die je erfunden wurde. Es ist nicht übergroße Bescheidenheit, wenn ich Ihnen sage, meine Damen und Herren, daß ich der Erfinder dieser Maschine bin . . .«

»Das ist nicht wahr!« schrie eine Stimme, und sofort wurde sie überschrien von allen, daß der Professor zu bescheiden sei, in diesem Fall sei Bescheidenheit eine Sünde usw.

Der Professor lächelte und forderte durch eine Geste nochmals Ruhe. »Ich möchte sehen«, sagte er, »ob es heute einen Wissenschaftler gibt, ob es je einen gegeben hat, ob es je einen geben wird, der diese Vollkommenheit erfinden könnte.«

»Das gibt es nicht, das gibt es nicht!« schrie die Menge.

In diesem Moment beugte sich der junge Mann an das Ohr des Professors, und dieser wandte sich an das Publikum.

»Er friert«, sagte der Professor, und sofort erhob sich im Saal ein Stimmengemurmel, ein Murmeln der Ungläubigkeit.

»Wie ist das möglich?« sagte einer. »Da muß ein Trick dabei sein.«

Der Professor bat den jungen Mann mit lauter Stimme zu wiederholen, was er kurz vorher gesagt hatte.

»Klar«, sagte der junge Mann, »mich friert, ich bin ja in der Badehose!«

Der Applaus brach wieder aus, während die Saaldiener einige warme Sachen brachten, die der junge Mann hinter einem Paravent anzog.

Dann stürmte die Menge auf das Podium, hob den Professor auf die Schultern und trug ihn im Triumph hinaus. Der junge Mann ging inzwischen in die nächste Bar und bestellte einen Espresso.

Die in der Nähe Stehenden betrachteten ihn voll Verwunderung, als er seinen Kaffee schlürfte, nicht anders als einer von ihnen.

Der Fotoapparat

Wir kauften einen Fotoapparat. Einen prachtvollen Fotoapparat, vollkommen in jeder Hinsicht: das allerneueste Modell, ein besseres konnte in der ganzen Welt nicht existieren.

So begannen wir also zu fotografieren. Wir knipsten alles, nur so zur Übung, und dann, man weiß ja, wenn einer einen Fotoapparat ersteht, fotografiert er alles, was ihm vor die Linse kommt.

Es gelangen uns wunderbare Aufnahmen. Fotos von Monumenten, Häusern, Straßen und Plätzen, Bergen und Dörfern und unzähligen anderen Motiven. Vorher war es uns nie in den Sinn gekommen, wie viele Dinge in der Welt man aufnehmen konnte. Die Welt ist voll von fotogenen Motiven. Selbst vor dem Foto einer Birne oder Traube standen wir verzaubert und mit offenem Mund.

»Was für eine herrliche Birne und welch prächtige Traube!« riefen wir aus. Viel schöner als in Wirklichkeit erschienen uns die Birne und die Traube. Nun ja, so geht es eben zu, wenn man zum erstenmal einen Fotoapparat in der Hand hält.

Wenn ich fotografierte, schaute Heribert Crucchi mir zu, wenn er fotografierte, schaute ich ihm zu. Wir berieten uns gegenseitig über die Einstellung und die Blende und über die günstigste Art, wie man den Apparat halten sollte.

Eines Tages beschlossen wir, unser Hobby zu vervollständigen, womit ich sagen will, daß wir unsere Begeisterung bis zu dem Punkt vortrieben, uns nicht mehr auf das Knipsen zu beschränken. Wir wollten unsere Filme selbst entwickeln und auch Abzüge davon machen. Um diese do-it-yourself-Methode richtig anzupacken, informierten wir uns bei Freunden und Fachleuten. Damit diese uns alles zeigen konnten, richteten wir uns in meiner Wohnung eine Dunkelkammer ein, kauften Säuren und Schalen, kurz alles Nötige zum Entwickeln, Abziehen und Vergrößern unserer Aufnahmen.

Viel Zeit ist vergangen seit damals, wir machen nun großartige Fotos und haben alles bis zur Perfektion erlernt. Leider ist Heribert ein wenig unscharf geworden, und daran bin ich schuld, aber wer konnte so etwas voraussehen? Es kommt nur daher, daß ich damals noch zu wenig Praxis hatte. Aber wenn Heribert auch ein wenig unscharf war, es ging ihm ganz gut, und wenn er sich auch ab und zu bei mir beklagte und sich mit mir anlegte, verging sein Groll doch schnell wieder, aber es hatte schon seine Zeit gekostet, bis er mir verzieh.

Der Fall passierte an einem Herbstmorgen. Es war ein wundervoller Herbst, und wir waren mit unserem Fotoapparat in die Gegend gewandert, die sich an die Peripherie der Stadt anschließt. Wir wollten die goldgelben Blätter der Bäume aufnehmen und die Alleen, ganz bedeckt von eben diesen abgefallenen, toten Blättern.

Ein zauberhafter, leichter Nebel hüllte die Landschaft ein und die Häuser der Peripherie. Die Sonne vergoldete diesen Nebel und schuf die ideale Atmosphäre für die Aufnahmen, die wir uns vorgenommen hatten.

Wir machten viele Bilder, und als die Filmspule zu Ende ging, kam es Heribert in den Sinn, sich selbst aufnehmen zu lassen. Wir hatten noch nie versucht, von uns Fotos zu machen, und die Idee war also gar nicht so abwegig. Das Ausschlaggebende war, daß in diesem Moment *ich* den Apparat in der Hand hatte. Hätte Heribert ihn in der Hand gehabt, wäre von *mir* eine Aufnahme entstanden und *ich* wäre jetzt wahrscheinlich der Unscharfe.

Statt dessen war ich sofort mit seinem Vorschlag einverstanden und gab ihm an, wo er sich hinstellen sollte. Er stellte sich also in Positur, ich richtete das Objektiv auf die richtige Schärfe ein und fragte ihn, ob er bereit sei.

Keine Ahnung hatte ich in diesem Moment, was geschehen würde. Er sagte, er sei bereit, und ich drückte aufs Knöpfchen. Ich hörte das Geräusch des Auslösers und hob den Kopf.

Heribert Crucchi war nicht mehr da. Bleich starrte ich auf die Landschaft vor mir. Vollständig verwaist. Rechts und links Felder und nichts als Felder. Der leichte Nebel vergoldete immer noch die Landschaft. Von Heribert Crucchi keine Spur: Er war urplötzlich verschwunden, weg.

Ich konnte mir diesen Vorgang nicht erklären. Er hatte sich nicht gerührt, während ich auf den Auslöser drückte, ich sah ihn im Fotospiegel in voller Größe und lächelnd vor mir stehen. Ich schaute auf, und Heribert war nicht mehr vorhanden.

Ich rief ihn mit lauter Stimme, niemand antwortete mir.

Ich blieb eine Weile wartend stehen, es wurde mir aber bald klar, daß das keinen Sinn hatte, und so machte ich mich verwirrt auf den Heimweg.

Wie sollte ich dieses mehr als sonderbare Verschwinden erklären? Und wie war es überhaupt möglich, daß er sich so plötzlich entmaterialisieren konnte? Ich kann meinen Geisteszustand jenes Morgens nicht beschreiben.

Vielleicht hatte ich geträumt, dachte ich, und war allein fotografieren gegangen. Aber ich erinnerte mich ganz genau, daß Heribert Crucchi mit mir war und wir viele Aufnahmen miteinander gemacht hatten.

Dann hoffte ich, ihn zu Hause wartend vorzufinden. Nichts. Die Wohnung war verwaist, und ich stürzte in die Dunkelkammer, nahm den Film aus dem Apparat und begann, ihn zu entwickeln.

Ich sah die Motive sich nach und nach verdeutlichen, und auf dem letzten Film erschien Heribert Crucchi in Person. Der Traum war aus.

Ich wartete, bis der Film trocken war, schnitt dann die letzte Aufnahme ab und betrachtete sie durch das Vergrößerungsglas. Es war er, ich hatte mich nicht getäuscht. Auf dem Negativ war er deutlichst zu erkennen.

Ich machte sofort einen Abzug und tauchte das Papier in das Entwicklungsbad.

Ich erinnere mich ganz genau, daß ich das Papier zwischen Daumen und Zeigefinger hielt und daß die Säure meine ganze Hand bedeckte. In dem schwachen Rotlicht der Dunkelkammer konnte ich das Innere der Schale nicht genau erkennen, aber plötzlich fühlte ich etwas sich an meinen Zeigefinger klammern, und eine schwache Stimme rief: »Hör doch auf, du Idiot, du ersäufst mich ja!«

Ich knipste das Licht an und sah einen ungefähr sechs Zentimeter kleinen, pudelnassen, an meinen Zeigefinger geklammerten Heribert, der aus dem Säurebad zu steigen versuchte, indem er sich an meinen Hemdärmel klammerte.

Ich nahm die Hand aus der Schale und hievte Heribert Crucchi auf die Tischplatte.

Ich war entsetzt. Der tropfnasse Heribert trocknete sein Gesicht und setzte sich dann auf einen Bleistiftstummel, der auf dem Tisch lag.

»Du hast mich ja fein zugerichtet!« schrie er mit so schwacher Stimme, daß sie kaum zu hören war.

»Ich kann doch nichts dafür!« sagte ich. »Ich habe nur geknipst. Der Apparat muß kaputt sein oder was weiß denn ich!«

»Ich bin kleiner als eine Zigarette!« jammerte er und fing zu weinen an.

Ich weinte mit ihm, aber mit Weinen löst man kein Problem. Drum hörten wir damit auf und begannen nachzudenken, was zu machen sei. »Also«, sagte Heribert, »wenn du wenigstens eine Vergrößerung machen könntest . . .«

Ich nahm sofort das Negativ und begann mit dem Vergrößerungsapparat zu hantieren, und da bemerkte ich erst, daß die Aufnahme ein wenig unscharf war. Nicht sehr, versteht sich, aber sie war eben nicht ganz scharf. Das Foto selbst mochte hingehen, aber stark vergrößert würde es sehr unscharf sein.

Nun, wenn schon; immer besser ein unscharfer Freund in Normalgröße als ein scharfer so kleiner.

Ich tauchte das Papier in die Entwicklungsschale.

Der kleine Heribert hatte sich an den Rand der Schale gelehnt und überwachte mit Argusaugen den Fortgang der Arbeit. Ich bemerkte, daß mit dem Erscheinen seiner Figur auf dem Papier der ganz kleine Heribert nach und nach verschwand.

Als er sich ganz entmaterialisiert hatte, kam ein ungefähr fünfundzwanzig Zentimeter großer Heribert schwimmend an den Rand der Schale, und ich half ihm heraus.

Tropfnaß sprang er auf den Tisch, trocknete sein Gesicht und setzte sich dann auf den Aschenbecher.

»Jetzt ist's schon besser«, sagte er, »aber ich bin natürlich noch nicht zufrieden.«

Ich war es auch nicht. Er war noch zu klein, und das sagte ich ihm auch.

»Wem sagst du das?« fragte er. »Das weiß ich selber. Du mußt mich unbedingt wieder auf Normalgröße bringen.«

Ich beschaute ihn aufmerksam und sagte ihm, daß er unscharf war und daß, wenn er noch größer käme, es zu sehr auffiele.

Er fing zu schreien und zu toben an. Er fragte mich, was ein fünfundzwanzig Zentimeter kleiner Mann in dieser Welt zu suchen habe.

Ich versuchte ihn zu beruhigen und holte schnell ein wesentlich größeres Kopierpapier. Dann bereitete ich die Lösung in der Badewanne zu.

Noch einmal warnte ich ihn: »Du wirst sehen, daß du viel zu unscharf kommst.«

»Macht nichts«, gab er mir zur Antwort, »lieber unscharf als so klein.«

Als er der Badewanne entstieg, war er nur wenig unter Mittelgröße: vielleicht zehn Zentimeter kleiner. Als er es bemerkte, fing er zu streiten an, aber als ich ihm dann einen Spiegel brachte, raufte er sich die Haare: Um weitere zehn Zentimeter vergrößert, wäre er absolut unkenntlich geworden, denn er war schon jetzt sehr unscharf.

Wir stritten uns eine Weile herum, er warf mir vor allem vor, daß ich den Apparat nicht scharf eingestellt hatte, aber meine Ausrede war plausibel: Ich war schließlich kein Fachmann. Jetzt sind wir beide wirkliche Fachleute geworden und stellen unseren Apparat so scharf ein, daß man die Aufnahmen auch tausendfach vergrößern könnte. Er verlangt ab und zu von mir, mich von ihm knipsen zu lassen, aber ich tue ihm nicht den Gefallen, denn ich bin sicher, daß er sich revanchieren würde und mich womöglich noch unschärfer aufnähme.

Und ich bin nicht einmal sicher, ob er mich auf Normalmaß vergrößern würde. Um sich zu rächen, wäre er imstande, mich auf Format vier mal fünf zu belassen. Und was soll dann ein so kleiner Mann in dieser Welt anfangen?

Die Geheimgesellschaft

Wer hatte als erster die Idee von der Geheimgesellschaft? Wer erinnert sich noch nach so langer Zeit? Wahrscheinlich war der Plan erst bei einem, dann bei einem anderen aufgetaucht. So etwas lag in der Luft und war für alle eine Sensation. Die Sensation, daß man etwas tun mußte. Heute bin ich sicher, daß alle auf einmal die Idee hatten.

Anfangs waren wir nur drei oder vier. So blieb es einige Monate lang, dann waren wir dreißig, vierzig und fünfzig, die Bewegung breitete sich aus und blieb nur mehr bis zu einem gewissen Punkt geheim.

Aber es ist dumm, zu erzählen, was nachher war, wenn man nicht weiß, wie es anfing. Bei allen Dingen ist es gut, beim Anfang zu beginnen und dann bis zum Ende weiterzumachen. Wer am Ende beginnt, irrt.

Also eines Tages besuchten wir Solleone Bluastro in seiner großen Stadtvilla, wo er mit seiner Familie wohnte. Wir waren mit ihm befreundet und verbrachten die Zeit mit Diskussionen. Wir diskutierten über alles, auch über Politik. Wir sprachen von Geheimgesellschaften, von Aufständen, wir brachten alles durcheinander und waren in gewissem Sinn eher radikal.

Die Familie Bluastro war eine brave Bürgersfamilie, die auch so lebte und für Originalitäten nichts übrig hatte. Sie begnügte sich, ihre Bürgerpflichten zu erfüllen, sich den Zeiten anzupassen und die Gesetze zu respektieren. Solleone selbst war ein wenig Rebell, der oft den Wein aufs Tischtuch schüttete, nicht aus Unachtsamkeit, sondern weil er die Ordnung durchbrechen wollte.

An diesem Tag zogen wir uns alle miteinander in den Keller zurück. »Das ist die richtige Umgebung für uns«, sagte Unchilo Costatanto, »ein Gewölbe, fern von Geräuschen und Lärm, das nur wenigen zugänglich ist. Ein geheimer Ort, wo wir endlich unseren rebellischen Instinkten freien Lauf lassen können.«

Die Idee der Rebellion spukte wahrscheinlich schon lange in unseren Köpfen, und nach den Worten Unchilos war uns klar, was wir zu tun hatten. Wir besprachen also unsere Pläne und versuchten, sie während dieser Sitzung in die Praxis umzusetzen. Wir gründeten an diesem denkwürdigen Tag die L. G. J. V., die »Liga gegen jedes Verbot«, dann trennten wir uns und gingen ans Werk.

Wir waren jung damals und fühlten uns unterdrückt. Unterdrückt von den Gesetzen und Verordnungen. Wir wollten uns von den Ketten der Obrigkeit befreien, die uns immer und überall einengten. Wir kamen uns vor wie in einem Schraubstock. Das Rauchverbot in Kinos schien uns untragbar. Wir rauchten zwar nicht, aber die überall angebrachten Plakate »Rauchen verboten« trieben uns dazu, Zigaretten zu kaufen und mit dem Rauchen zu beginnen. Wir lernten es bei der Gründung unserer Liga. Aber nicht nur das Rauchen brachte uns zur Verzweiflung. Überall waren Tafeln mit irgendeinem Verbot: »den Rasen zu betreten, auf den fahrenden Wagen zu springen, zu spucken, Unbefugten der Eintritt« usw. Gegen die Unerträglichkeit dieser Verbote fanden wir in unserem Keller endlich die Lösung: Eine neue Ära der Freiheit sollte beginnen, wir würden eine Bewegung gegen die Verbote ins Leben rufen, die unter der unterdrückten Bevölkerung sich schnell verbreiten würde.

Luciano Farmacarte kam zur zweiten Sitzung mit einigen Plakaten, die er an die Kellerwände hängte. Als erstes eines mit: »Ankleben verboten!« Dann verschafften wir uns öffentliche Ankündigungen und Zeitungen.

Gern erinnere ich mich an diesen Abend. In unseren

Keller eingeschlossen, fühlten wir uns zum ersten Mal frei. Die ganze Nacht verbrachten wir damit, Plakate anzukleben, um das Plakat »Ankleben verboten!« ad absurdum zu führen. Die nächste Nacht kam das Rauchverbot dran, und wir brachten viele Zigaretten mit und lernten rauchen.

Nun begannen wir unsere Ideen zu verbreiten. Uns drei gesellte sich eine Menge junger Leute zu, und in kurzer Zeit war unser Keller voll von Enthusiasten. Jeden Abend trafen wir uns. Nur mit einem Losungswort konnte man hinein, und die neuen Mitglieder wurden sehr sorgfältig ausgewählt. Eines Nachts brachte einer der Neuen ein Plakat an: »Schuttabladen verboten!« Von nun an brachte jeder eine Menge Schutt und Abfall mit aus den Mülltonnen und Bauplätzen der Umgebung. Jeder lud sie unter dem Plakat ab, und da sich keiner den Unrat wegzuräumen traute, türmte sich der Haufen immer höher. Ein schrecklicher Gestank entstieg ihm, der unerträglich schien, aber wir gewöhnten uns daran, er hatte für uns den Duft des Verbotenen, ein Symbol der Rebellion. Wir waren sogar stolz darauf.

Mit der Zeit wurden unsere Zusammenkünfte immer interessanter. Nie waren wir mit dem Erreichten zufrieden. Wir wollten gegen alle Verbote rebellieren, nicht nur gegen einige. Wir diskutierten die gemachten Vorschläge und suchten nach Möglichkeiten, sie zu realisieren.

Nur Solleone weiß, was es ihn kostete, sich die Tür eines Eisenbahnwaggons zu verschaffen. Wahrscheinlich stammte sie von einem alten schrottreifen Wagen. Unter dem Fenster war die Plakette: »Nicht hinauslehnen!«, und einer nach dem anderen lehnte sich unter frenetischem Applaus aller Anwesenden hinaus.

Ein Gärtner machte sich die Mühe, mitten in unserem Keller einen schönen Rasenplatz anzulegen, und als er herrlich gediehen war, hielten wir auf ihm unsere Sitzungen ab und trampelten mit Wonne darauf herum. Endlich waren wir frei, wir hatten die Ketten zerbrochen. Unser

Enthusiasmus erreichte seinen Höhepunkt, als wir uns ein paar Gleise verschafft hatten. Gut sichtbar wurde die Tafel: »Überschreiten der Gleise verboten!« angebracht. Wir gingen darüber und rauchten dabei, weil überall »Rauchen verboten« zu lesen war, und warfen Abfall umher, wo das Schuttabladen verboten war.

Bei »Ausgang verboten« gingen wir hinaus, bei »Eingang verboten« hinein. Der Keller grenzte an die Garage. Wir legten die Mauer nieder, schoben Solleones Wagen herein, brachten die Plakate »Es ist verboten, auf den fahrenden Wagen zu springen« an und hüpften auf den Wagen, so oft der enge Raum es möglich machte. Wir stellten den Wagen genau unter die Tafel: »Parken verboten!«

Eines Nachts brachte Unchilo einen Straßenbahnschaffner in Uniform mit. Nach langem Hin und Her ließen wir ihn ein. Er leistete einen Schwur, daß er die Vorgänge in unserem Keller nie verraten würde. Unchilo garantierte für ihn. Er schien ein braver Mann, der uns nicht verraten würde.

Lange sprachen wir mit ihm. Beim Morgengrauen verließ er uns, mit trockenem Hals, aber glücklich, daß er endlich trotz der vielen Verbote hatte sprechen können. Er wollte Mitglied unseres Klubs werden und verbrachte jeden freien Abend mit uns.

Wir waren auf dem besten Weg zur endgültigen Befreiung. Trotz der Illegalität unserer Liga vergrößerte sie sich immer mehr. Der Tag der vollständigen Aufhebung aller Verbote konnte nicht mehr fern sein. Wir waren der Zustimmung der gesamten Bevölkerung sicher. Viele schon füllten sich die Taschen mit Zigaretten, ehe sie ins Kino gingen.

Aber im letzten Augenblick funktionierte die Sache doch nicht. Einer von uns hatte uns verraten.

Ich erinnere mich dieses Abends, der auch unser letzter war. Es war ein junger Mensch, eines unserer ersten Mitglieder. Immer hatte er mit Enthusiasmus unseren Ideen zugestimmt, unsere Anordnungen mit immer gleicher Freude ausgeführt. Aber in letzter Zeit schien er verändert. Er war unlustig, und wenn er sich aus dem Fenster beugte, sah er sich ängstlich um.

Wir sahen auch eine verdächtige Figur um die Villa schleichen, und der junge Mann kam zitternd und verschreckt daher. Wir bestürmten ihn mit Fragen. Er wurde immer verlegener und begann schließlich zu weinen. Er sagte, daß er nicht mehr bei uns bleiben könnte. Wenn er auf der Straße nur von weitem einen Schutzmann sähe, liefe er davon.

Er hatte nicht mehr die Courage, einem Funktionär der öffentlichen Ordnung ins Gesicht zu sehen.

Wir durchsuchten ihn. Wir fanden die Quittung über eine Strafe wegen falschen Parkens unter einer Verbotstafel. Er beichtete, daß er nicht mehr hätte widerstehen können und spontan sich selbst angezeigt hatte. Er war ein Spion. Er hatte verraten, wo unser Keller war, in dem wir uns trafen, um gegen die Verbote zu rebellieren.

Eben dann brachen die Schutzleute über uns herein und zwangen uns, die Verbote zu respektieren.

Sie machten einen ungefähren Überschlag aller unserer Verbotsübertretungen, und wir mußten eine enorme Summe bezahlen.

Wir wurden gezwungen, unsere Liga aufzulösen und uns zu trennen. Adieu, Freiheit! Von diesem Zeitpunkt an hat keiner von uns auch nur mehr versucht, sich gegen irgend etwas aufzulehnen.

Der Haupttreffer

Gustavo Camiciola hatte eine unheimliche Menge Leute zur Verzweiflung gebracht. Nie hatte jemand so viele Menschen in Hoffnungslosigkeit gestürzt wie er. Und auch als er auf dem Sterbebett lag, rauften sich im Nebenzimmer seine Verwandten die Haare und taten alles, einen Arzt zu finden, der den Onkel am Leben erhalten könnte. Es ist schon seltsam, sich Erben in dieser Art betragen zu sehen, denn im allgemeinen beten sie, daß der liebe Verwandte möglichst schnell diese Erde verlasse und sein Vermögen endlich von der Verwandtschaft eingeheimst werden könne.

Nicht so die Erben von Gustavo Camiciola, der leider endgültig dahinging und die Seinigen ohne jede Hoffnung im Nebenzimmer ließ.

Denn die Dinge lagen ganz anders, als sie normalerweise in so einem Fall zu sein pflegen. Aber um Ihnen das zu erklären, muß ich um einige Jahre zurückgehen. Das tut man meistens recht gerne, womit ich sagen will, daß wir wer weiß wie viele Jahre zurückgehen würden, um wieder jung zu sein. Wir trügen wieder gerne kurze Hosen und gingen mit der Mappe unter dem Arm in die Schule.

Aber leider kann man davon nur reden. Wenn man bei Jahren ist, gibt es kein Zurück mehr, außer in Gedanken. Aber die Gedanken allein befriedigen uns nicht.

Nicht daß jetzt vielleicht der Moment wäre, eine Verjüngungskur zu machen, nur weil ich gesagt habe, daß man ein paar Jahre zurückdenken muß. Ich meine, in der Erzählung zurückkehren, wie man das häufig tut.

Gustavo Camiciola war ein Mann wie alle anderen, und wie alle war er Leidenschaften, Lastern und Manien unterworfen, die im Grund die ganze Menschheit beherrschen. Alle haben wir irgendein Laster, einige schlimme, andere harmlose, andere sogar gefährliche. Aber alle wollen dieses Laster befriedigen und ihre Manien, ihre Leidenschaften. Jeder von uns setzt alle zur Verfügung stehenden Mittel ein, um ihnen gerecht zu werden. Auch Gustavo Camiciola, den man verstehen und entschuldigen muß.

Gustavo Camiciola war von der Spielleidenschaft besessen. Nicht von der Leidenschaft für das Spiel, das heißt für das Spiel um des Spielens willen. Er spielte, um zu gewinnen, um Geld zu verdienen, er spielte, um reich zu werden. Und wie alle Spieler verlor er immer, wütete gegen sein Pech, das ihn verfolgte, und versteifte sich immer mehr gegen seine Pechsträhne.

Fast den ganzen Samstagvormittag verbrachte er in den Lotterieannahmestellen, immer auf der Suche nach günstigen Nummern, und gab dabei einen großen Teil seiner Einkünfte aus. Eigentlich die ganzen, denn er lebte sehr bescheiden. Er spielte also, und manchmal gewann er sogar kleine Summen, die er sofort wieder in das Spiel investierte. Er spielte nicht um kleine Gewinne, er wollte große.

Dann kam das Toto, und er verteilte die Zahlen zwischen dem Lotto und diesem neuen Spiel. Er zitterte, wenn er von großen Gewinnen hörte, und machte sich sofort daran, die unmöglichsten und gewagtesten Kombinationen auf den Scheinen zusammenzustellen. Und eines Tages gewann er. Er war der einzige, der die Nummer dreizehn gespielt hatte in jener Woche, und sein Gewinn betrug 120 Millionen. Eine enorme Summe.

Gustavo Camiciola jubelte. Das war wirklich der schönste Tag in seinem Leben. Endlich hatte er es erreicht und als erster die heißersehnte Ziellinie berührt, wofür er so schwer gekämpft hatte in seinem Leben. Der Sieg war sein, ein bemerkenswerter Sieg, den er lange erträumt hatte.

An diesem Tag beschaute er immer wieder liebevoll den siegreichen Lottozettel und zeigte ihn allen Kollegen, Freunden und Verwandten. Er wurde gefeiert, umarmt und geküßt. Er war der große Sieger, und Journalisten und Fotografen lauerten ihm auf. Er erhielt Briefe, Geldforderungen, Bitten um Hilfe, Angebote für Beteiligungen, Vorschläge, Patente anzukaufen.

Er war eine wichtige Persönlichkeit geworden. Die Freunde pumpten ihn an, die Verwandten baten um kleine Darlehen.

Da bemerkte Gustavo Camiciola, daß sich in seinem Inneren eine Veränderung vorbereitete.

Mit dem Enthusiasmus um ihn herum sehr zufrieden, verschob er den Augenblick, wo er die 120 Millionen abheben würde. Er versicherte sich, daß der Lottoschein gültig war und daß die Bank ihm das Geld jederzeit auszahlen würde. Er verschob diese wichtige Zeremonie auf die nächste Woche und war immer noch ein glücklicher Mensch: Er konnte, wann er wollte, auf die Bank gehen und das Geld abheben, dachte aber, daß der richtige Moment noch nicht gekommen wäre. Erst mußte er gut überlegen, wie er das Geld am besten anlegte. Das war nicht so einfach. Das Geld lag dort, und dort sollte es bleiben, keiner konnte es ihm nehmen. Es gefiel ihm, alle diese Menschen um ihn herumtanzen zu sehen, bereit, sein Geld auszugeben, alles Menschen voller Hoffnung, da er sich bereit gezeigt hatte, ihnen zu helfen. Gustavo Camiciola tat inzwischen seine Arbeit weiter, und am Sonntag spielte er wie eh und je im Lotto und Toto. Und nächste Woche wieder. Und allen, die ihn um Geld anschnorrten, sagte er ja. Er war gern bereit, Geld zu verleihen, Patente zu erwerben, nur mußten die braven Leute warten, bis er seinen Gewinn abgeholt hatte. Das Geld war ja da, und jeder konnte sich auf der Bank überzeugen, daß es dem glücklichen Gewinner zur Verfügung stand. Er zeigte den famosen Schein her, mit Stempel und Steuermarke, auch den Brief, in dem stand, daß er genau 120 Millionen und 37 000 Lire gewonnen hatte. Man mußte nur Geduld haben, den richtigen Augenblick abwarten, bis er Zeit und Lust hatte, zu kassieren und über sein Geld zu verfügen. Die Menschen sollten sich Zeit lassen und weitermachen wie bisher, aber jetzt mit mehr Enthusiasmus, mehr gutem Willen, denn das Geld war ja da, und sie würden es schon bekommen. Wie lebt man, wenn man sicher weiß, daß man einen Haufen Geld hat? Und wie arbeitet man?

Besser, viel besser lebt und arbeitet es sich, und Gustavo

Camiciola bewies es, denn da er wußte, daß das Geld da war, lebte er viel besser. Ohne Ängste, in Ruhe und Sicherheit. Das Geld lag dort auf der Bank und wartete nur, von ihm abgehoben zu werden, wann er dazu Lust hatte, und deshalb war es ein ganz anderes Leben als vorher. Nach und nach kam er darauf, daß es ihm gar nicht so wichtig war, dieses Geld wirklich zu besitzen; ihm genügte das Wissen um sein Vorhandensein. Es lebte sich besser so, als wenn er das Geld schon in Händen gehabt hätte. Sicher würde er es schon lange ausgegeben haben, statt dessen lag das Geld dort auf der Bank, und keiner rührte es an.

Sie boten ihm eine prachtvolle Villa um einen sehr günstigen Preis an. Gustavo ließ sich den Plan der Villa zeigen, die Front, das Ausmaß des Parkes, er wollte alle Details wissen. Er hätte sie natürlich kaufen können. Er sagte, daß er sie ganz sicher erwerben würde, wenn er sein Geld zur Verfügung hätte.

Es gefiel ihm das Wissen, dieses grandiose Bauwerk mit dem großen Park kaufen zu können, es würde ihm gar nichts ausmachen, und dieses Wissen befriedigte ihn.

Wenige Menschen nur konnten sich leisten, was *er* sich leisten konnte. Dann zeigten sie ihm den Grundriß eines alten Schlosses, das die Gemeinde versteigern mußte. Großartig. Er sagte, er werde es ohne weiteres kaufen, aber nicht gleich. Erst mußte er die famose Angelegenheit erledigen. Aber das hatte Zeit, es eilte nicht. Sie sollten alle in Ruhe abwarten, weil es sicher zu einem Abschluß kommen würde. Genügte das nicht zur allgemeinen Beruhigung?

Da gab es auch eine Type mit einem Darlehensersuchen von fünfzig Millionen. Es gab keine Schwierigkeit, es ihm zu gewähren. Ja, er konnte so tun, als ob er fünfzig Millionen schon in der Tasche hätte.

So vergingen die Jahre, und die Angebote kamen immer noch, Angebote von günstigen Käufen, die er alle akzeptierte; allen sagte er ja, denn auf der Bank waren alle diese Gelder, und er brauchte sie nur abzuheben.

Auf diese Weise konnte er kaufen, was er wollte, natürlich innerhalb der einhundertzwanzig Millionen.

Als fünf Jahre vergangen waren, rechnete Gustavo Camiciola alles zusammen, was ihm angeboten worden war und was er hätte kaufen können.

Eine ungeheure Summe kam heraus. Zweihundert Milliarden ungefähr, und Gustavo Camiciola fragte sich, wie er mit nur einhundertzwanzig Millionen um zweihundert Milliarden hätte einkaufen können. Er entdeckte, daß das alles nur möglich war, weil er sein Geld nie angerührt hatte, und darüber war er glücklich. Alle diese Dinge hätte er kaufen können, und dieses Wissen gab ihm eine große Befriedigung. Nichts hatte er gekauft, das stimmte, aber er hatte die Möglichkeit genossen, daß er es hätte tun können. Er war vollkommen zufrieden.

Jetzt lag er auf dem Sterbebett, und seine Erben verzweifelten bei dem Gedanken an den famosen Lottoschein und an das viele Geld auf der Bank, das Gustavo Camiciola nie hatte abheben wollen. Nun lag er im Sterben, und man mußte ihn zu überzeugen versuchen, den legendären Lottoschein herauszugeben, ihnen zu sagen, wo er war, und ihnen eine Vollmacht auszustellen, das Geld abzuheben. Es wäre eine Ungerechtigkeit, wenn dieses Geld nach seinem Tod verloren sein sollte. Es war einfach seine Pflicht, damit er ruhig sterben konnte.

Gustavo Camiciola rief seine Erben an sein Bett.

Mühsam zog er den famosen Lottozettel unter dem Kopfkissen hervor und zeigte ihn den Verwandten.

»Hier ist er«, sagte er leise, »einhundertzwanzig Millionen. Ich habe sie alle ausgegeben, sogar noch viel mehr. Mit diesen hundertzwanzig Millionen habe ich in fünf Jahren mehr als zweihundert Milliarden ausgegeben. Es tut mir leid für euch, aber es ist nicht ein Soldo übriggeblieben.«

Er versteckte seine Hände unter der Bettdecke und zündete ein Streichholz an. Wenige Sekunden später war von dem famosen Lottoschein nichts mehr übrig als ein kleines Häufchen Asche.

Träume

Nun, mir scheint jetzt alles seltsam und paradox; wie wenn die ganze Welt nur von absurden Dingen voll wäre.

Schauen Sie sich zum Beispiel ein Auto an, ich meine ein Auto, das fährt, nicht geht. Wenn ein Auto ginge, hätte es Beine, aber die hat es nicht. Es hat Räder, Räder, die sich drehen, und damit bewegt es sich fort. Es fährt auf einer Straße, die wie ein weißes, zwischen Wiesen ausgebreitetes Band aussieht. Nun, das alles scheint jetzt absurd, ein Paradoxon. Auch ein rauchender Kamin scheint paradox, aber nicht paradox wäre es, wenn aus dem Kamin Bierschaum herausquellen würde.

Das liegt daran, daß wir an das Paradoxe gewöhnt sind. Wir finden es normal, daß die Leute gehen, essen, sich den Hut aufsetzen und die Schuhe anziehen. Wir haben uns an die absurdesten Dinge dieser Welt gewöhnt, und damit erscheinen sie uns ganz natürlich. Für uns ist es absolut natürlich, einen Herrn zu sehen, der seinen Schirm aufspannt, wenn es regnet. Eine seltsame Erfindung, so ein Regenschirm, den man mit dem Henkel über dem Arm herumträgt. Bei den ersten Tropfen spannt man ihn auf und hält sich ihn über den Kopf.

Wir glauben, daß all das logisch ist, daß wir Taschen in den Anzügen haben und ein Stück Fleisch auf eine Gabel spießen. Aber versuchen Sie nur, mit Patrizio Buzzobuono ins Gespräch zu kommen. Wissen Sie, wer Patrizio Buzzobuono ist? Sagen Sie nicht nein! Wir sind ihm wer weiß wie viele Male begegnet, allerdings nicht auf der Straße oder im Café. Patrizio Buzzobuono begegnet man, wenn man sich am Ende eines Tages ins Bett gelegt hat. Man begegnet ihm im Schlaf, Patrizio Buzzobuono kommt mit unseren Träumen.

Er ist kein Geschöpf unseres wachen Lebens. Sagen Sie nur nicht, Sie wären ihm in Ihren Träumen nie begegnet. Er selbst hat mir gesagt, daß nicht nur ich von ihm träume, alle träumen von ihm, wenn auch nicht immer.

Es hängt davon ab, was man abends ißt. Patrizio Buzzobuono erscheint fast immer nach scharfem Käse und Mixed Pickles. Aber nicht mit allen wird er gleich vertraut, daher wäre es zu erklären, warum viele behaupten, ihn nicht zu kennen. Mir hat er seinen Namen gesagt, anderen sagt er ihn nicht, bei denen tritt er nur in Aktion.

Es ist nicht leicht, ihn zu erkennen, denn er sieht nicht immer gleich aus. Einmal hat er einen Schweif, einmal sehr große spitzige Ohren wie ein Esel. Dann ist er wieder wie ein Krieger des 15. Jahrhunderts kostümiert, und hier und da kommt er mit seinem Kopf unter dem Arm.

Ich erinnere mich, daß ich ihm eines Nachts begegnet bin, als er einen Pferdesattel zum Musikmachen benützte, wie einen Dudelsack. Sie hätten die wunderbaren Töne und Melodien nur hören sollen!

Nun, Patrizio Buzzobuono hat mir eine Menge über Träume erzählt, und wenn man darüber nachdenkt, hat er gar nicht so unrecht. Er hat diesen Komplex ins Wirkliche übertragen, ins Reale.

Er behauptet, daß wir ganz falsch leben. Das, was wir Träume nennen, ist Wirklichkeit, und das, was wir als unser wirkliches Leben ansehen, ist nichts anderes als ein Traum.

Er sagt: »Versuchen Sie, an gestern zu denken. An das, was Sie gestern getan und gesehen haben. Nun also, wo ist da die Wirklichkeit? Was für ein Unterschied besteht zwischen dem, was Ihnen gestern passiert ist, und dem, was Sie letzte Nacht geträumt haben?

Und jetzt versuchen Sie, ein wenig zu denken wie ich«, sagt Patrizio Buzzobuono immer, »und zu verstehen, was ich sagen will. Sie glauben, jetzt zu träumen, und dabei ist es gar nicht wahr.« Ich versuche nun meinerseits, ihn zu überzeugen, daß ich träume, weil ich mich ins Bett gelegt habe und eingeschlafen bin. Er hingegen behauptet, daß ich wach bin und erst zu schlafen beginne, wenn ich aufstehe. Es ist eine reine Frage des Gesichtspunktes, den muß man ändern, und dann wird alles leicht.

Ich gebe ihm nun zu bedenken, daß es nicht logisch ist, wenn ein Pferd Klavier spielt. Ein Pferd kann nur in unseren Träumen Klavier spielen, denn nur wenn wir träumen, können die absurdesten Dinge passieren.

Nun sagt er wieder, daß ein klavierspielendes Pferd gar nichts Absurdes ist, weil erstens das Pferd sein Onkel und das Klavier mit Beefsteaks angefüllt ist.

Er öffnet den Klavierdeckel, und ein Duft von gebratenen Beefsteaks entsteigt ihm. Er nimmt sie heraus und reiht sie auf dem Fußboden auf.

»Wo ist das Sonderbare in alledem?« fragt Patrizio Buzzobuono. »Nichts dergleichen. Mir hingegen erscheint es mehr als seltsam, daß einige Pferde sich vor einen Wagen spannen lassen, in dem Menschen sitzen, oder im Kreis herumlaufen, um als erste oder letzte anzukommen.«

An dieser Stelle zieht Patrizio Buzzobuono einen Fisch aus der Tasche und legt ihn auf einen Stuhl. Ich beginne mich zu akklimatisieren und wundere mich nicht mehr, daß der Fisch respektvoll seinen Hut abnimmt und mit tiefer Stimme uns begrüßt. Er sagt dann noch, daß die Menschen, wenn sie träumen, überzeugt sind von der Stummheit der Fische, und in ihren Träumen kommt es sogar vor, daß ein Fisch, wenn er aus dem Wasser gezogen wird, stirbt.

Der Fisch lacht und schüttelt den Kopf, daß ich auch lachen muß. Patrizio Buzzobuono nimmt dann den Fisch, steckt ihn mit dem Schwanz in den Mund und zündet ihn mit einem Streichholz an. Er raucht, daß es eine Freude ist, ihm zuzusehen, und bietet auch mir zu rauchen an. Ich danke und sage, daß ich noch nie versucht habe, einen Fisch zu rauchen. Ich berichte ihm, daß wir Zigaretten und Pfeife rauchen. Er hält sich den Bauch vor Lachen und platzt beinahe vor Vergnügen, weil er immer mehr der unglaublichsten und außerordentlichsten Dinge hört, die in dem, was wir Leben nennen, vorkommen.

Wem konnte je in den Sinn kommen, daß Zigaretten zum Rauchen da sind? Patrizio Buzzobuono läßt sich einen Teller Suppe bringen, in der wie Nudeln Zigaretten schwimmen. Er ißt sie mit Behagen. Alles ganz normal und keineswegs seltsam.

Patrizio Buzzobuono begegne ich häufig im Traum, und wir sprechen oft von diesem und jenem. Manchmal spazieren wir auf dem Wasser, während die Bäume um uns lachend und scherzend Fangen spielen. Eines Nachts bestiegen wir einen Zug mit feuchten, weichen Wänden. Der Zug fuhr eine lange Treppe hinauf. Wir besuchten ein Walroß, Besitzer einer mit Kalendern bebauten Ebene. Wir stiegen mit Fallschirmen aus dem Zug, die an unseren Knien befestigt waren, und fanden das Walroß, wie es ein mit Uhren bepflanztes Feld beschnüffelte. Man hörte das Ticktack der Uhren, und vom Himmel strahlte eine Flasche Orangeade.

Wir betraten ein riesiges Wohnzimmer, und der Besitzer bot uns ein großes Tablett mit Flugzeugmotoren an. Ich nahm einen und zerknackte ihn wie eine Nuß.

Die Luft war voll von kleinen Ameisen und Zahnstochern.

Ich nahm eine Tube in die Hand, ähnlich einer Zahnpastatube, drückte sie aus, und heraus kamen einige Besucher.

Lange Zeit unterhielten wir uns über alles mögliche, über die geeisten Tasten der Schreibmaschine, über elektrische Gläser und eine Speziallösung zum Füllen der Jackenärmel.

Alles war logisch und natürlich. Nach einiger Zeit verabschiedeten wir uns mit einem freundlichen Druck unserer Schuhe. Ich betrat einen Schrank, der sich sofort in Bewegung setzte und mich in einen Tunnel transportierte, der aus Schubladen, Stricknadeln und Wollknäueln konstruiert war.

Dann wachte ich auf, öffnete die Augen und befand mich in meinem Schlafzimmer.

Alles erschien mir absurd und unlogisch. Das Kopfende des Bettes, die Nachttischlampe, das Bad.

Auch das Telefon und die ganzen täglichen Morgendinge.

Jetzt bin ich überzeugt, daß wir von morgens bis abends träumen und alles, was in dieser Zeit geschieht, absurd und seltsam ist. Ich kann es nicht erwarten, wieder ins Bett zu kommen und zu träumen, um in einer wirklich logischen und nicht paradoxen Welt zu leben.

Die Hitze

Wir saßen also alle beisammen und redeten. Von was wohl? Natürlich vom Thema des Tages Nummer eins, schon seit einigen Tagen und sicher noch für eine ganze Weile der einzige Gesprächsstoff: die Hitze, die sengende Sonne, der wolkenlose Himmel, die Zyklone und die Wasserhosen. Luigi hatte das Wort.

Er stand auf und räusperte sich. »Wir haben die Rekorde der letzten zwanzig Jahre überboten«, sagte er, »die Temperatur wird wahrscheinlich noch steigen und damit auch noch die Rekorde der letzten hundert oder zweihundert Jahre überbieten.« Verschiedene Zwischenrufe: »Pessimist! Unglücksrabe Huckebein!«

»Das sind nicht meine Voraussagen, sondern die der Wettergelehrten; die Fachleute für Hitze, Windstärken und Zyklone sagen vorher, daß dieses Wetter noch für eine Weile andauern wird, daß die Temperatur über achtunddreißig Grad auch auf vierzig oder zweiundvierzig klettern wird. Man sieht auch nicht den Schatten eines Wölkchens am Himmel, und jeder weiß, daß, um die Temperatur etwas zu senken, sich ein paar Wolken zeigen müssen. Zeigen sie sich nicht, ist eben nichts zu machen.«

»Gestern wurde im Osten eine Wolke gesichtet, genau gesagt gestern abend«, sagte Ettore und hob die Hand. »Sie ist nur einen Moment am Horizont erschienen, dann machte sie Simsalabim und ist hinter den Dächern untergetaucht. Wir haben hinter die Hausdächer geguckt, aber sie war weg.«

»Das können wir einfach nicht erlauben, daß so eine Wolke erscheint, Simsalabim macht und wieder verschwindet«, protestierte Marcantonio und schlug mit der Faust auf den Tisch, »die Wolken müssen schon ein wenig mehr Rücksicht nehmen auf die arme, von der Hitze geplagte Menschheit.«

»Jedenfalls«, sagte Ettore, »hat diesen Fall gestern nicht die ganze Bevölkerung beobachtet. Nur wenige sind gleich um einen Regenschirm gelaufen. Lassen wir das Wolkenargument bis auf weiteres beiseite und überlegen wir, wie wir es uns ein bißchen kühler machen könnten. Hat jemand einen sinnvollen Vorschlag?«

Raimondo hob die Hand.

»Raimondo hat das Wort!«

»Ich sage«, begann er, »daß man sich einfach in eine Wanne mit kaltem Wasser legen kann. Ist's noch nicht kalt genug, wirft man noch ein paar Eiswürfel hinein.«

»Der Vorschlag entbehrt nicht der Logik«, sagte Luigi, »aber man kann doch nicht den ganzen Tag in der Badewanne verbringen. Irgendwann muß man doch wieder heraus, und dann wird einem noch heißer als vorher. Ich schlage vor, aus alten Zeitungen Fächer zu machen und durch rhythmische Bewegungen die Hitze zu mildern.«

Über den Vorschlag wurde abgestimmt, und er wurde von der Mehrheit angenommen.

Einer, der sich der Stimme enthalten hatte, schlug vor, statt der Tageszeitungen Illustrierte zu nehmen.

Man überließ also jedem die Zeitungswahl. Schließlich leben wir in einer Demokratie – oder nicht?

Luigi ging nun zum zweiten Punkt der Tagesordnung über: dem Schweiß. Einige schwitzten, andere nicht. Wer nicht schwitzte, sollte die Hand heben. Renato tat es, aber Sergio, der neben ihm saß, bat alle, Renatos Hand zu besichtigen.

»Sie ist verschwitzt!« sagte Sergio. »Er behauptet, nicht zu schwitzen, und hebt dabei eine total verschwitzte Hand in die Höhe! Das ist nicht fair!«

Renato protestierte und behauptete, daß er bis jetzt nicht geschwitzt hätte. Jetzt fing auch er an, weil die Hitze im Zimmer immer unerträglicher wurde. Alle schwitzten jetzt.

»Um den Schweiß zu bekämpfen«, sagte Luigi, »gibt es nur ein Mittel: Man muß ihn abtrocknen. Die Hauptfrage bleibt jedoch: Soll man viel oder wenig trinken?«

»Wenig!« sagte Ettore. »Je mehr man trinkt, desto mehr schwitzt man.«

»Aber wenn man nichts trinkt und schwitzt trotzdem, muß man die verlorene Feuchtigkeit ersetzen. Mit was?«

»Das hängt vom Geschmack ab«, sagte Sergio, »ich trinke Bier.«

»Wer Bier trinkt, lebt hundert Jahre ... und schwitzt«, sagte Luigi, »aber lieber noch das, als in ein paar Jahren nicht schwitzend umkommen.«

Allgemeiner Beifall.

Ettore stand auf und schaute aus dem Fenster.

»Ich sehe«, sagte er, »einen blauen Himmel und unbewegliche Bäume.«

»Warum sollten sich die Bäume bewegen?« fragte erstaunt Raimondo. »Ich habe noch nie einen Baum gesehen, der sich bewegt hat.«

»Ich meine nicht die Bäume, sondern die Blätter«, korrigierte sich Ettore, »sie scheinen aufgemalt, so unbeweglich hängen sie herunter.«

An der Wand hing ein Ölgemälde, das einen riesigen Aprikosenbaum darstellte. Er stand am Ufer eines Bächleins, das vom Gebirge herunterplätscherte. Raimondo betrachtete das Bild.

»Die Blätter dieses Baumes scheinen sich in einer kleinen Brise zu bewegen«, sagte er.

»Klar«, sagte Ettore, »das Bild ist so gut gemalt, daß man sogar die Brise sieht.«

»Wir kommen vom Hauptthema ab«, sagte Luigi und klingelte. Alle schwiegen und wischten sich den Schweiß von der Stirn. »Nicht das kleinste Lüftchen«, sagte Raimondo. »Es ist so windstill, daß sich nicht einmal ein Faden bewegen würde.«

Bice entnahm ihrer Tasche eine Fadenspule und legte sie auf den Tisch.

»Der Faden ist da«, sagte sie, »immerhin etwas.«

»Ein grauer Faden, nicht einmal ein weißer«, konstatierte Ettore. »Ob grau oder weiß, so anspruchsvoll soll man nicht sein. Den Faden haben wir, nur das Lüftchen fehlt noch. Wenn wir nicht einmal den Faden hätten, wären wir ganz arm. Danke schön, Bice.«

»Gern geschehen«, sagte Bice, »ich tue nur meine Pflicht. Vielleicht braucht jemand eine Nadel?«

»Man wird noch ganz durchgedreht, wenn man den See anschaut«, sagte Raimondo, »gehen wir lieber ins Bad, machen alle Wasserhähne auf und hören dem Geplätscher zu. Unsere Phantasie kann das übrige tun und uns zu einem Gebirgsbach tragen oder auf einen Gletscher, vielleicht zu einer Überschwemmung oder auch nur zu einer guten Cassata.«

Alle waren still, und für kurze Zeit hörte man die Schweißtropfen auf den Steinfußboden tröpfeln.

... der lügt das Blaue vom Himmel herunter

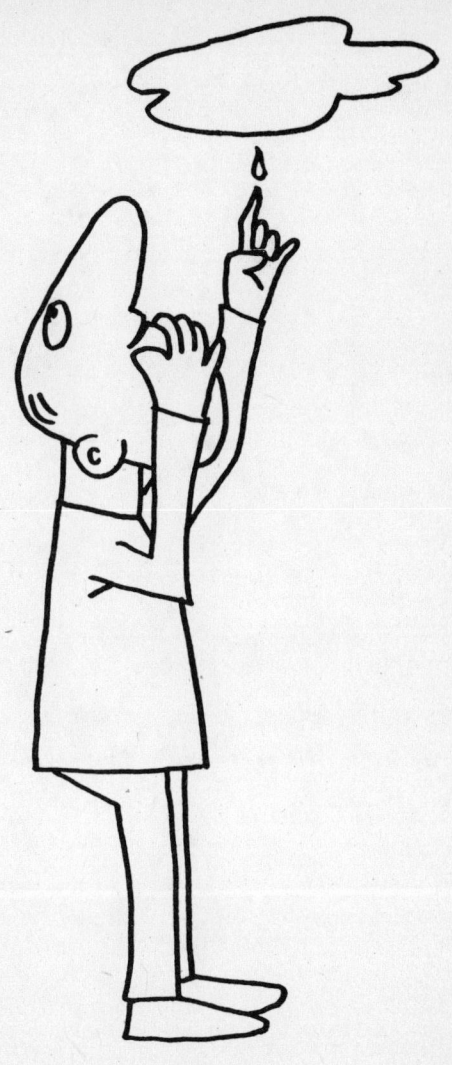

Eine geruhsame Flugreise

Es gibt eine Menge Menschen, die Herr ihrer Nerven sind. Nicht nur das, sie beherrschen auch die Nerven anderer.

Kaum zu glauben, aber es ist so. Herr über die eigenen Nerven zu bleiben ist in gewissen Situationen nicht leicht. Ich sage: in gewissen Situationen, denn in anderen wäre es heller Blödsinn, Herr seiner Nerven zu bleiben. Wenn alles glattgeht und kein Grund besteht, sie zu verlieren, heißt das noch lange nicht, seine Nerven zu beherrschen. Haben tut man sie immer, aber man braucht sie nicht zu beherrschen; also, ich will damit sagen . . . Sie haben mich sicher verstanden.

Sehr selten sind die, welche nicht nur ihre eigenen, sondern auch noch die Nerven anderer beherrschen.

Diesen gelingt es, ich will nicht gerade sagen, Mut um sich zu verbreiten, aber wenigstens Angst und Schrecken von den sie umgebenden Menschen fernzuhalten.

Die Luftstewardessen vor allem besitzen diese seltene Gabe. Manchmal gelingt es ihnen, eine Reise voller Gefahren in einen reizenden Ausflug zu verwandeln. Sie zerstreuen die Passagiere mit netten Geschichten oder sonstwie.

Sie sind tatsächlich Herrinnen nicht nur ihrer Nerven, sondern auch der aller Flugreisenden.

In diesem Zusammenhang erzählt mir mein Freund Giacomo del Sigillo oft seine reizendste Flugreise, die er je gemacht hat. Jedesmal erfindet er eine neue Variante, so daß die Geschichte immer wieder ganz anders klingt. Aber so geht es ja meistens mit unseren Erlebnissen, wenn wir sie öfter erzählen. Man beginnt mit den einfachen Tatsachen und baut diese dann aus. Nach einigen Jahren sind sie dann sehr kompliziert und äußerst dramatisch geworden.

Dramatisch möchte ich die Geschichte von Giacomo

del Sigillo nicht nennen. Er wiederholt nur immer, daß es seine schönste Flugreise war, weil er die normalen Ängste, die eine Flugreise so in sich hat, nie zu spüren bekam.

»Auf einmal waren wir alle überzeugt, daß alles großartig gehen würde«, sagte Giacomo, »und dabei muß man bedenken, daß wir allesamt zum ersten Mal flogen und deshalb grausame Angst hatten. Bis jetzt hatten wir vom sicheren Boden aus die Flugzeuge nur mit einem Gemisch von Bewunderung und Angst angestarrt.

Einer unter den Passagieren zitterte richtig vor Angst. Er sagte, er fühle sich wie im Wartezimmer seines Dentisten. Er machte uns viel zu schaffen, bis wir ihn überzeugen konnten, daß er nicht beim Dentisten war, sondern im Begriff, ein Flugzeug zu besteigen. Dann begann er zu weinen, weil er das noch viel schlimmer fand. Wir flößten ihm gemeinsam unser bißchen Mut ein, so daß für uns keiner mehr übrigblieb und wir auch zu zittern anfingen, so sehr, daß wir nicht einmal mehr unser Gepäck halten konnten.

Nun erschien die Stewardeß, die uns auf diesem Flug betreuen sollte. Sie war jung, hübsch und lächelte. Sie sah uns nur an und . . . verstand. Von diesem Moment an bemächtigte sie sich unserer Nerven. Wir beruhigten uns. Ihre Anwesenheit ließ jede Angst verschwinden.

Nur der mit der Dentistenangst hörte nicht auf zu zittern. Die Stewardeß näherte sich ihm und fragte, was er in dem seltsamen Etui mit sich trage.

›Eine Trompete‹, sagte er.

›Eine Trompete? Sind Sie krank?‹ fragte die Stewardeß ihrerseits und legte sanft ihre Hand auf seinen Arm.

›Nein‹, sagte er. ›Ich reise zu einem Orchester. Warum fragen Sie, ob ich krank bin?‹

Der Mann war jetzt mehr erstaunt als ängstlich. Das Zittern hatte aufgehört, und seine normale Gesichtsfarbe kehrte wieder. Die Stewardeß lächelte.

›Die Trompete erinnert mich an eine schreckliche Krankheit, die vor einiger Zeit meinen Onkel befiel‹, sagte sie. ›Eben wegen dieser Krankheit bin ich von zu Hause durchgebrannt und Stewardeß geworden.‹

Sie entfernte sich, und wir versammelten uns, neugierig geworden, um den Trompetenmann. Durch die Erzählung der Stewardeß hatten wir alle unsere Ängste vergessen und wollten wissen, wie es weiterging mit der Krankheit ihres Onkels.

Unser Flugzeug stand bereit, und als wir den Platz überquerten, um die Gangway hinaufzusteigen, überfiel uns unsere Angst.

Der Trompetenmann fing wieder zu zittern an, aber die Stewardeß half ihm beim Einsteigen.

›Sie müssen keine Angst haben‹, sagte sie, ›es war keine gewöhnliche Krankheit. Im Gegenteil, sie ist äußerst selten und befiel – zum Erstaunen von Ärzten der halben Welt – ausgerechnet meinen Onkel. Es ist übrigens nachgewiesen, daß Trompetenbläser gegen sie immun sind.‹ Sie hatte den Mann die Ursache seiner Angst vergessen lassen, und er wurde ganz ruhig.

Als die Tür geschlossen war, flogen wir ab. Wir hoben uns vom Rollfeld, es verschwand unter uns, wir sahen Felder, Hausdächer, den Fluß. Die Stewardeß spazierte lächelnd hin und her, und ihre Gegenwart ließ uns vergessen, daß wir in der Luft waren. Sie hatte sich unserer Nerven bemächtigt, alle unsere Reaktionen hingen nun von ihr ab. Das heftige Schwanken einer Tragfläche beeinträchtigte ihr Lächeln in keiner Weise, und damit wiederum beruhigte sie *uns*.

Wir tauchten in ein Wolkenchaos, ein heftiger Zyklon ließ das Flugzeug taumeln. Sofort konzentrierte die Stewardeß die Aufmerksamkeit der Fluggäste auf ihre Person.

›Die Geschichte meines Onkels‹, erzählte sie lächelnd und vermittelte uns so den Eindruck, daß draußen nichts Außergewöhnliches geschah, ›ist zwar seltsam, aber doch einfach. Noch nie war jemand auf so kuriose Weise erkrankt.‹

Der Trompetenmann hörte besonders interessiert zu, weil die Geschichte mit seinem Beruf zusammenhing.

›Mein Onkel Assimetro wohnte bei uns und war immer ganz gesund‹, fuhr die Stewardeß fort, während das Flugzeug zwischen Blitzen und Sturmböen einen verrückten Tanz aufführte, ›aber eines Tages fand er eine Trompete aus glänzendem Messing. Anfangs hatte dieser Fund keinerlei Folgen. Keiner kümmerte sich groß darum, will ich sagen, bis die Krankheit ausbrach. Ich erinnere mich gut an diesen Tag. Als ich nach Hause kam, hörte ich Trompetentöne und dachte nur, daß der Onkel versuchte, auf seinem Fund zu blasen, aber der Lärm hörte nicht auf, und nach einer Stunde blies doch mein Onkel fehlerfrei den ganzen Bersaglierimarsch.‹ Wir hörten eine heftige Explosion, und das Flugzeug wackelte.

›Tatataataataa tataata . . .‹, sang der Trompetenmann.

›Genau‹, sagte die Stewardeß. ›Wir waren natürlich überzeugt, daß der Onkel nach einiger Zeit genug haben würde, aber nein. Die Nachbarn begannen zu schimpfen und protestierten, wir rannten zum Onkel und baten ihn, endlich aufzuhören. Nichts zu machen. Mit rotem Kopf, daß man glaubte, er würde jeden Augenblick zerspringen, dachte er gar nicht daran, die Trompete abzusetzen. Wir waren verzweifelt und wußten keinen Ausweg. Er ließ sich das Instrument auch nicht entreißen. Er blies die ganze Nacht. Am nächsten Morgen riefen wir einen Arzt. Er untersuchte den Onkel, ohne daß dieser auch nur einen Moment das Instrument von den Lippen ließ. Der Arzt konstatierte einen akuten Anfall von *Trompitis metallica,* einen Überschuß an Luft in den Lungen, gegen den nichts zu machen war. Die Krisis mußte sich selbst überwinden. Die Tage vergingen, und die Trompete ertönte pausenlos. Tag und Nacht der Bersaglierimarsch. Die Nachbarn zogen aus, und auch ich kapitulierte und entfloh.‹ In diesem Augenblick schlugen helle Flammen aus der Pilotenkabine. ›Jetzt dürfen wir rauchen!‹ freute sich die Stewardeß und zündete ihre Zigarette an dem Flammenmeer an. Wir waren inzwischen aus den Wolken und hatten das Unwetter hinter uns gelassen.

Alle zündeten wir uns Zigaretten an, nur der Trompetenbläser nicht. ›Ich rauche nicht, danke sehr‹, sagte er. ›Aber die Erzählung der jungen Dame interessiert mich brennend.‹

›Meine Familie machte eine tragische Woche durch‹, erzählte unsere Betreuerin weiter, während sie hinter unseren Rücken die Fallschirme anschnallte (mit soviel Charme, daß wir es gar nicht bemerkten!), ›denn dieser Marsch zwang meine ganze Familie, sich nur mehr im Marschtempo zu bewegen. Sie müssen sich das nur vorstellen, sogar das Dienstmädchen marschierte.‹

Die Stewardeß entnahm dem Etui die hellglänzende Trompete des Musikers. Sie führte das Instrument zum Mund, begann den Bersaglierimarsch zu blasen und durchmaß im echten Bersaglierilaufschritt den schmalen Gang zur Tür, und als sie sie öffnete, sprangen wir alle zum Klang dieses Marsches ins Leere. Auf halbem Weg trafen wir unsere Stewardeß, auch sie am Fallschirm hängend, und der Trompetenmann fragte, indem er die Hände als Schalltrichter benützte: ›Und das Essen?‹ hörten wir ihn rufen. ›Was?‹ schrie die Stewardeß zurück, so laut sie konnte.

›Wie konnte Ihr Onkel essen, wenn er die Trompete nie absetzte?‹

›Injektionen!!!‹ klärte ihn die Stewardeß auf.

Auf einer Wiese außerhalb der Stadt kamen wir zu Boden. In unserer Nähe verglühten die Reste unseres Flugzeuges.

Wir befreiten uns von den Fallschirmen und bestiegen einen herbeieilenden Krankenwagen.

In ihm gab die Stewardeß die Trompete ihrem rechtmäßigen Besitzer wieder.

›Mein Onkel‹, sagte sie lächelnd, ›ist bald darauf genesen. Auf einer Konsultation zwischen Ärzten und Kapellmeistern wurde beschlossen, ein ganzes Orchester an das Bett des Kranken zu bringen. 32 Musiker spielten die Begleitung zu dem von der Trompete geblasenen Bersaglierimarsch. Bei der letzten Note löste der Onkel die Trompete von den Lippen. Endlich.‹

Der Trompetenbläser seufzte. ›Ihre Erzählung hat mich die ganze Flugreise vergessen lassen‹, sagte er, ›wo sind wir eigentlich?‹

Er schaute aus dem Fenster des Krankenwagens, der eben hielt. Als wir ausgestiegen waren, erzählte man uns unser Flugabenteuer, die Explosion eines Motors, den Brand, unsere Rettung durch die Fallschirme. Wir wurden blaß und fingen wieder zu zittern an. Der Trompetenbläser fiel in Ohnmacht, und wir mußten ihn ins Hotel tragen.«

Damit endet die Erzählung meines Freundes Giacomo del Sigillo, und ich glaube nicht, daß sie sehr wahr ist. Er hat sie schon so oft erzählt, daß er sicher noch eine Menge hinzuerfunden hat.

Ich glaube, daß die wirkliche Geschichte darin bestand, daß mein Freund beim Verlassen des Flugzeuges nach einer absolut ereignislosen Reise auf der Gangway stolperte.

Luxus-Modell

Ihr kennt Modesto noch nicht? Ich stelle ihn euch hiermit vor. Er ist ein ganz durchschnittlicher Typ, wie es durchschnittlicher nicht mehr möglich ist, und er könnte genausogut Brambilla oder Bianchi oder Rossi oder sonstwie heißen. Er könnte auch Carlo, Luigi, Augusto, Michele oder Ettore sein, statt dessen heißt er eben Modesto, weil Modesto der erste Name war, der mir einfiel. Modesto könnte ein Freund von mir sein oder von irgend jemand anderem. Alle haben wir Freunde wie Modesto, denn Typen wie Modesto gibt es in unserem Land Tausende.

Modesto hatte also einen Sparren, so sagt man, wenn einer eine fixe Idee hat, und die fixe Idee von Modesto war, sich ein motorisiertes Gefährt zu kaufen, um am Sonntag mitsamt seiner Familie hinauszufahren an die Seen oder ans Meer. Irgendeinen Wagen, der sich bewegte, der fuhr, gar nicht besonders schnell, vielleicht nur dreißig Stundenkilometer und nicht mehr.

»Ich hab's nicht mit den großen Wagen, auch nicht mit den schnellen, auch nicht mit den Luxuslimousinen«, sagte er immer, »mir gefiele ein Wagen, der gerade noch fährt.«

Eines Tages endlich sagte Modesto, daß er nun soweit wäre. Er hatte genug Geld beisammen, und der Moment, sich zu entscheiden, war gekommen. Erst wollte er sich aber noch gut umsehen. Wenn man sich einen Wagen kaufen will, muß man es im Zeitlupentempo tun, alles genau berechnen, überlegen, was am günstigsten wäre, das Pro und Contra erwägen und endlich das wählen, was die eigenen Wünsche und Möglichkeiten möglichst vereinigt.

Über seine Wünsche war sich Modesto nicht mehr im Zweifel: einen kleinen Wagen, gerade groß genug, bescheiden wie sein Name, und daß er fahre, wenn auch langsam. Daß er seine kleine Familie unterbringen kann, das heißt sich, seine Frau und seine zwei Kinder. Aber die Kinder zählten noch gar nicht, so klein waren sie noch. Deshalb kam ein viersitziger Wagen gar nicht in Frage, zu groß, zu auffallend und vor allem zu teuer.

Kein viersitziger Wagen also, man mußte nach einem Zweisitzer Umschau halten, denn in Wirklichkeit waren zwei Plätze vier Plätze, und seine Familie hatte reichlich Platz. Warum soviel unnötigen Platz mitbezahlen? Die Kinder waren noch so klein, daß sie bequem auf einem Motorroller unterzubringen waren. Modesto beschäftigte sich intensiv mit der Idee des Rollers: viel wendiger als ein auch noch so kleiner Wagen, nicht so auffallend, und vor allem hatte er den Vorzug viel größerer Billigkeit.

Die Familie hätte darauf gut und bequem Platz: Seine Frau auf dem Rücksitz mit dem Kleinsten im Arm – auch in einem Wagen hätte sie den Kleinen im Arm halten müssen –, der größere, vorne stehend, mit der Hand an der Lenkstange, hätte viel mehr Spaß, als in einem Wagen sitzend.

Modesto entschloß sich: Er kaufte einen Motorroller und machte mit ihm eine Probefahrt nach der anderen.

Er war wunderbar. Er war die Erfüllung seiner Wünsche schlechterdings. Man mußte den Enthusiasmus Modestos erlebt haben.

»Ein Schmuckstück«, sagte er, »jetzt richte ich ihn mir noch ganz nach Wunsch her, ich werde ihn hegen und pflegen, wie es so ein Kleinod verdient.«

Er war überaus stolz auf seine Maschine und dachte sofort an gewisse kleine Verbesserungen, die sie über alle anderen hinausragen lassen würde.

Erst tauschte er den Sitz gegen einen besser gefederten aus. Dann ließ er am Soziussitz eine Rückenlehne anbringen, damit seine Frau bequemer sitze mit dem Kleinen im Arm, einen Soziussitz für zwei sozusagen. Dann kaufte er zwei wunderbare Taschen, die er an den Seiten anbringen ließ. Sehr geräumige, um alles für einen Sonntagsausflug unterzubringen: Mittagessen, Regenmäntel usw.

Dann dachte Modesto auch an das Wetter: Es konnte ja während eines Ausfluges zu regnen beginnen. Er erstand eine große durchsichtige Bedachung aus Plastikmaterial und ließ sie aufmontieren, so daß er nun einen Limousinenroller hatte. Das war eine großartige Idee, da man nun auch gegen den Wind geschützt war. Nun war die Maschine eigentlich komplett mit Ausnahme von einigen Kleinigkeiten, um all den Komfort zu genießen, den man während eines Ausfluges brauchte. Die Hupe wurde verstärkt, ein Rückspiegel, ein Tachometer und ein Kilometerzähler angebracht. Und warum nicht auch eine Uhr? Wenn man fährt und wissen will, wie spät es ist, muß man mit einer Hand lenken, und die Uhr verschönerte das Ganze beträchtlich.

Um die Langeweile der geraden Strecken zu überwinden, was gab es Besseres als ein Radio?

Er kaufte auch ein winzig kleines, extra konstruiert für Motorroller, mit einer wiegenden Antenne.

Ein Aschenbecher wurde noch angebracht, absolut notwendig in einer Limousine, und ein elektrischer Anzünder. Dann kam noch ein Nebelscheinwerfer hinzu und einige Pfeile rückwärts und vorne, um die Richtung anzuzeigen. Er kaufte noch eine Menge kleiner Zubehöre, mit denen er die Maschine noch schöner gestaltete. Er war ehrlich stolz auf seinen Luxus-Motorroller.

Er versah ihn noch mit einer Sicherung gegen Diebstahl, und dann war er endlich komplett. Die Leute blieben auf der Straße stehen und schauten ihm nach, denn einen schöneren Roller als den seinigen gab es nicht. Modesto rechnete die ganzen Ausgaben nicht zusammen, denn wenn er es getan hätte, wäre er daraufgekommen, daß er um das gleiche Geld einen viersitzigen Wagen bekommen hätte, wahrscheinlich wäre ihm sogar etwas übriggeblieben.

Aber ein Viersitzer hätte eben ausgesehen wie ein Viersitzer. Dies hingegen war nur ein Motorroller, aber es gab keinen zweiten, der ihm glich.

Eines Tages rief er mich höchst zufrieden an und fragte mich, ob ich morgen, am Samstag, mit ihm einen Ausflug machen wolle.

»Wir zwei allein?« fragte ich.

»Nein«, sagte er, »meine ganze Familie fährt mit, aber du brauchst keine Angst zu haben: Du hast leicht Platz, denn mein Vetter und meine Base können morgen nicht mitkommen.«

Vor der Geburt des Autos

»Früher einmal gab es keine Autos. Erinnert ihr euch?«

Nein, wir erinnern uns nicht. Es ist wahr, daß wir nicht mehr sehr jung sind, aber auch noch nicht so alt, daß wir uns dieser fernen Zeit erinnern könnten. Wir haben es in den Büchern gelesen, daß es früher keine Autos gab, und unseren Kindern kommt das einfach phantastisch vor. Sie können sich nicht vorstellen, daß es eine Epoche ohne Autos und all die schönen Sachen gab, mit denen sie zur Welt gekommen sind. Für sie gab es immer Autos. Autos und all die anderen hübschen Sächelchen wie den Kühlschrank, das Radio, die Flugzeuge usw. usw.

Aber früher einmal gab es wirklich keine Autos. Ein gewisser Filippo Bisnove erzählte mit Wonne von den Zeiten, da es noch keine Autos gab. Und die jungen Leute lauschten seinen Erzählungen und glaubten sie auch, obwohl sie in Wirklichkeit nur dicke Lügen waren.

Er sagte, daß ihm diese Geschichten von seinen Großeltern überliefert wurden, aber das ist ganz bestimmt nicht wahr. Sie sind von A bis Z erfunden.

Eigentlich sind es gar keine Geschichten. Bisnove sagte: »Ihr wißt nicht, daß es früher keine Autos gab und das Leben ganz anders war als heute? Bevor das Auto erfunden werden konnte, mußte der Mensch den Pferdewagen erfinden, und diese Erfindung war gar nicht so leicht, wie sie auf den ersten Anhieb scheint. Versetzt euch in die Lage der Menschen von damals: primitiv, unerfahren, überhaupt nicht auf Erfindungen eingestellt, die man erst zu erfinden begann! Also gut. Damals bekamen es die Leute langsam satt, zu Fuß zu gehen, und begannen auf Abhilfe zu sinnen. Stühle gab es schon. Die Stühle wurden schon Jahrhunderte vorher erfunden und waren in der damaligen Zeit schon eine Selbstverständlichkeit. Keiner wunderte sich mehr darüber, will ich sagen. Und der Stuhl wurde die erste Phase in der Erfindung des Pferdewagens.

Sich hinzusetzen war leicht, aber da saß man nun und blieb, wo man war. Wer irgendwohin wollte, mußte aufstehen und gehen; er konnte nicht gehen und sitzen zugleich. Genau so wie heute, trotz allen Fortschritts.

Der Gedanke tauchte auf, daß man den Stuhl bewegen müsse, aber wie? Ihr müßt euch in die Menschen von damals hineindenken. Irgendeiner befestigte an den Stuhlbeinen vier Räder, das war der erste Schritt, aber ein sehr kleiner, denn trotz der Räder bewegte sich der Stuhl nicht, wenn man ihn nicht schob.

Die Zeit verging, und eines Tages endlich vergrößerte ein anderer den Stuhl, der so zum ersten Wagen wurde, an den man ein Pferd spannte. Die Sache mit dem Pferd war alles andere als einfach. Das Pferd ging immer geradeaus, und der Trick, es zu lenken, war noch nicht erfunden. Das Tier mußte dressiert werden, und, um die Wahrheit zu sagen, es lernte sehr schnell.

Heute gibt es auf allen Straßen Tankstellen, und manchmal bleibt ein Fahrer ohne Benzin – ihr wißt ja, wie schnell sich das Benzin verbraucht, und genauso ging's früher mit den Pferden.

Wenn einer verreisen wollte, spannte er sein Pferd vor den Wagen, und dahin ging's. Er fuhr und fuhr, und fahrenderweise verbrauchte sich das Pferd, verkleinerte sich vor seinen Augen. Auch damals gab es schon schwere und leichte Wagen, sagen wir Volkswagen. Mit diesen konnte man Hunderte von Kilometern mit nur einem Pferd zurücklegen. Mit den schweren dagegen war es etwas anderes. Diese verbrauchten eine Unmenge von Pferden. Es konnte leicht passieren, daß man mit so einem großen Wagen auf der Strecke blieb. Das Pferd verkleinerte sich zusehends, und wenn es zur Foxterriergröße zusammengeschmolzen war, konnte es den Wagen nicht mehr ziehen und blieb stehen.

Dann kamen auch Defekte vor wie bei einem Motor. Am Straßenrand saht ihr den Wagen stehen, und der Lenker suchte den Defekt im Pferdeinneren. Es war gar nicht so leicht, den Defekt in einem Pferd zu finden. Man mußte es ganz auseinandernehmen, den Magen, die Milz, die Leber, das Herz, alle wichtigen Teile des Pferdes. Das Auseinandernehmen war leicht. Auch einen Motor hat man bald in seine Bestandteile zerlegt, aber dann möchte ich euch beim Wiederzusammensetzen sehen. Genauso war es mit einem Pferd, dem man die Leber, die Milz, den Magen und alles andere wieder richtig zusammensetzen sollte. Fachleute auf diesem Gebiet waren damals selten. Die Ersatzteile waren auch schwer zu haben, weil sie nicht für jede Pferdemarke paßten.

Dann konstruierten sie ein anderes Vehikel, um den unterwegs liegengebliebenen Wagen zu helfen. So, wie man jetzt die Abschleppwagen im Hilfsdienst hat, erfanden sie damals die Ochsen, um die unglückseligen Wagen abzuschleppen. Sie hatten sehr starke Schwänze, die vorne an den Wagen gebunden wurden.«

Signor Bisnove erzählte eine Menge solcher Geschichten von damals, darunter auch diese, daß, als die ersten Autos erfunden waren, man noch immer mit einer Peitsche fuhr. Wenn der Motor streikte, zog ihm der Fahrer ein paar über, aber der Motor funktionierte trotzdem nicht. Dann versuchte er, ihm zur Strafe kein Benzin zu geben, es half auch nichts, er blieb stur. Sie schlugen ihn sogar, so daß man eine Gesellschaft zum Schutz mißhandelter Motore gründete. Wer erwischt wurde, wie er seinen Motor schlug, wurde schwer bestraft und weiterhin scharf überwacht, damit er nicht rückfällig wurde.

»Ihr wißt auch nicht«, sagte Signor Bisnove, »daß die ersten Autos Schwänze hatten, genau wie die Pferde; der Schwanz erwies sich jedoch als unnötig, und so ließ man ihn fort.«

Signor Bisnove wußte genau, daß wir damals noch nicht dabei waren, und so konnten wir nicht widersprechen. Wir mußten ihn erzählen lassen, wir konnten höchstens die Achseln zucken oder ungläubig den Kopf schütteln.

Sicher wäre heute ein Wagen mit einem Schwanz ein Lacherfolg. Wenn wir wenigstens ein Foto sehen könnten! Aber Signor Bisnove sagte, daß damals der Fotoapparat noch nicht erfunden war und daß Fotos, ohne Apparat aufgenommen, so unscharf kamen, daß man kaum die darauf abgebildeten Gegenstände unterscheiden konnte.

Der Schnee

Es hatte wieder dicht zu schneien begonnen. Man wußte nicht mehr, in welcher Stadt man war, ob überhaupt in einer Stadt. Ein dickes, weißes Tuch hatte sich über alles gebreitet, und die Menschen hätten einen Zipfel dieses Tuches lüpfen müssen, um zu wissen, was sich darunter befand. Aber wie soll man ein so dickes, weißes Tuch aufheben, das so dicht und zäh am Boden klebte?

Unter der weißen Oberfläche war noch eine Eisschicht von beachtlicher Dicke. Zehn, auch zwanzig Zentimeter sagten sie, vielleicht auch siebzig, keiner wußte es genau. Da müßte man erst die flaumige Schneedecke aufheben und dann das Eis zerstoßen, um den Durchmesser errechnen zu können. Und wem gelang es schon, eine so dichte Schneeschicht zu lüpfen?

Da war einer, man weiß nicht wo, auf dieser unendlichen weißen Fläche, der gern gewußt hätte, in welchem Teil von Europa er sich befand.

»Ich könnte in Mailand sein oder in Paris, vielleicht auch in Udine«, sagte er, »wer weiß, was für eine Stadt hier darunter ist. Alle Wegweiser sind zugeschneit, die Verkehrszeichen unter einer Eiskruste versteckt. Man kann rechts oder links abbiegen, wie man will, es gibt keine Einbahnstraßen und keine Stoppschilder mehr.«

Wer übrigens hielt bei diesem Schnee schon an? Es war auch nicht ratsam. Da blieb einer stehen und konnte dann nicht mehr anfahren. Ettore sank ein, und Federico rutschte. Ottorino fuhr, aber der Schnee nahm ihm die Sicht.

So klein kann ein Ding gar nicht sein, daß es nicht vom Schnee verdeckt wäre.

Rinaldo zog seinen Handschuh aus und streckte die Hand vor. Die weißen Flocken legten sich auf seinen Handrücken, und auch die Hand verschwand unter einer Schneeschicht. Besser, man schüttelte den Schnee ab, zog den Handschuh wieder an und steckte die Hand in die Tasche.

Die zu Hause Gebliebenen waren im Warmen, sahen den Schnee jenseits der Fenster auf die Straße fallen. Die Gehwege waren verschwunden, und der Platz war nur mehr eine einzige glatte Fläche. Die Beete und Sträucher waren zugeschneit, nur die Pfosten der Bänke, die wie mit weißen Wollfäden verbunden zu sein schienen, ragten aus den Schneemassen. Wie Stricknadeln, auf denen sich die Wolle durcheinanderschlingt.

Solange wir uns in unseren Häusern befanden, wußten wir, daß wir in unserer Stadt waren. Im Haus war alles so, wie es im letzten Herbst war und wie es im nächsten Frühling sein würde. Die gleichen Möbel, die gleichen Wände, aber vom Fenster her drang weißes Licht ein, das alle uns umgebenden Dinge verblaßt erscheinen ließ.

Solange wir zu Hause waren, befanden wir uns in Mailand, aber wir mußten zur Porta Venezia. Wir schauten zum Fenster hinaus, hinunter auf die verwaiste Straße. Ein Mann überquerte sie und hinterließ seine Spuren in dem weißen Tuch.

Wir mußten die Expedition gut organisieren.

»Wir sind nicht besonders gut ausgerüstet«, sagte Serafino, »aber vielleicht können wir trotzdem die Überquerung vorbereiten. Wir haben Wollsachen und Bergschuhe.

Etwas Warmes müssen wir uns auch mitnehmen. Ich habe ein altes Zelt aus meiner Militärzeit.«

Wir richteten unsere Rucksäcke her und verabschiedeten uns von unserer Familie. Unter dem Haustor zogen wir den Stadtplan zu Rate, auf dem unsere Stadt allerdings ganz anders aussah. »Wir müssen nach Süden vordringen und dann nach fünfhundert Metern gegen Südwest abbiegen.«

Wir warfen uns ins Schneegestöber und arbeiteten uns mühsam vorwärts. Es gelang uns, die gegenüberliegende Straßenseite zu erreichen. Immerhin waren wir schon an die zwanzig Meter ohne Unfall vorwärtsgekommen und legten jetzt eine Verschnaufpause ein. Wir schauten uns um. Man sah keine lebende Seele, und einer von uns fand unser Unternehmen zu waghalsig. Nicht einmal ein Übertragungsgerät hatten wir mit uns. Macht nichts, wir wollten den Mut nicht verlieren. Wir gehörten nicht zu denen, die auf halbem Weg umkehren.

Sehr langsam rückten wir zur Straßenecke vor. Serafino bildete die Spitze, Tommaso die Nachhut. Wir hätten uns anseilen können, aber dazu war es noch zu früh. Als wir an der Ecke waren, überfiel uns ein heftiger Windstoß.

Trotzdem bewältigten wir die Ecke, und vor uns zeigte sich die Allee in ihrer ganzen Trostlosigkeit. In der Straßenmitte bemerkten wir zwei Männer in Not. Wir hielten eine Beratung ab. Man mußte ihnen zu Hilfe kommen. Serafino wagte als erster den Übergang, und wir hielten dicht hinter ihm. Wir seilten uns an, weil wir ja nicht wissen konnten, ob unter der Eisschicht tatsächlich Asphalt war. Man hatte uns gestern erzählt, daß ein Passant im Stadtzentrum im Eis eingebrochen war und ins Wasser fiel. Wer wußte, ob hier unten nicht auch ein See war.

Wir brauchten drei Viertel Stunden, um zu den Verunglückten zu gelangen. Ihre Stimmen leiteten uns, und wir erreichten sie nach Bewältigung einer hohen Schneewehe.

Sie waren halb erfroren, aber es gelang uns, ihnen den

Hals unserer Kognakflasche zwischen die Zähne zu schieben. Sie erholten sich schnell und erzählten uns ihr Abenteuer.

»Wir warteten auf die Straßenbahn«, sagte der am schnellsten wieder zu Kräften Gekommene, »das ist eine Haltestelle der Sechzehner.« Wir sahen uns um. Es schien unmöglich, aber es war tatsächlich eine Haltestelle, nur kam die Straßenbahn nicht mehr bis hierher durch. Die Geleise waren unter einer dicken Schnee- und Eisschicht verborgen. Wir stocherten ein wenig im Schnee und bekamen auch ein ganz kleines Geleisstück frei. Die Hoffnung kehrte für einen Augenblick bei uns ein, verschwand aber ebenso schnell wieder. Wir mußten ans Ende der Allee gelangen, wo sich hinter einigen Schneehaufen eine Häuserfront abzeichnete. Vielleicht waren wir dort etwas vor den Unbilden des Wetters geschützt. Die beiden auf dem Rükken tragend, erreichten wir endlich die Hausmauer. Dort richteten wir unser Zelt auf und machten ein kleines Feuer. Das Holz hatten wir im Rucksack mitgenommen. Die Wärme tat uns gut, und nach einer Stunde konnten wir den Weg fortsetzen.

Wir dachten an unsere Familien, die sicher in Sorge waren um uns. Seit drei Stunden waren wir unterwegs und konnten ihnen noch keine Nachricht geben. Hinter einem Parterrefenster bemerkten wir einen Mann, der uns entgegensah. Wir signalisierten ihm unser Kommen und gaben ihm dann unsere Telefonnummer. Wir baten ihn, zu Hause anzurufen, es ginge uns gut, und wir wären außer Gefahr.

Der Marsch ging weiter. Wenn sie in den nächsten drei Stunden ohne Nachricht von uns blieben, würden sie eine Hilfsexpedition ausrüsten und uns entgegenkommen. Wir würden gern unsere Spuren im Schnee zurücklassen, aber er fiel so dicht, daß er sie sofort wieder zudeckte.

Die zwei Passanten, die wir an der Straßenbahnhaltestelle aufgelesen hatten, schlossen sich uns an, und der Vormarsch ging weiter. Einen Taxistand erkannten wir an der Telefonsäule, die aus dem Schnee ragte, aber wir konnten nicht feststellen, ob ein Taxi dastand. Auf der weißen Fläche hatte sich eine leichte Kräuselung gebildet, aber wir hatten keine Zeit, uns zu vergewissern, ob sich darunter ein Taxi befand. Unter unmenschlichen Anstrengungen setzten wir unseren Weg fort und sahen auf einmal zwischen dem Flockengewirbel eine dunkle Masse auftauchen und auf ihr einige gestikulierende Menschen. Wir hörten auch Hilferufe. Wir hielten direkt auf diese Unglücklichen zu, und beim Näherkommen entpuppte sich die dunkle Masse als Schneeräummaschine außer Betrieb.

Die Maschine war fast vollständig im Schnee versunken, und die Bedienungsmannschaft hatte sich auf dem höchsten Punkt zusammengedrängt und rief um Hilfe. Wir retteten auch sie und flüchteten uns dann in einen Tabakladen.

Wir wärmten uns auf, bis unser Blutkreislauf wieder einigermaßen normal war. Wir waren genau auf halbem Weg zur Porta Venezia. In einer kleinen Sitzung besprachen wir, ob weiteres Vordringen einen Sinn hatte, und Serafino behauptete, daß es heller Wahnsinn wäre weiterzugehen.

Wir riefen zu Hause an und beruhigten unsere Familien. Wir hatten beschlossen hierzubleiben und im Tabakladen zu überwintern. Wir schauten aus dem Fenster und sahen, daß der Schnee nach wie vor fiel.

Wir konnten ebensogut in Kopenhagen, Berlin, Turin oder Paris sein. Man müßte den weißen Mantel aufheben können, um zu sehen, was darunter war.

Um unseren Geist völlig zu verwirren, war der Nordpol über uns gekommen. Wir warteten nun auf den Frühling, der unserer Stadt wieder ihr Gesicht geben würde, daß es wieder unsere Stadt wird, wie sie immer war.

Das Schiff

Es ist passiert. Wir haben ihn geohrfeigt. Wenn wir vorher gewußt hätten, was für eine Geschichte er uns erzählen würde, wäre er gar nicht so weit gekommen. Aber wie es eben beim Geschichtenerzählen geht. Einer sagt, er wüßte eine interessante, garantiert wahre Geschichte. Alle werden neugierig und wollen sie hören. Ganz bis zum Schluß. Erst am Ende merken sie dann, daß diese Geschichte nicht stimmen und nur eine Erfindung sein kann, weil der Inhalt einfach absurd ist.

Attilo Scaramanzia versicherte uns jedoch, daß seine Geschichte wahr wäre, er selbst war Zeuge der Vorkommnisse und mit ihm noch viele andere. Die Zeitungen hatten sie damals breitgetreten, und man könnte auch Umfragen machen. Wir machten keine Umfragen, aber als die Geschichte sich ihrem Ende näherte, verhauten wir ihn so, daß er sich ins Bett legen mußte. Wir hatten durch ihn kostbare Zeit verloren, weil es ihm gelungen war, unser Interesse zu kitzeln. Ich kam dadurch um ein Rendezvous, und die anderen verschoben ihre verschiedenen Verpflichtungen. Außerdem brach eine Vase entzwei, und der Stoff eines Fauteuils im Salon bekam einen Riß.

Attilo Scaramanzia kam also damals zu uns, um seine wirklich wahre, vor einigen Jahren passierte Geschichte zu erzählen.

»Sie passierte«, fing er an, »in einem großen, in der Zivilisation weit fortgeschrittenen Land, ähnlich der Schweiz, mitten in einem Kontinent gelegen, von Bergen umgeben und sehr weit vom Meer entfernt.

Die geographische Lage des Landes hatte also zur Folge, daß es weder einen Hafen noch eine Handelsflotte besaß. Seine Bewohner mußten ins Ausland reisen, wenn sie eine Seereise machen wollten, und sich auf ausländischen Dampfern einschiffen.

Das gefiel den Bewohnern dieses Landes gar nicht. Es

mißfiel ihnen vor allem, weil die anderen Nationen große, prächtige Schiffe besaßen, richtige schwimmende Luxushotels.

Eines Tages kam ein Ingenieur an und unterbreitete ein Projekt. Anfangs wußte keiner, um was es ging, aber alle waren sich einig, daß es etwas Außergewöhnliches sein müsse. Dann sickerte durch, daß es sich um ein riesiges künstliches Wasserbecken handle, in dem man im eigenen Land zur See reisen könne. Aber das war es nicht. Etwas später erfuhr man dann die Wahrheit, als nämlich in einem Außenbezirk der Hauptstadt eine Riesenwerft gebaut wurde.

Man baute ein Schiff. Ein großes Schiff von ich weiß nicht wieviel Tonnagen, aber sicher eines der größten der Welt. Das Modell wurde überall ausgestellt und Modellschiffe davon zum Verkauf angeboten.

Wunderbar! Vollkommen! Brücken, Luken, Schwimmhalle, zwei Schlote, Kommandobrücke, Bug, Heck, alles war da, auch die Wasserlinie.

Die Leute fragten sich, was die Wasserlinie bedeuten solle in ihrem Land, wo es kein Wasser gab. Ich meine, kein Wasser, um mit einem Schiff darauf zu fahren. Aber die das Projekt ausgeführt hatten, behaupteten, daß jedes Schiff, das auf sich hält, eine Wasserlinie braucht. Das ist auch richtig. Genau wie es ein Steuer, eine Schraube und viele andere Dinge braucht.

Der Schiffsbau begann zügig. Aus allen Schiffsbauländern der Erde ließ man Fachleute kommen, die alle die gleiche Frage stellten: Warum baute man ein Schiff, wenn man es nicht vom Stapel lassen konnte?

Im Gehirn der großen Männer können wir nicht lesen. Die Leute denken, was sie wollen, und die Großen machen, was sie wollen. Der Bau des Schiffes machte jedenfalls die ganze Bevölkerung glücklich, auch wenn sich die Mehrzahl fragte, zu was es gut sein sollte. In Wirklichkeit fragte keiner, weil alle vor der Antwort Angst hatten, die ihnen eine Illusion nehmen würde. Die Freude, ein solches Schiff zu besitzen, war so groß, daß sie bei den unwichtigsten Gelegenheiten zum Durchbruch kam. Alle waren stolz, und keiner hatte die Courage zu fragen: Und dann, was dann? Die Arbeit würde ohnehin noch eine Weile dauern. Ein Schiff baut man nicht von heute auf morgen. Erst kam der Rumpf, dann die Motoren und all die Arbeiten, wie sie eben bei jedem Schiffsbau notwendig sind.

Die Bevölkerung des Landes war geduldig. Die Menschen gingen oft nachschauen, wie weit die Arbeiten fortgeschritten waren. Man sah zwar nicht, was jenseits der großen Mauer, die um die Werft errichtet war, vorging, aber man hörte viel Lärm, diesen Höllenkrach, der in jeder Werft herrscht beim Bau eines solchen Riesenschiffes.

Ich muß noch sagen, daß sich in vielen Menschen eine Hoffnung entzündet hatte. Absurd, werden Sie sagen, aber das sind Hoffnungen häufig. Nämlich die Hoffnung, daß irgendwelche Naturereignisse die Kontinente verschwinden oder neue auftauchen lassen, die Küstenlinien verändern oder Berge versetzen, das Meer in ihr Land bringen würden, ja, noch mehr, daß sie das Wasser bis zum Rand der Werft fließen lassen und so den Auslauf des Schiffes ermöglichen würden. Diese Hoffnung hatte alle gepackt, wenn es auch keiner zugab. Man brauchte sie nur zu beobachten, wenn sich das Wetter änderte, wenn der Himmel sich bedeckte oder Regen kam. Einmal kam eine längere Schlechtwetterperiode. Wochenlanger Regen, Überschwemmungen, Unwetter. Da mußte man die Leute sehen, wie zufrieden sie waren! Diesmal klappt es! riefen sie und betrachteten den sturmzerrissenen Himmel.

Aber der Regen hörte auf, die überschwemmten Felder trockneten, und die ausgetretenen Flüsse flossen wieder ruhig in ihrem Bett. Nichts. Aber die Hoffnung blieb.

Wie lange dauerte der Bau des Schiffes? Für die Bevölkerung einige mit Geduld ertragene Jahre. Dann wurde die Fertigstellung bekanntgegeben und der Tag des nicht gerade Stapellaufes, aber der Zeremonie anstelle eines solchen bekanntgegeben, an dem sich die gesamte Bevölkerung der Stadt vor der Werft versammelte.

Die Zeremonie fand also in Anwesenheit aller Behörden statt, und das Staatsoberhaupt tat den ersten Hammerschlag in die Umzäunungsmauer der Werft. Die Mauer fiel, und das Schiff erschien in seiner ganzen Pracht. Es war überwältigend. Die Menge schrie vor Erstaunen laut auf. Es war tatsächlich eines der schönsten Schiffe der Welt. Enorm. Gigantisch. Elegant. Die Sirene heulte lange, während aus den Schloten der Rauch aufstieg.

Nun begann die Zeit der Innenausstattung, woran Architekten, Ingenieure und Schwärme von neuen Arbeitern arbeiteten. Noch ein ganzes Jahr ging vorbei, ehe das Schiff fertig war.

Eines Tages wurde die Motorenprobe angesagt, und die ganze Bevölkerung konnte zusehen, wie schwindelnd schnell sich die Schrauben drehten, während ein leises Summen aus dem Bauch des Schiffes kam und der Rauch aus den Schloten emporstieg. Die Proben verliefen ausgezeichnet. Journalisten, Fotografen, Behörden und Persönlichkeiten wohnten dieser wichtigen Probe bei.

Dann die Jungfernfahrt. Es war keine Fahrt im Sinne des Wortes. Das Schiff konnte sich natürlich keinen Millimeter bewegen, aber an Bord ging es wie bei einer richtigen Schiffsreise zu. Sie dauerte eine Woche, und alle Kabinen waren ausverkauft.

Das vollbesetzte Schiff lichtete die Anker (die Anker wurden tatsächlich gelichtet, wenn es Ihnen auch unnötig erscheinen mag!), und von der Kommandobrücke erschallten die knappen Befehle des Kapitäns und seiner Offiziere.

Viele erzählten von dieser wunderbaren Reise, die so wunderbar war wie auf keinem anderen Dampfer, der wirklich im Meer fuhr. Nur ein Fall von Seekrankheit kam vor. Der Passagier mußte die ganze Reise über in seiner

Kabine bleiben. Solch ein Mißgeschick kann überall und immer vorkommen. Andere, die seekrank wurden, überwanden dieses Übel in einem Tag und hatten auch keine Rückfälle während der ganzen Reise.

Nach dieser Jungfernfahrt begann der regelmäßige Passagierverkehr. Keine eigentlichen Reisen natürlich. Die Passagiere kamen mit ihren Tickets an Bord, nahmen ihre Kabinen in Besitz, die Landungsstege wurden eingezogen und die Anker gelichtet. Niemand konnte mehr ein- oder aussteigen, genau wie wenn man tatsächlich auf dem Meer wäre.« An diesem Punkt machte Attilo Scaramanzia eine Pause. Er blieb eine ganze Weile still, und einige von uns begannen zu überlegen. Ich glaubte, jemanden mit den Zähnen knirschen zu hören, aber ich bin nicht sicher. Der Verdacht, daß uns Attilo Scaramanzia eine Lügengeschichte erzählt haben könnte, begann in uns zu wühlen, wenn wir uns auch bemühten, diesen Blödsinn als wahr zu schlucken.

Aber wie konnten wir sicher sein bei den vielen Unmöglichkeiten, die sich dauernd in der Welt zutrugen!

Ich war nahe daran, Attilo Scaramanzia zu glauben, als er in seiner Erzählung fortfuhr.

»Ich machte die letzte Reise mit«, sagte er, »in den ersten Tagen war wirklich alles wunderbar. Das Schiff, bis zum letzten Platz besetzt wie gewöhnlich, Feste und Bankette an Bord. Hübsche Mädchen. Leichtsinn und Lachen. Eine herrliche Kreuzfahrt, an die ich mich immer erinnern werde, wie sie auch nicht schöner hätte sein können, wenn wir wirklich nach Hawaii gefahren wären. Aber eines Nachts kam ein grauenhafter Sturm auf. Windstärke über hundert Stundenkilometer, Hagel, Wasserhosen. Es war furchtbar. Ich sprang gerade noch rechtzeitig über Bord und rettete mich in eines der nächstgelegenen Häuser. Nur wenige retteten sich mit mir. Am Tag hernach, als der Zyklon vorbei war, gab es kein Schiff mehr. Es war untergegangen. Rundherum schwammen die Überbleibsel, ein

Rettungsring, ein Beiboot kieloben, ein zerbeulter Koffer, ein Stück Mast: Das waren die traurigen Reste des wunderschönen Schiffes.«

Das war der Punkt, wo wir mit den Ohrfeigen begannen und ihn durchbleuten. Dann sind wir auseinandergegangen, weil keiner mehr Lust auf die Fortsetzung der Geschichte hatte, wenn es überhaupt eine gab.

Eisenbahnertreue

Der Ort hieß Oberberggipfeldorf. Eigentlich waren es zwei Dörfer, wie so oft im Gebirge: Oberberggipfeldorf und Unterberggipfeldorf. Zwei Teile eines einzigen Ortes. Dieser Ortsname war seinerzeit Gegenstand heftiger Auseinandersetzungen zwischen den Einwohnern der beiden Ortsteile. Zuerst beschloß man, beide Teile Oberberggipfeldorf zu nennen, aber der untere Teil, nicht direkt am Berggipfel gelegen, hatte nicht das Recht dazu. Man konnte ihn nicht Oberberggipfeldorf nennen, weil er eben nicht oben lag. Entweder liegt ein Ort auf einem Berggipfel oder nicht. Der eine lag wohl oben, aber der andere mußte sich mit dem Platz unterhalb und einem anderen Namen begnügen. Aber einen ganz anderen Namen konnte man dem unteren Teil auch wieder nicht geben, denn beide Dörfer bildeten eine einzige Gemeinde, und beide wollten einen Namen, der sich auf den Berg bezog. Nach langen Diskussionen wurde beschlossen: Oberberggipfeldorf hieß der Teil direkt auf dem Berggipfel, Unterberggipfeldorf der andere, untere.

Aber dieser Streit zwischen den beiden Dörfern interessiert uns nur am Rande. Für uns ist nur der Fall von Oberberggipfeldorf aus dem fernen 1972 interessant. Das ferne 1972 ist nicht vielleicht ein Jahr der fernen Zukunft, wie es einem oberflächlichen Beobachter auf den ersten Blick erscheinen mag. Es handelt sich um ein schon seit längerer Zeit vergangenes Jahr. Ich weiß nicht genau, seit wie lange, denn das Rechnen ist nicht meine Stärke, aber auch das wird den Leser nicht interessieren. Das Jahr 1972, möchte ich sagen, war ein sehr eingebildetes Jahr. Ein Jahr, das sich großtun wollte mit mächtigem Fortschritt und umwerfenden Entdeckungen auf allen Gebieten.

Man erinnert sich aus diesem Jahr an die Erfindung der Koffer mit hydraulischem Wasserverschluß, an den großartigen Versuch, den Rauch der einheimischen Zigaretten auf Schallplatten aufzunehmen, die drahtlose Übertragung auf große Entfernungen von Herren- und Damenschuhen und noch unzähliger Erfindungen, die im Nichts endeten, wie auch die Produktion horizontaler Holzlatten, die in der ganzen Welt Aufmerksamkeit erregte. Kein Mensch konnte je erfahren, wozu sie eigentlich gut sein sollten. Gewiß eine moderne, grandiose Erfindung, aber es wurde nichts daraus. Von allen diesen Erfindungen blieb nichts als die Erinnerung. Die Idee, das Jahr 1972 einfach zu überspringen, um den Fortschritt mit noch größerer Schnelligkeit zu bewältigen, hatte sich als ziemlich unglücklich erwiesen. So entschloß man sich, zum alten System zurückzukehren und die Jahre eines nach dem anderen vergehen zu lassen, wie es seit eh und je der Brauch war. Es nützte nichts, die Jahre mußten in ihrem immer gleichbleibenden Rhythmus ablaufen, und es hatte keinen Sinn, eines oder das andere überspringen zu wollen. Nach drei kommt vier, dann fünf und sechs. Das ist ein Naturgesetz, und gegen Naturgesetze kommt man nicht an.

So weit, so gut. Damals, 1972, wollte jeder von sich reden machen. Jede Stadt hatte ihren Einfall, ihre Erfindung, ihre Entdeckung. Und nicht nur die großen Städte, auch die kleinsten Dörfer wollten dem arroganten Jahr 1972 gerecht werden.

Auch die Oberberggipfler in Oberberggipfeldorf schliefen nicht. Die von Unterberggipfeldorf hatten einen Tunnel in den Berg gegraben und waren auf der anderen Seite herausgekommen. Am Tag der Einweihung feierten alle Unterberggipfler, und die Oberberggipfler, zur Feier geladen, beschlossen, auch ihrerseits etwas zu unternehmen.

Aber sie wußten nicht, was. Die Oberberggipfler glänzten nicht gerade durch Intelligenz, wenn man sie auch beileibe nicht als stupid bezeichnen konnte. Aber nun brauchten sie ein Genie, und dieses kam auch in Gestalt eines Oberberggipflers, der von einer Reise nach dem Kontinent zurückgekehrt war. Er ging zum Bürgermeister und haute die Faust auf den Tisch.

»Alle haben eine Eisenbahn«, sagte er, »warum sollen wir keine haben? Warum soll unser Ort nicht einen eigenen Bahnhof besitzen?« Tatsächlich mußte man, um nach Oberberggipfeldorf zu gelangen, in der Station Schweinsham aussteigen, den Omnibus nach Hundsdorf nehmen und endlich auf dem Rücken eines Muli Berggipfeldorf erklimmen. Oberberggipfeldorf war eben ein großes, direkt auf dem Berggipfel gelegenes Dorf, zu dem keine Fahrstraße führte, es gab nur steile Maultierpfade und Fußwege in den Wäldern. Der Bürgermeister blickte dem Oberberggipfler ins Weiße des Auges und sagte, daß ihm dieser Vorschlag unerwartet käme. Er könnte sich nicht sofort dazu äußern.

Die Idee einer Eisenbahn war keineswegs abzulehnen. Auch wenn sie schwer realisierbar war, konnte man sie immerhin in Erwägung ziehen. Der Bürgermeister berief einige Techniker, und diese begannen den Vorschlag zu durchdenken. In einem Gutachten, das sie einen Monat später vorlegten, bewiesen die Techniker die absolute Unmöglichkeit, Berggipfeldorf an eine der Staatsbahnlinien anzuschließen.

Der Gemeinderat wurde einberufen, das Gutachten durchgesprochen, und man kam zu dem Ergebnis, daß tatsächlich nichts zu machen war. Sofort protestierten die Oberberggipfler.

Die ganze Bevölkerung von Oberberggipfeldorf traf sich auf dem Marktplatz, und man hörte ihre Protestschreie bis hinunter nach Unterberggipfeldorf. Große Manifeste wurden an allen Hausmauern angeschlagen: »Wir wollen unsere Eisenbahn! Oberberggipfeldorf muß seine Eisenbahn bekommen!«

Der Bürgermeister bat sein Volk, Ruhe zu bewahren, er würde alle Möglichkeiten erwägen, um seine Untertanen zufriedenzustellen. Einige Tage vergingen, als sich ein Oberberggipfler in Eisenbahneruniform beim Bürgermeister vorstellte.

»Ich bin der Bahnhofsvorstand«, sagte er, »ich komme im Namen der Eisenbahngewerkschaft von Oberberggipfeldorf.«

»Was für Eisenbahner?« fragte der Bürgermeister.

»Der Maschinist, der Heizer, der Zugführer und der Schaffner«, sagte der Oberberggipfler. »Seit wir den Eisenbahnbau beschlossen haben, sind wir Oberberggipfler nicht müßig gewesen. Unsere Züge werden nur von einheimischem Personal bedient werden. Wir haben in der Stadt einen Eisenbahnerkurs mitgemacht. Bald kommen auch noch der Weichensteller und der Bahnwärter.«

»Ihr könnt bekanntgeben, daß wir das Problem genauestens durchstudieren«, sagte der Bürgermeister, »wir werden das Unmögliche versuchen, aber was den Weichensteller und den Bahnwärter betrifft, dürft ihr euch keine Illusionen machen. Wir haben schon sehr viel erreicht, wenn wir überhaupt eine Eisenbahn bekommen.«

Der Oberberggipfler verbreitete diese Kunde, und das Volk von Oberberggipfeldorf jubelte.

Etwas später wurde der mit dem Projekt beauftragte Ingenieur mit einer dicken Papierrolle beim Bürgermeister vorstellig.

»Hier ist das Ergebnis meiner Berechnungen«, sagte der Ingenieur und breitete die Zeichnungen auf dem Tisch aus, »die Bahnstrecke, die wir bauen können, hat die

Länge von sechs Metern und zweiundvierzig Zentimetern.«

»Zweigleisig?« fragte der Bürgermeister.

»Ausgeschlossen!« sagte der Ingenieur. »Höchstens eineinhalbgleisig, zu dem einen noch ein Zusatzgleis, das man, wenn man es nicht mehr braucht, als totes Gleis verwenden kann. Das Terrain, auf dem Oberberggipfeldorf steht, ist zu klein, und wir können den Bahndamm nicht ins Leere bauen.«

»Richtig«, sagte der Bürgermeister, »man wird eben kürzere Waggons bauen.«

»Geht in Ordnung«, sagte der Ingenieur, »der Preis für eine Spezialanfertigung ist zwar höher, aber dafür kostet die Strecke um so weniger. Ich mache darauf aufmerksam, daß die Strecke ganz eben ist, man braucht keine Tunnel, keine Unterführung oder Brücken.«

»Großartig!« sagte der Bürgermeister.

Im Gemeinderat wurde also der Bau der Eisenbahn beschlossen und sofort mit den Arbeiten begonnen.

Vom ersten Tag an waren die Eisenbahner von Oberberggipfeldorf zugegen, bis der Bau beendet sein würde und die Eisenbahn nach getaner Arbeit in Betrieb genommen werden könnte.

Als die Strecke mit dem Legen der Schienen beendet war, stellte sich das Problem des Bahnhofs als unlösbar heraus.

Oberberggipfeldorf mußte einen Bahnhof haben, und das Projekt hatte einen Kopfbahnhof vorgesehen. Aber an welcher Seite des Gleises? Und wenn man nur einen Bahnhof baute, was sollte auf der anderen Seite stehen? Noch ein Bahnhof? Aber brauchte Oberberggipfeldorf wirklich zwei Bahnhöfe? Nach unzähligen Diskussionen kam man zu dem Beschluß, statt eines Kopfbahnhofs auf der einen Seite einen Durchgangsbahnhof zu bauen.

Der Grundstein wurde gelegt, und der Bahnhofsvorstand machte sofort Besitzrechte geltend.

Später mußte man noch an die Lokomotive denken. Konnte ein Waggon die Strecke ohne Lokomotive befahren? Nein, er konnte nicht. Der Bau des Waggons wurde unterbrochen und mit der Lokomotive begonnen. Aber dann nahm die Lokomotive die ganze Gleisstrecke ein, und für den Waggon war kein Platz mehr. Und zu was sollte ein Zug gut sein, der nur aus einer Lokomotive bestand?

Eine Revolte drohte auszubrechen, aber glücklicherweise beschloß man gerade dann, das Jahr 1972 auszuschalten und die ganzen großen Erfindungen und Entdeckungen zum Teufel zu schicken.

Auch die Oberberggipfler beruhigten sich und verzichteten auf ihre Eisenbahn, besonders als sie hörten, daß die Unterberggipfler ihren Tunnel wieder zuschütten mußten.

Doch blieb der Oberberggipfler seiner Eisenbahneruniform treu, entschlossen, in ihr das richtige 1972 zu erwarten.

Die Autoschlüssel

Haben Sie je Signor Primo Scontrato gesehen mit seinen Autoschlüsseln in der Hand?

Unmöglich, daß Sie ihn nicht gesehen haben. Er steht mit einem Freund in der Bar und hat die Autoschlüssel in der Hand. Er gestikuliert, und die Schlüssel klingeln in seiner Hand, ein angenehmes Geräusch. Wie eine Begleitmusik zu seinen Worten.

Die Schlüssel klingeln immer, weil die Hände des Signor Primo Scontrato beim Sprechen nie ruhig bleiben, auch nicht, wenn er geht oder irgendwo steht, um auf jemanden zu warten. Unmöglich, sie nicht zu sehen oder zu hören.

Auch wenn er die Straße überquert und es herrscht starker Verkehr, hört man das Klingeln von Signor Scontratos Autoschlüsseln im diffusen Straßengeräusch.

Er hat sie nie in der Tasche, denn er darf sie nicht in die Tasche stecken.

Signor Primo Scontrato hat eine Verpflichtung übernommen. Man weiß nicht, gegen wen. Wahrscheinlich gegen sich selbst. Aber gerade Verpflichtungen, die wir mit uns selbst eingehen, sind am schwersten zu halten. Er muß zwar keinen Rekord brechen, das stimmt, aber er muß etwas tun, was sonst keiner tut: Er muß immer die Autoschlüssel in der Hand halten und sie dabei bewegen, daß man ihr Klingeln hört. Kann sein, er hat eine Vorliebe für Klingeln und ähnliche Geräusche, und das ist dann eine Leidenschaft wie eine andere. Wir alle können mit dem gleichen Recht unseren Leidenschaften frönen.

Vor einigen Jahren startete Signor Primo Scontrato zu einer »Reise um die Welt mit den Autoschlüsseln in der Hand«, und das war ein höchst interessantes Unternehmen. Keineswegs gefährlich. Es gab keine Gefahren, wie sie eine Reise im Auto mit sich bringen würde, das nicht. Es stand nicht zur Debatte, eine ähnliche Reise im Auto zu machen; es wäre auch gar nicht möglich gewesen, weil die Schlüssel, wenn man im Wagen fährt, logischerweise am Armaturenbrett stecken müssen und nicht in der Hand.

Aber dieses Unterfangen war trotzdem interessant und in gewisser Weise auch schwierig. Sie werden sicher noch nie probiert haben, irgendwelchen Gegenstand lange Zeit, sogar tagelang, in der Hand zu halten. Die Gefahr besteht darin, daß man den Gegenstand irgendwo deponiert und ihn dann vergißt, und keiner von uns, wer es auch sei, könnte ununterbrochen einen Gegenstand in der Hand halten. Stellen wir uns außerdem vor, daß es sich dabei um einen kleinen Schlüsselbund handelt.

Wie viele Male folgen wir unbewußt dem Wunsch, die Schlüssel in die Tasche zu stecken? Mehr noch, wir stecken sie einfach in die Tasche, ohne langes Getue, mit größter Selbstverständlichkeit, wie man ein Glas Wasser trinkt oder auf eine Türklinke drückt, wenn man sie öffnen will.

Aus diesem Grund war die Reise des Signor Primo Scontrato so interessant. Alle warteten von Tag zu Tag, daß er die Schlüssel zerstreuterweise in die Tasche stecken oder sie auf einem Tisch oder der Bartheke vergessen würde.

Um der Wahrheit die Ehre zu geben: Nichts von alledem geschah. Signor Primo Scontrato fuhr von Vercelli ab mit den Schlüsseln in der Hand, und eine Menge seiner Freunde verabschiedete sich von ihm auf dem Bahnhof. Er stieg in den Waggon und winkte seinen Freunden mit dem Schlüsselbund zu.

Als der Zug sich in Bewegung setzte, sah man die Schlüssel im Sonnenschein glänzen und hörte das silberne Klingeln sich mit dem Geräusch des abfahrenden Zuges vermischen.

Signor Scontrato kam in Lyon an, wo seine Durchreise avisiert war: Er hatte die Autoschlüssel in der Hand.

Dann folgte seine Ankunft in Paris.

Der Rapport aus der französischen Hauptstadt besagte, daß Signor Primo Scontrato den Bahnhof mit den Schlüsseln in der Hand verließ, genau so, wie wenn sein Wagen ihn am Ausgang erwartet hätte. Er hatte kein Gepäck, denn eine solche Belastung hätte ihn in Verlegenheit bringen können. Er mußte absolute Bewegungsfreiheit haben.

Die Rapporte aus Paris kamen laufend an, in denen seine Bewegungen, auch die kleinsten, angeführt waren. Und immer stand in ihnen, daß er (manchmal in der rechten, manchmal in der linken Hand, je nach seiner Umgebung, den Personen, denen er begegnete und der Temperatur) die Autoschlüssel in der Hand hielt.

Und die Schlüssel klingelten ununterbrochen bei der kleinsten Bewegung des Armes oder der Hand. Die Schlüssel wurden nacheinander aus London, Liverpool, Amsterdam, Luxemburg und Frankfurt avisiert.

Aus allen Meldungen ging eindeutig hervor, daß während des ganzen Europatrips die Schlüssel nicht ein einziges Mal vergessen oder in die Tasche gesteckt wurden.

Natürlich hatte sich Signor Primo Scontrato auferlegt, daß er nur außerhalb seines Hotelzimmers die Schlüssel in der Hand halten mußte.

Zeugen berichteten, als sie ihn in seinem Zimmer aufsuchten, um zu sehen, ob er auch dort die Schlüssel in der Hand hielte, daß er die Schlüssel auf einem Tischchen im Vorzimmer neben der Tür deponiert hatte. Wahrscheinlich tat er das, damit er beim Weggehen an sie erinnert wurde und sie nicht mitzunehmen vergaß. In New York wurde unser Mann von Journalisten und Fotografen überfallen. Sogar das Klingeln seiner Schlüssel wurde auf Band aufgenommen und per Radio den Hörern überspielt.

Aber Signor Primo Scontrato weigerte sich, den amerikanischen Journalisten Rede und Antwort zu stehen. Er befreite sich auf schnellstem Weg von ihnen und lief mit den Schlüsseln in der Hand durch die Straßen, wie wenn er schnell seinen Wagen erreichen und im Blitztempo mit ihm abbrausen wollte.

Eine der wichtigsten Wochenzeitschriften brachte einen Artikel mit der Lüge, daß Signor Primo Scontrato in seinem Hotelzimmer die Schlüssel putzen würde. Der Journalist hatte festgestellt, daß die Schlüssel ungewöhnlich glänzten und deshalb besonders sorgfältig behandelt würden.

Signor Scontrato dementierte kurz: Er hatte nie daran gedacht, die Schlüssel zu putzen. Ihr Glanz hatte seinen Ursprung in der Tatsache, daß er sie immer in der Hand hielt. Der stete Kontakt mit der Haut genügte, sie immer glänzend zu erhalten. Aus allen Teilen der Welt kamen Berichte über ihn, und unser Held hatte immer und überall die Autoschlüssel in der Hand.

Wir erinnern uns gut an seine Rückkunft in die Heimatstadt. Er kam an einem Frühlingsmorgen an. Eine große

Menschenmenge hatte sich am Bahnhof in Erwartung des Zuges versammelt. Alle diskutierten über dieses wichtige Ereignis.

Kam er mit den Schlüsseln in der Hand oder nicht? Das war die Frage, die seine Freunde und Bewunderer bewegte.

Die Theorien lauteten verschieden. Einige meinten, da die Reise beendet sei, könnte er die Schlüssel ruhig in die Tasche stecken. Andere wieder behaupteten, er müsse erst den Zug verlassen haben, und dann, nach Abschluß der Reise, dürfe er die Schlüssel in die Tasche stecken.

Endlich fuhr der Zug mit achtzehn Minuten Verspätung, die durch Gleisreparaturen entstanden waren, im Bahnhof ein.

Schnaufend hielt er am Bahnsteig, und als er stillstand, hörte man deutlich das Klingeln der Schlüssel. Frenetischer Beifall brach aus.

Signor Primo Scontrato zeigte sich am Fenster und grüßte die Freunde mit Schlüsselgeklingel.

Dann holte man ihn aus dem Zug und trug ihn auf den Schultern bis zur Sperre.

Außerhalb des Bahnhofes verließ er seine Bewunderer und machte sich mit klingenden Schlüsseln davon, wie wenn sein Auto am Parkplatz auf ihn warten würde. Alle glaubten, daß er nach dieser phänomenalen Reise die Schlüssel endlich in die Tasche stecken würde, aber dem war nicht so.

Von nun an hatte er sie immer in der Hand, obwohl er nicht mehr auf der Reise war und keinerlei Verpflichtung mehr hatte, nicht einmal gegen sich selbst.

Er hatte sie in der Hand, wenn er mit Freunden im Kaffeehaus diskutierte, wenn er die Straße überquerte, wenn er im Vorzimmer eines Büros wartete. Immer klingelten sie, wenn er die Hand oder den Arm bewegte.

Ein zartes Klingeln, wie Begleitmusik zu seinen Worten.

»Was haben Sie für Zukunftspläne?« fragten ihn eines Tages Journalisten einer wichtigen Wochenzeitschrift.

Signor Scontrato starrte in den Himmel, der über den Hausdächern blaute, und überlegte lange Zeit.

»Ach!« murmelte er seufzend. »Vielleicht kaufe ich mir doch eines Tages einen Wagen.«

... der macht aus der Mücke einen Ele-
fanten

Die Fische

Auch Fische erkranken. Man sagt zwar: gesund wie ein Fisch im Wasser, aber nichts ist verfehlter. Nicht alle Fische sind gesund, denn auch sie sind ein Teil der Lebewesen auf unserer Erde, und man weiß recht gut, daß alle Lebewesen Krankheiten unterworfen sind, die Pflanzen eingeschlossen und auch die Mikroben. Auch sie sind anfällig für Krankheiten. Es gibt gesunde und kranke Mikroben. Die gesunden sind gefährlich, die kranken dagegen nicht. Es gibt noch keine Klinik für erkrankte Mikroben, aber eine Klinik für erkrankte Fische existiert bereits.

Professor Luciano Giopardi Birilli empfing mich in seinem Studio in der Klinik für Meer- und Süßwasserfische und beantwortete zuvorkommend meine Fragen.

»Sie möchten wissen«, sagte er, »wie mir die Idee zu dieser Klinik kam. Hören Sie zu: Seit meiner frühesten Kindheit waren Fische meine Passion. Ich bin an den Ufern des Atlantik geboren und hatte immer eine besondere Beziehung zu den Fischen. Jeden Tag beobachtete ich die Fischer, wenn sie mit ihren Booten voller springlebendiger Fische nach Hause kamen. Sie gefielen mir, und, ehrlich gesagt, ich aß sie auch gerne. Als ich noch ganz klein war, aß ich sie mit besonderer Vorsicht. Ich zerschnitt sie nicht, ich sezierte sie und studierte ihren Organismus bis ins kleinste. Ich lernte so die Fische in- und auswendig kennen. Meine Kenntnisse über die Fische sind vollkommen. Ich ging in die Schule, auf die Universität, machte mein Examen in Medizin und kam darauf, daß das Leben unter Wasser eine verlorene Welt ist, was Krankheiten anbelangt.

Man kuriert Menschen, Tiere, Pflanzen, aber um die armen Fische hat sich bis jetzt keiner kümmern wollen. Man denkt an die Unterwasserlebewesen als solche, daß aber auch sie Krankheiten unterworfen sind, daran dachte bis jetzt keiner. Es mag Ihnen seltsam klingen, aber die Zahl der kranken Fische ist enorm. Die Fische schleppen sich auf dem Meeresgrund dahin ohne jede Hoffnung auf Heilung, andere, leichter erkrankte, wären durchaus zu kurieren, aber wer kümmert sich um sie? Haben Sie sich je mit einem Schnorchel in die unteren Regionen des Meeres gewagt?«

»Nie«, sagte ich, »ich kann nicht schwimmen.«

»Da unten könnten sie sehen, in welch bejammernswertem Zustand sich die Fische befinden. Verzweifelt schwimmen sie herum auf der Suche nach einem Heilmittel, nach einem Arzt, der sie kurieren könnte. Deshalb haben wir die Pflicht, in diese Welt einzudringen und die Schmerzen auch dieser Lebewesen zu lindern, genau wie wir es mit den Menschen, den anderen Tieren und den Pflanzen machen.

Es ist kein leichtes Unterfangen, kann ich Ihnen sagen, aber für mich ist es eine Mission. Die Fische können nicht reden oder sich sonst verständlich machen. Wenn Sie zum Arzt gehen, sagen Sie ihm, wo es Ihnen weh tut. Der stumme Fisch kann das nicht. Glauben Sie, es ist leicht, einen Fisch zu verstehen? Und dabei sind die Krankheiten der Fische zahlreich. Sie haben mehr Krankheiten als wir. Es gibt auch Fische, die sich einbilden, krank zu sein, und dabei sind sie wirklich gesund wie der berühmte Fisch im Wasser. Man muß sie verstehen lernen. Man braucht große Erfahrung, muß mit ihnen leben. Ich gestehe, daß ich einen großen Teil meiner Zeit mit den Fischen verbringe, und deshalb verstehe ich sie nun auch.«

Professor Luciano Giopardi Birilli stand auf und bat mich, ihm zu folgen. Er führte mich in einen langen Saal, an dessen Wänden Glasbehälter mit Wasser aufgereiht waren.

»Das ist die Krankenabteilung«, sagte er, »sehen Sie selbst, wie viele wir haben.«

Er ging zum ersten Behälter und zeigte mir einen Fisch, der unbeweglich am Grund des Wassers stand.

»Ich fürchte, den kann ich nicht retten«, sagte er, »er ist unheilbar.«

»Was fehlt ihm?« fragte ich.

»Flossenfraß«, sagte der Professor, »eine Krankheit, die die Flossen nach und nach zerstört. Der Fisch hat zum Schluß keine Flossen mehr, kann nicht schwimmen und muß am Grund bleiben. Ich habe künstliche Flossen erfunden und sie mit gutem Erfolg bei vielen Fischen angebracht. Schauen Sie hier, dieser Schwertfisch. Sein Schwert rostet, und ich muß ihm ein neues einsetzen aus nichtrostendem Material. Ein einfacher Fall. Weiter vorne habe ich einen Hammerfisch, dem der Stiel abgebrochen ist, ich habe ihn in Gips gelegt, bis er wieder in Ordnung ist. Hier eine Auster.«

»Auch Austern . . .?« fragte ich.

»Auch Austern«, antwortete der Professor. »Dieser hier habe ich eine Kunststoffschale gemacht. Sie funktioniert besser als ihre natürliche, möchte ich sagen, denn sie hat innen einen Reißverschluß, den keiner aufbringt.«

»Großartig!«

»Die Austern sind mir auch sehr dankbar. Viele gesunde unter ihnen möchten meine Kunstschale, weil sie sicherer ist und unter Garantie. Hier ein Krebs, Sie wissen, daß Krebse seitwärts gehen, er geht gerade, eine Degenerationserscheinung.«

Am Ende des Saales war ein Riesenglasbassin mit Stufen bis zum Grund. Der Professor legte seinen weißen Mantel ab und stand im Badeanzug da. Er bat mich, auch einen anzuziehen, aber ich lehnte ab, weil ich nicht schwimmen kann.

»Das ist nicht nötig«, sagte er, »ich kann auch nicht schwimmen. Man kann auf dem Grund herumgehen.«

Also zog ich den Badeanzug an, und mit einem Schnorchel ausgerüstet besuchten wir den Operationssaal. Er schaute nicht viel anders aus als ein gewöhnlicher Operationssaal. Dann öffnete der Professor eine Tür und führte mich in das Wartezimmer, das sich zum Meer hin öffnete. Einige Fische scharten sich um den Professor, kaum daß er eingetreten war. Er schaute auf die Uhr und bedeutete durch Zeichen, daß die Sprechstunde zu Ende war. Sie sollten morgen wiederkommen.

Wir stiegen wieder an die Oberfläche, und während wir uns abtrockneten, sprach der Professor.

»Haben Sie gesehen?« sagte er. »Und ich bin allein. Tausende und Abertausende Fische brauchen meine Hilfe, aber ich habe nur zwei Assistenten. An jedem Meer müßte eine solche Klinik entstehen. Haben Sie das Wartezimmer gesehen? Voriges Jahr hatten wir einen schlimmen Unfall. Stellen Sie sich vor, da kam ein kranker Walfisch zur Untersuchung. Sie wissen ja, daß dies eigentlich kein Fisch ist, aber er wußte nicht wohin und kam zu mir. Er ist in der Öffnung steckengeblieben und konnte weder vornoch rückwärts. Zwanzig Tage war er so eingekeilt zum großen Schaden der anderen Fische, die nicht mehr hereinkonnten in meine Sprechstunde. Mit viel Geduld habe ich ihm eine Diätkur verpaßt, und nach zwanzig Tagen war er endlich so schlank, daß er glücklich und zufrieden hinausschwimmen konnte. Und dann habe ich den Eingang erweitern lassen.«

Ein Krankenwärter kam mit einem Glas voller Fische. Der Professor untersuchte sie, einen nach dem anderen, machte Röntgenaufnahmen und EKGs. »Tadellos«, sagte er zu dem Wärter, »die Hälfte machst du gebacken, die anderen gekocht mit Mayonnaise.«

Dann sagte er zu mir: »In wenigen Minuten setzen wir uns zu Tisch.«

Die Giraffe

Das Restaurant war gesteckt voll. Die zwei warteten, bis ein Tisch frei wurde, und setzten sich hin. Der Kellner legte eilig ein neues Tischtuch auf und überreichte Signor Tommaso die Speisekarte. »Bringen Sie mir Spaghetti«, sagte Tommaso.

»Und mir Hafer«, sagte Tourniquen.

Der Kellner verbeugte sich und verschwand.

»Die Zeiten haben sich geändert«, sagte Tourniquen, »früher hätte sich der Kellner gewundert, aber heutzutage wundert sich keiner mehr über irgend etwas; es ist zum Verrücktwerden. Ich verstehe die Welt nicht mehr.«

Signor Tommaso zuckte die Achseln und sah sich um.

Alle Tische waren besetzt mit in ihre eigenen Angelegenheiten vertieften und essenden Menschen, keiner drehte sich nach ihnen um. Der Kellner brachte das Bestellte, und Tourniquen seufzte.

»Ich bringe den ganzen Tag den Mund nicht zu vor Erstaunen über das, was so passiert«, sagte Tourniquen. »Die Leute bleiben völlig unbeeindruckt, auch vor den absurdesten Geschehnissen.«

»Und was passiert denn so Absurdes?« fragte Signor Tommaso. »Ich habe den Eindruck, daß alles ganz normal weitergeht.«

»Ich wundere mich über Sie«, sagte Tourniquen.

»Wenn du dich wunderst, daß ich mich *nicht* wundere, hast du unrecht«, sagte Signor Tommaso. »Es ist doch nichts Außergewöhnliches, sich über nichts zu wundern!«

»Eben«, sagte Tourniquen, »gerade die Tatsache, daß Sie sich über nichts wundern, ist so verwunderlich. Mir passieren so viele Sachen, über die alle Leute den Mund aufsperren müßten vor Erstaunen, Sie inbegriffen.«

»Tut mir leid«, sagte Signor Tommaso, »vielleicht ist der technische Fortschritt oder sonst etwas schuld daran.«

»Sie kommen mir genauso vor wie neulich die Dame, als

sie sagte ›Armes Tier!‹ Da hätte man vor Erstaunen tot umfallen können.«

»Was ist denn da so Ungewöhnliches dran, wenn eine Dame ›armes Tier‹ sagt?« fragte Signor Tommaso.

»Gar nichts«, sagte Tourniquen, »bei allen möglichen Gelegenheiten kann man ›armes Tier‹ sagen, und es ist ganz in Ordnung, aber in diesem Fall war ›armes Tier‹ das letzte, was man hätte sagen können.«

»Ich verstehe nicht«, sagte Signor Tommaso.

»Diesen Fall hörte ich gestern in der Straßcnbahn«, sagte Tourniquen, »ich stand an der Haltestelle Corso Buenos Aires. Sie wissen, wie es da zur Stoßzeit zugeht, genauso ein Betrieb wie in der Innenstadt. Ich warte also auf meine Straßenbahn und mit mir eine Menge Leute. So kurz vor Mittag hofften alle, daß die Straßenbahn gar nicht zu überfüllt sein würde. Als ich mich umdrehe, sehe ich aus einer Seitenstraße ganz gemütlich eine Giraffe daherkommen, mit ihrem charakteristischen Gang. Hie und da senkt sie den Kopf und schaut umher, dann geht sie wieder weiter. An der Ecke bleibt sie stehen und wartet einen günstigen Moment ab, um auf unsere Insel zu kommen.

›Tschau‹, sage ich, und sie sagt auch ›Tschau‹ und brummt etwas vor sich hin. Ich merke, daß sie schlechter Laune ist, und frage sie, warum. ›Ich kann die Auslagen nicht richtig anschauen‹, sagt sie, ›Sie sind zu weit unten.‹

Ein Herr neben mir sagt: ›Das kann ich mir vorstellen, bei *dem* Hals!‹

›Das weiß ich selber‹, sagt die Giraffe, ›daß es wegen meines langen Halses ist. Für mich wäre es bequemer, wenn die Auslagen im ersten Stock wären.‹

›Das ist aber ein bißchen viel verlangt‹, mischt sich eine Dame ins Gespräch, ›dann hätten wir mit unseren kürzeren Hälsen das Nachsehen!‹

›Sie können sich ja die Fenster im ersten Stock anschauen‹, schlägt ein Herr vor, der auch auf die Straßenbahn wartet.

›Ein schöner Trost!‹ sagt die Giraffe. ›Was ich da schon zu sehen bekäme in den Wohnungen!‹«

»Da hatte sie nicht so unrecht«, sagte Signor Tommaso, »ich möchte auch nicht in die Fenster fremder Leute gukken, wenn ich einen Giraffenhals hätte. Erstens sähe man sowieso nichts Gescheites, und zweitens interessieren mich die anderen Leute nicht.«

»Eben«, sagte Tourniquen, »sie wollte auch nicht, sondern die Schaufenster besehen, das konnte sie aber nur bei denen auf der anderen Seite. Also, wir warten weiter auf die Straßenbahn, und ich frage sie, welche Nummer sie nehmen würde.

›Die Linie vier‹, sagt sie.

›Ich auch‹, sage ich, und da kommt sie auch tatsächlich daher. Beim Einsteigen gibt es einige Schwierigkeiten, weil alle auf einmal hineinwollen, aber alle beraten die Giraffe, und so geht es relativ vernünftig weiter. Sie können sich nicht vorstellen, wie schwer es für eine Giraffe ist, in eine Straßenbahn hineinzukommen, nur wegen des Halses. Wäre der Einstieg hinten statt auf der Seite, ginge es leicht, aber so muß sie, um ihren Hals unterzubringen, den Kopf nach rechts drehen und sich dann, bei der Enge, mühsam nachschieben. Sie probiert es also erst ganz normal, mit dem Kopf voran, aber sie stößt überall an, bis ihr ein Herr den Rat gibt, den Kopf zu drehen, aber als dieser beim Schaffner vorbeikommt, will der natürlich sein Geld.

›Wie soll ich zahlen, wenn ich noch nicht einmal ein Bein im Wagen habe‹, protestiert die Giraffe. Und es stimmt. Der ganze Körper ist noch draußen, und so verteidigt ein Fahrgast die Giraffe, ein anderer den Schaffner. Die Giraffe besteht darauf, erst zu zahlen, wenn sie ganz im Wagen ist. Endlich ist es soweit, sie zahlt, aber die Diskussion geht weiter, weil sie den Hals waagrecht halten muß; dadurch ist ihr Kopf vorne beim Fahrer, ihr Körper aber immer noch beim Schaffner. Dieser hat gut rufen: ›Weitergehen, vorne ist noch Platz!‹ Die Giraffe kann ihren Hals nicht verkürzen.

Der Schaffner protestiert, die Leute schimpfen, aber alle müssen sich den Tatsachen beugen. Ein Herr schimpft, weil die Giraffe angeblich seine Zeitung mitliest. Es ist gar nicht wahr, denn die Giraffe kümmert sich um nichts und plaudert mit mir. Auch sie wundert sich über die Menschen, die sich über gar nichts mehr wundern, und erzählt mir den Fall, von dem ich spreche und der gerade mitten in einer belebten Innenstraße passiert ist. Über diesen Fall hätte man die Maulsperre bekommen müssen vor Verwunderung, statt dessen war alles, was man hörte: ›Armes Tier!‹ Eine Dame, die mit vielen anderen Leuten auf dem Trottoir dahineilte, merkt plötzlich, daß sie etwas streift und dann mit großem Krach hinter ihr zu Boden fällt. Sie dreht sich um: Ein Zebra ist von oben heruntergefallen, mit dem Kopf aufgeschlagen und sofort tot. Nun also, die Dame sagte: ›Armes Tier!‹, ohne sich auch nur im mindesten zu wundern, wieso ein Zebra aus der Höhe auf eine belebte Straße des Zentrums fällt. Ein Passant klärt die Sache insoweit auf, daß das Zebra aus einem Zirkus entwichen sei. Dieses Wie und Warum kann man beiseite lassen, die Tatsache bleibt, daß das Zebra von oben heruntergefallen ist. Wenn einer diese Geschichte erfunden hätte, glaubte man sie ihm nicht, sie wäre erlogen, weil so etwas in Wirklichkeit nicht vorkommen kann. Wenn es dagegen tatsächlich passiert, findet keiner etwas dabei, man erklärt sie sogar.

Erzählte einer diese Begebenheit folgendermaßen: ›An jenem Morgen überquerte Signor Pippo den Corso Vittorio, als ihm ein Zebra zu Füßen fiel. Er bückte sich und hob es auf, als ein Unterseeboot vorbeikam und das Zebra zum Mitfahren einlud. Das Zebra bemächtigte sich eines Fahrrades und entwischte in Windeseile‹ – die Leute würden ihn für verrückt erklären.«

»Also«, sagte Signor Tommaso, »was wollte die Giraffe eigentlich damit sagen?«

»Sie wollte genau das sagen: Es geschehen die seltsamsten Dinge, und keiner wundert sich darüber«, sagte Tourniquen, »wenn einer aber eine absurde Geschichte erfindet, hält man ihn für verrückt.«

»Schon möglich«, sagte Signor Tommaso, »aber was soll ausgerechnet ich dagegen tun?«

Sie waren mit dem Essen fertig. Signor Tommaso schaute auf die Uhr. »Wir müssen gehen«, sagte er, »du mußt noch trainieren.«

Er verlangte die Rechnung, zahlte und ging, gefolgt von Tourniquen, zum Ausgang. Der Kellner überreichte Signor Tommaso seinen Hut und fragte dann, sich an Tourniquen wendend: »Sie hatten wohl keinen Hut?«

»Wann haben Sie je ein Pferd mit einem Hut gesehen?« gab ihm Tourniquen zur Antwort.

»Ich dachte nur . . . entschuldigen Sie . . .«, stotterte der Kellner und verbeugte sich.

Kaum draußen, stieß Tourniquen ein fröhliches Wiehern aus und näherte sich in kurzem Trab der Rennbahn.

Die Affen

Das Experiment wird gemacht werden. Ganz sicher sogar. Gibt es überhaupt noch jemanden, der daran zweifelt? Das darf man einfach nicht. Wir leben immerhin im Jahr 1967, und da ist alles möglich.

Und wenn ich sage: alles, so schließt es auch die Sache mit diesem Experiment ein.

Es handelt sich darum, die Affen statt der Menschen arbeiten zu lassen. Eine wahrhaft große Idee. Klar. Die Affen sind folgsam und diszipliniert, arbeiten den ganzen Tag und protestieren nie. Sie verlangen keine Teuerungszulage, sie streiken nicht, sie schreiben sich weder in die Gewerkschaft noch in eine politische Partei ein.

Frühmorgens kommen sie in die Fabrik, setzen sich an ihre Plätze und fangen an, auf Knöpfe zu drücken, und das tun sie mit absoluter Zuverlässigkeit bis abends. Sie schwätzen nicht, sie machen keine Pause, sie rauchen nicht. Gerade das, was man braucht.

Es wäre auch Zeit. Zum Donnerwetter, auch die Tiere sollen arbeiten, nicht nur wir Menschen. Es ist nicht gerecht, daß der Mensch sich von morgens bis abends abrackert, und die Tiere verbringen ihre Zeit in süßem Nichtstun. Man muß endlich Ordnung schaffen und für einen gerechten Ausgleich sorgen in dieser Welt.

Die Affen also in die Fabriken, und dann wird man ein System ausarbeiten, daß auch die anderen Tiere Arbeit bekommen.

Fragt sich nur, was man dann, später, mit den Menschen anfangen wird.

Ich meine damit, wenn die Affen alle Arbeiter in den Fabriken ersetzt haben und weiter noch, nicht nur in den Fabriken, auch in den Büros. Wenn es Affen-Kellner, Affen-Straßenkehrer, Affen-Verkehrspolizisten usw. usw. geben wird.

Signor Luciano Tresorbetti wird mir verraten, was die Menschen erwartet.

Signor Tresorbetti ist ein weit vorausschauender Mann, den die Fortschritte der Zivilisation nicht unvorbereitet finden. Es ist daher nicht leicht, ihn zu überraschen.

Er lebt immer auf dem qui-vive. Kaum liest er eine Neuigkeit, trifft er seine Vorbereitungen.

Für alles, was die Zukunft betrifft, setzt sich Signor Tresorbetti mit Händen und Füßen, mit seiner ganzen Person ein. Wenn das Projekt sich dann realisiert, ist er bereit, weil er sich rechtzeitig vorgesehen hat.

Signor Luciano Tresorbetti empfängt mich in seiner Villa. Sie ist von einem kleinen Garten umgeben, in dem auch einige Bäume stehen, aber er erwartet mich im Innern des Hauses, weil es regnet.

Es kommt eben vor, daß es regnet, wenn man einen Besuch machen will. Drum sitzt er wie ein Huhn auf der Stange auf einem Schrank im Wohnzimmer.

Sehr vergnügt ist er nicht, denn um sein Projekt verwirklichen zu können, müssen eine Menge Hindernisse überwunden werden. Vor allem ein enormes Hindernis, das ihn beinahe zur Verzweiflung bringt.

Der Schweif.

Nicht daß ein Schweif auszumerzen wäre, das würde ihn nicht bekümmern, nein, das Fehlen macht ihm Kopfzerbrechen.

Traurig teilt er mir mit, daß er keinen Schweif hat. Kein Mensch hat einen Schweif, und das bedeutet eine Blamage gegenüber den Affen.

»Wenn die Affen die Arbeiter in den Fabriken ersetzen können«, sagt er, »will das heißen, daß sie die Möglichkeit dazu haben. Sie sind uns in gewissem Sinn ähnlich, haben aber einen Schweif. Diese Tatsache macht sie beileibe nicht zu besseren Arbeitern, aber es ist für sie ein Pluspunkt. Ich will sagen, daß sie ihn in der Fabrik nicht brauchen. Früher, ehe man die Affen einstellte, hat man nie gehört, daß man Arbeiter mit Schweif lieber eingestellt hätte. Und wie steht's nun mit uns Menschen? Können wir den Affen ersetzen? Der fehlende Schweif macht die Sache sehr schwierig. Ich trainiere, um nicht unvorbereitet überrascht zu werden, aber ich gestehe, daß das Fehlen des Schweifes mir Kummer macht. Ich versuche mein Bestes, aber eines Tages werde ich um den Schweif nicht herumkommen. Man muß vielleicht die Konstruktion eines künstlichen Schweifes ins Auge fassen, den man so benützen kann, wie die Affen ihren angewachsenen.«

Von der Höhe seines Schrankes aus erreicht Signor Tresorbetti den Lüster. Er klammert sich mit Armen und Beinen fest und spricht nun mit dem Kopf nach unten.

»Ich kann Ihnen gar nicht sagen, wie schwer diese Position ist«, sagt er. »Wir Menschen haben eben keine Greifzehen. Das ist noch ein Handicap gegenüber den Affen. Aber es ist nicht gesagt, daß man nicht doch eines Tages durch eifriges Training soweit kommt. Ich kann mit den Zehen schon eine Nuß, einen Bleistift oder ein Päckchen greifen, immerhin etwas. In einigen Jahren hoffe ich, noch Besseres zu leisten.«

Er pendelt mit dem Lüster hin und her, packt dann ein von der Decke hängendes Seil und schwingt sich im Flug auf eine kleine Schaukel. Durch den ganzen Raum schwingend spricht er weiter. »Sehen Sie«, sagt er, »wenn die Affen den Platz der Arbeiter in den Fabriken einnehmen, was machen wir Menschen dann? Haben Sie daran gedacht? Nach meinem Dafürhalten bleibt uns nichts, als den Platz der Affen zu übernehmen; aber wenn wir das tun sollen, müssen wir auch dazu imstande sein. Und um die Affen zu ersetzen, müssen wir rechtzeitig mit dem Training beginnen. Man kann nicht so mir nichts dir nichts ein Affe werden. Stellen Sie sich nur vor: Wir setzen die Affen in unsere Betriebe und sehen, wie großartig sie sich bewähren, besser als die Menschen. Wir dagegen anstelle der Affen werden uns lächerlich machen, weil wir die Affen einfach nicht nachmachen können. Sind wir vielleicht minderwertiger als sie? Versuchen Sie es nur, sich mit dem Schweif an einen Ast zu hängen!«

»Ich habe doch keinen«, sage ich.

»Sehen Sie?« sagt Signor Tresorbetti. »Sie haben keinen Schweif, und deshalb können Sie sich nicht an einen Ast hängen. Sie haben auch keine Greifzehen und können sich deshalb auch mit diesen nicht an einen Ast hängen. Was sind Sie denn dann für ein Affe? Wie können Sie sich anmessen, den Platz eines Affen einzunehmen, ohne Schweif und ohne Greifzehen? Und all das können Sie sich auch nicht erst im letzten Augenblick verschaffen. Man muß sich vorbereiten. Mit den Füßen trainieren und ein System ausdenken, wie man einen Schweif befestigen kann, der dann auch wie ein Affenschweif funktioniert.

Können Sie sich das Gelächter der Affen vorstellen, wenn sie sehen, daß wir zu nichts gut sind? Ich habe begonnen. Ich lasse mich nicht von den Ereignissen überfahren. Der Tag wird kommen, an dem ich arbeitslos sein werde: ich werde in keinem Betrieb mehr eingestellt werden, weil die Affen meine Arbeit besser machen. Was soll ich dann tun?«

»In irgendeinem Betrieb, der noch keine Affen beschäftigt, werden Sie sicher Arbeit finden«, sage ich.

»Ich mache mir keine Illusionen. Nach und nach werden sich alle Betriebe umstellen, weshalb dem Menschen nur mehr das Affenleben übrigbleibt. Wenn dieser Moment kommt, trifft er mich nicht unvorbereitet, und wenn Sie sich nicht rechtzeitig umstellen, weiß ich nicht, was mit Ihnen werden soll.«

Eine Tür öffnet sich, ein Junge schaut herein und wirft Signor Tresorbetti eine Banane zu, die er im Flug auffängt.

»Und weiter?« frage ich.

»Weiter nichts«, sagt Signor Tresorbetti. »Irgend jemand muß ja wohl die Affen ersetzen. Wir werden schöne Käfige haben, und auch die Affen werden nach Arbeitsschluß kommen und uns Nüsse und Bananen bringen. Glauben Sie nicht? Natürlich müssen wir dafür auch etwas leisten, nicht nur auf einem Stuhl sitzen und nichts tun. Wir müssen denen doch zeigen, daß auch wir etwas können, nicht?«

Signor Tresorbetti springt mir auf die Schulter und wirft mich beinahe zu Boden. Glücklicherweise gelingt es mir, mich auf einen Tisch zu stützen, und so halte ich mich auf den Beinen. Dann beginnt er in meinen Haaren zu wühlen.

»Entschuldigen Sie«, sagt er, »aber auch das ist ein Teil der Tätigkeit, die wir erlernen müssen, wenn unsere Zeit kommt, die Zeit der Affen. Denken Sie auch daran, damit Sie nicht plötzlich vor dem Nichts stehen. Fangen Sie mit ein paar Sprüngen an, versuchen Sie, mit den Zehen Nüsse aufzuheben. Wegen des Schweifes machen Sie sich vorläufig keine Gedanken. Im Grund sind wir Menschen doch recht einfallsreich, nicht? Wir müssen Vertrauen in uns haben. Ein Tag wird kommen, da irgendein Gelehrter auch die Schweiffrage befriedigend lösen wird.«

»Ich werde daran denken«, sage ich. Ich verabschiede mich und gehe.

Der Löwe

Das war der außerordentlichste Löwe, den ich je gesehen hatte. Und ich habe Löwen gesehen! Man kann sagen, daß ich mit zehn Jahren damit begonnen habe, vielleicht schon früher. Ich erinnere mich nicht genau, wie alt ich war, als ich den ersten Löwen sah, aber mit Sicherheit weiß ich, daß ich damals etwa zehn war und daß er mir einen nachhaltigen Eindruck machte.

Ich weiß nicht mehr genau, hielt ich ihn für einen sehr großen Hund oder für ein sehr kleines Pferd, und die Sache mit dem Pferd ist leicht zu erklären. Auch wenn ein Pferd einem Löwen gar nicht ähnlich sehen kann, ist in diesem Alter eben alles erlaubt. Es ist erlaubt, ein Pferd für einen Löwen und einen Löwen für ein Pferd zu halten.

Von dieser Zeit an habe ich nicht wenige Löwen gesehen. Im Zirkus, im Kino, in freier Wildbahn, im Theater und im Zug. Vielleicht übertreibe ich mit dem Theater, aber gewisse Übertreibungen dürfen wir uns schon erlauben. Was ich sicher weiß, ist, daß ich nie einen Löwen in einer Flasche gesehen habe, aber es kann sein, daß ich bis zum Ende meiner Karriere auch das noch erlebe.

Nun sind wir in einer Epoche angelangt, in der Löwen keinerlei Eindruck mehr machen. Man begegnet einem Löwen auf der Straße, wirft kaum einen flüchtigen Blick auf ihn und geht weiter, wie wenn der Löwe irgendein Passant wäre. Die Zeiten der tollen Angst sind vorbei, in denen alle beim Anblick eines Löwen wie verrückt zu rennen anfingen und auf die nächste Bananenpalme hangelten. Diese Zeiten sind vorbei. Heutzutage jagen uns ganz andere Sachen einen Schrecken ein, und die Löwen leisten der Likörflasche von der Tante Caterina Gesellschaft.

Heute gibt es sogar Maler, denen es in aller Gemütsruhe gelingt, einen Löwen auf die Leinwand zu bannen. Früher hätte sich das keiner getraut. Ich erinnere mich, daß der berühmte Agenore Mestucci im Jahr 1830 einen Löwen malte; natürlich war er außerhalb des Käfigs, so daß der Löwe mit lauter Längsstrichen dargestellt war. (Es waren die Stangen seines Käfigs.)

Einen Moment, ihr müßt nicht glauben, daß ich mich dieser Episode erinnere, damals gab es mich doch gar nicht.

Es gab mich noch nicht, aber ich erinnere mich, weil ein Großonkel aus jener Gegend mir davon erzählte.

Also kehren wir zu uns zurück. Der Löwe, von dem ich am Anfang erzählte, war wirklich ein außergewöhnlicher Löwe.

Ich sah ihn am ersten Abend, als der Zirkus Tromba seine Zelte an der Peripherie der Stadt errichtet hatte, bei der Eröffnungsvorstellung.

Der Löwe war als Phänomen auf den Plakaten angekündigt, und das ganze Publikum erwartete mit Ungeduld seinen Auftritt.

Unter diesem Publikum war auch ich und außer mir noch eine enorme Menschenmenge, die euch bezeugen könnte, wie dieser berühmte Löwe war.

Vom Anfang des Programms an warteten alle nur auf ihn, so daß die anderen auch sehr guten Zirkusnummern mit einer gewissen Gleichgültigkeit ertragen wurden. Sie erweckten im Publikum nicht das geringste Interesse. Und dabei war da ein Chinese, der in der Manege auf einem senkrecht stehenden Zeitungsblatt balancierte – etwas auf der Welt noch nie Dagewesenes! Aber die Neugier auf den

Löwen war derart, daß die großartige Nummer des Chinesen vollständig unter den Tisch fiel.

Nun, als die Erwartung kaum mehr zu ertragen war, kam er, der Löwe. Sie bauten den Käfig in der Manege auf, eindrucksvolle Stille herrschte, dann ertönten dumpf die Trommeln.

Es war ein herrlicher Löwe, einer der größten, die ich je gesehen. Seine dichte, gut frisierte Mähne war hinter den Schultern elegant mit einem Band zusammengehalten. Der Löwe trug eine grüne Uniform mit goldenen Knöpfen, eine Dompteur-Uniform.

Im Maul trug er eine lange Peitsche, die er durch die Luft knallen ließ. Der Löwe schritt in die Mitte des Käfigs, stand auf seinen vier Pranken und wartete.

Endlich öffnete sich die Käfigtür, und ein Mann kam herein. Ein hochgewachsener Kerl mit der imposanten Muskulatur eines Ringkämpfers. Er trug kurze weiße Hosen und ein ärmelloses schwarzes Trikot.

Beim Erscheinen des Mannes knallte der Löwe mit der Peitsche, der Mann machte einen Satz zum Gitter hin, aber der Löwe folgte ihm und berührte mit dem Peitschenstiel seine Schulter. Der Mann machte noch einen Satz und sprang mit Hilfe der Hände auf einen hohen Dreifuß. Mit offenem Mund sahen wir, wie vollkommen der Löwe den Mann dressiert hatte. Der Atem blieb uns weg bei all den Dressurakten, die der Löwe den Mann ausführen ließ.

Einen Augenblick nur schien es, als ob der Mann die Oberhand bekäme; in einem Wutanfall hatte er sich gegen den Löwen geworfen und ihn bei der Mähne gepackt, aber mit einem einfachen Schulterzucken warf ihn die Bestie vier Schritte zurück.

Von diesem Moment an traute sich der Mann nicht mehr an den Löwen heran. Er blieb kleinlaut in einer Ecke, immer bereit, den Befehlen des Löwen zu gehorchen, der ihn bald durch einen Reifen oder über ein Seil springen ließ, bald ihm zu laufen befahl oder ihn rund um das Käfiginnere Purzelbäume schlagen ließ.

Zum Schluß erzitterte das Zelt vom Applaus der Menge. Der Löwe verneigte sich höflich vor dem Publikum, das nicht aufhören wollte, ihm Beifall zu klatschen, dann zog er sich mit zierlichen Schritten aus der Manege zurück. Den Mann hatte man schon vorher aus dem Käfig gelassen. Er verströmte seine Wut in wüsten Schreien und rüttelte an den Stäben des kleinen Käfigs, in den man ihn gesperrt hatte.

Wir gingen zum Wohnwagen des Löwen, um ihn zu interviewen. Wir fanden ihn, als er sich gerade den Schweiß abtrocknete und unter die Dusche wollte. Als er uns sah, lächelte er.

Wir wollten wissen, ob er jeden Abend die gleiche Erregung verspürte, und ein kleines bejahendes Nicken antwortete uns.

Wir fragten, ob es sehr schwer sei, einen Menschen zu zähmen. »Schwer?« sagte er. »Am Anfang schien es mir unmöglich, aber ich habe meinen ganzen Willen eingesetzt. Ich bin dickköpfig, und wenn ich mir eine Sache vornehme, führe ich sie zu Ende, und sie gelingt mir. Ich habe noch nie aufgegeben. Einen Menschen dressieren ist wohl das Schwierigste, was man sich vornehmen kann. Er wird nie ganz zahm. Auch wenn man meint, der Mensch sei zutraulich und folgsam geworden, muß man ihm immer noch mißtrauen. Sie haben keine Ahnung von der Heimtücke dieses Geschöpfes. Gerade, wenn Sie es nicht erwarten, hebt er den Arm und schlägt zu. Man beherrscht es nie vollständig.«

Der Löwe seufzte.

»Das tut mir leid«, sagte er, »ich hätte zu gern alle Menschen gezähmt, aber ich muß einsehen, daß dies unmöglich ist. Ich habe gelernt, ihnen zu mißtrauen, vor allem, wenn sie lächeln. Dann sind sie am schlimmsten. Sie sind imstande, hinter ihrem Lächeln den allerscheußlichsten Ver-

rat zu verbergen. Tja«, schloß der Löwe traurig, »auch mit
diesem da wird es nicht lange dauern. Ich weiß jetzt schon,
daß ich eines Tages unterliegen werde.«

»Aber nein«, sagte ich. »Sie werden es schon schaffen.«

Der Löwe lächelte und schüttelte die Mähne, wir verabschiedeten uns und verließen ihn.

Armer Teufel! Er wußte genau, mit wem er es zu tun
hatte!

Die arbeitslosen Seidenraupen

Fortschritt und alles andere ist gut, aber man soll sich hüten, zu übertreiben.

Die Menschen hingegen tun das. Wenn sie sich einmal in
Marsch gesetzt haben, bleiben sie nicht mehr stehen, und
nur um weiterzukommen, zertreten sie alles, auch die Seidenraupen.

Ausgerechnet die Seidenraupen wollen sie ruinieren,
weil sie nur ihren Vorteil im Auge haben. Aus diesem
Grund haben sie keinerlei Skrupel, diese armen Tierchen
zu vernichten, die bis heute nichts getan haben, als für die
Menschen, vor allem für die Frauen zu schuften, indem sie
den Faden woben für den herrlichen Stoff, den wir Seide
nennen. Kein Opfer war ihnen dafür zu groß.

Was haben die Seidenraupen verbrochen, daß man sie
auf die Straße setzt, ohne Belohnung für ihren Fleiß, ohne
Dank, ohne einen Händedruck?

Welch schwere Sünde oder welchen Fehler haben sie
begangen, diese armen Seidenraupen? Ich weiß keine.
Jahrhunderte um Jahrhunderte haben sie immer mit größter Sorgfalt und Genauigkeit gearbeitet. Und in diesen vielen Jahrhunderten hat auch nicht eine Seidenraupe ihre
Pflicht vernachlässigt. Keine einzige von ihnen hat ge-
schwindelt und schlechte oder minderwertige Ware herge-

stellt, um Zeit und Arbeitskraft zu sparen. Haben Sie je eine Seidenraupe gesehen, die, faul hingestreckt, an einem Luxusstrand Urlaub machte? Sie werden auch nie eine Seidenraupe mit den Händen im Schoß angetroffen haben. Ebensowenig hat auch nur eine einzige ihre Arbeit zerstreut oder unlustig verrichtet.

Es muß klargestellt werden, daß Seidenraupen nie eine andere Arbeit getan haben. Sie haben nie etwas anderes gemacht als Seide: Seide jeden Tag, jeden Abend, auch an Sonn- und Feiertagen, ohne je Gehaltserhöhung oder Überstunden gefordert zu haben.

Heute habe ich eine Notiz gelesen, die alarmierend ist für Seidenraupenkreise. Die Nachricht, daß es einem Akademiker aus Voghera nach jahrelangem Studium und endlosen Versuchen gelungen ist, mittels eines chemischen Prozesses den Maulbeerblättern die Seide zu entziehen. Diese delikate Arbeit war bis jetzt den Seidenraupen vorbehalten. Durch diesen chemischen Vorgang des illustren Gelehrten aus Voghera werden die Seidenraupen auf die Straße gesetzt. Man braucht ihre Arbeit nicht mehr, weil die Seide direkt aus den Maulbeerblättern gewonnen wird. Es mag ein unerhörter Fortschritt sein, aber versetzen wir uns einen Augenblick in die Seele einer Seidenraupe.

Schlüpfen wir in die Mentalität dieses Insektes, das seit Jahrhunderten diese Arbeit tut. Es verwandelt die Maulbeerblätter in reine Seide. Plötzlich entdecken wir ein schnelleres und sparsameres System, diese Seide herzustellen. Was tut nun dieses Insekt, das ohne Vorwarnung auf die Straße gesetzt wird? Und nicht nur das: Das arme Ding hat nicht einmal Maulbeerblätter, die seine einzige Nahrung bilden, weil wir die Blätter zur Fabrikation der Seide benötigen. Wir schaffen dadurch ein Heer von Arbeitslosen, die Hungers sterben müssen.

Wir sind Menschen und müßten ein Herz haben, wir dürften nicht nur an uns selbst denken. Zum Glück leben wir nicht allein auf dieser Welt, unzählige andere Lebewesen leisten uns Gesellschaft, helfen uns, arbeiten für uns wie im Fall der Seidenraupe. Dieses intelligente und fleißige Tierchen hat nie etwas anderes getan als für uns geschuftet, und wenn wir es nun entlassen, weil seine Arbeit uns zu teuer zu stehen kommt und wir ein System erfunden haben, sein Erzeugnis billiger herzustellen, ist es unsere Pflicht, diese fleißigen Wesen woanders einzusetzen.

Wir wissen nicht mehr, was wir mit seiner Seide anfangen sollen? Nun gut, mach dir keine Gedanken, wir geben dir andere Arbeit. Die Seide machen wir nun direkt aus den Maulbeerblättern, deshalb könntest du etwas anderes machen statt Seide, zum Beispiel Zündkerzen für Motore.

Wie das? Seidenraupen haben doch noch nie Zündkerzen hergestellt? Etwas Geduld, man kann es lernen. So wie ein Gelehrter das System erfunden hat, die Seide direkt aus den Maulbeerblättern zu ziehen, kann sich ein anderer Gelehrter die Möglichkeit ausdenken, wie man den Seidenraupen beibringen kann, Zündkerzen für Motore herzustellen.

Und wenn es keine Zündkerzen sind, könnten es auch Telefonkabel sein, zum Beispiel, oder irgend etwas anderes.

Bevor wir die Seidenraupen in die Wüste schicken, überlegen wir, ob wir ihnen etwas beibringen können. Man kann ein Tier, das so viel für uns getan hat, nicht seinem Schicksal überlassen.

Denken wir nicht immer nur daran, zu nehmen, denken wir auch manchmal daran, zu geben. Schließlich haben die Seidenraupen nicht freiwillig auf ihre Arbeit verzichtet, diese im Sinn des Wortes armen Würmer, ganz im Gegenteil. Fragen Sie die Betroffenen selbst. Sie werden Ihnen antworten, daß sie keinerlei Absicht haben, die Seidenfabrikation einzustellen. Sie denken gar nicht daran, eine andere Arbeit zu erlernen. Das hätte man ja bemerken müssen, nicht? Haben Sie je eine Seidenraupe gesehen, die einen Abendkurs besucht, um eine andere Tätigkeit zu erlernen? Fragen Sie die Seidenraupenzüchter, ob ihnen jemals eine Seidenraupe untergekommen ist, die eine andere Arbeit verrichtete!

Man müßte mit geduldiger Überzeugungskraft beginnen und etwas finden, das sich nicht zu sehr von ihrer Spezialarbeit unterscheidet. Beginnen wir mit dem Versuch, Baumwolle zu fabrizieren, um sie nicht arbeitslos zu machen, dann würden sie nach und nach sich auch auf anderes umstellen können.

Vielleicht doch Zündkerzen oder Stromverteiler.

Inzwischen hat die Geschichte von der grundlosen Entlassung der Seidenraupen auch andere Kreise alarmiert.

Man erwartet von einem Tag zum anderen, daß der Honig direkt aus den Blütenpollen der Blumen gezogen wird und man deshalb die Bienen ruhig aus ihren Körben werfen kann.

Bienenschwärme umkreisen bereits das Arbeitsministerium, fliegende Verbände, die ihre Solidarität mit den Seidenraupen bekunden, weil die Geschichte mit dem Honig noch nicht erfunden ist. Die Bienen sagen, daß es eine Prinzipfrage ist. An sich haben sie mit den Seidenraupen nichts zu tun, aber es handelt sich um Arbeitsinsekten, die genau wie die Bienen arbeiten, um den Menschen das zu geben, was sie brauchen.

Es scheint, die Seidenraupen haben die Bienen in diesem Sinn um ihre Unterstützung gebeten, als Demonstration ihrer Stärke. »Heute sind *wir* in Gefahr«, haben die Seidenraupen anscheinend den Bienen gesagt, »morgen schon kann es euch treffen, deshalb müßt ihr uns beistehen.«

Die Bienen haben enthusiastisch zugestimmt und haben sich vorgenommen, die vom Arbeitsministerium zu stechen, um sie zu zwingen, ihre Interessen zu vertreten.

Sie haben nicht unrecht; denn wenn einer gezwungen wird, mit seiner Arbeit aufzuhören, muß man ihm die Möglichkeit geben, eine andere anzufangen.

Wir gehen einer Zeit entgegen, in der es uns möglich

sein wird, alles selbst zu machen. Wir werden niemanden mehr brauchen. Alle Lebewesen werden dann gegen uns aufstehen, und sie haben nur zu recht.

Auch die Kühe. Denn wenn es uns eines Tages gelingt, die Milch direkt aus dem Gras zu extrahieren, werden wir nicht mehr auf die seit Menschengedenken erprobte Herstellung der Milch durch die Kühe zu warten brauchen.

Die Tomatenschnecke

Die Natur ist seltsam und geheimnisvoll. Ich habe einen Fehler gemacht. Das Wort NATUR muß man ganz mit großen Buchstaben schreiben, denn sie ist vor allem GROSS, wenn sie Dinge vollbringt, ohne jemanden um Erlaubnis zu fragen, daß wir oft mit offenem Mund vor ihren Schöpfungen stehen. Wie zum Beispiel vor den Bienen, den Ameisen, den Aalen und vielen anderen ihrer Meisterwerke.

Wir selbst sind Phänomene der Natur, und auch vielen von uns bleibt der Mund offenstehen, wenn wir in den Spiegel schauen. Alle, und wir sind Millionen und Abermillionen, haben wir zwei Augen, eine Nase, einen Mund und zwei Ohren und, über den Daumen gepeilt, die gleichen Maße. Und trotzdem sind wir ganz verschieden voneinander. Wir sehen uns nicht einmal ähnlich. Es ist verwirrend, wie es der Natur gelingt, immer wieder neue Physiognomien herzustellen. Wir wären dazu nicht imstande. Wir würden bald immer nur die gleichen Gesichter fabrizieren, weil unsere Phantasie zu begrenzt ist.

Andere Dinge könnten wir überhaupt nicht herstellen, zum Beispiel neue Ameisen, womit ich sagen will: Ameisen, die keine sind, aber doch demselben Typ angehören.

Es ist leicht, schon vorhandene Sachen zu erfinden, aber schwer, sie in die Praxis umzusetzen.

Da denkt man sich: Jetzt erfinde auch ich Ameisen, nachdem man sie ja schon kennt, aber wenn man sich dann ans Werk macht . . . leichter gesagt als getan.

Ein gewisser Marcello Scucime hat es probiert. Er wollte Ameisen machen, hat aber dann, wegen unüberwindlicher Schwierigkeiten, darauf verzichtet. Um bei der Wahrheit zu bleiben, er hat mit Bienen begonnen, und das war noch viel schwerer, ein Insekt zu konstruieren, das zu allem anderen, was Insekten eben so tun, auch noch fliegen muß. Damit wurden die Schwierigkeiten verdoppelt. Es gelingt uns immer noch nicht, in unserer Epoche der Superfortschritte, einen fliegenden Menschen zu schaffen, stellen wir uns also vor, ein ohne Motor fliegendes Insekt herzustellen! Erst hatte Marcello Scucime versucht, einen mikroskopisch kleinen Motor zu bauen und um ihn herum das Insekt, aber dann fiel ihm ein, daß das Insekt ja mit Treibstoff versehen werden mußte, daß es eine Abflugrampe brauchte und all das, was ein Flieger eben braucht. Hier begann die Inferiorität seines Insektes gegen das der Natur.

Die Bienen haben keinen Motor und brauchen keinen Treibstoff, wenn ihr Tank leer ist. Noch nie haben wir eine Miniaturtankstelle gefunden in blühenden Gärten oder bei den Bienenstöcken.

Kein Naturwissenschaftler spricht von Benzinverteilungsstellen. Die Bienen fliegen auf natürliche Weise; denn wenn die Natur zu solchen Mitteln hätte greifen müssen, hätte sie wahrscheinlich auf die Erschaffung der Bienen verzichtet.

Das gleiche gilt für die Vögel und die ganze Luftflotte der Insekten. Marcello Scucime verzichtete also auf die Bienen und widmete sich den Ameisen, weil er damit das Flugproblem ausschalten konnte. Er dachte, Ameisen seien leichter zu machen.

Ich habe seine Zeichnungen gesehen und muß sagen, sie waren recht vernünftig. Erst stark vergrößert, wurden sie

dann in verkleinerter Form ausgeführt, Längs- und Quer-
ansichten, Grundriß, Gesamtübersicht und Details. Scucime hatte die Insekten in der Natur genau studiert und
seine Pläne danach verfertigt, aber bei der Ausführung trat
ein Hauptproblem auf: das Rohmaterial. Ich brauche nicht
näher darauf einzugehen, um Ihnen klarzumachen, daß
daran alles scheiterte.

Es hat noch nie jemand versucht, Ameisen herzustellen,
und es existiert auch keine Überlieferung über ähnliche
Versuche, nicht einmal aus der Eiszeit.

Scucime ließ also seine Idee fallen und warf alles in die
Themse. (Er war zu seinen Versuchen extra nach England
gefahren, weil er nur zu diesem Fluß Vertrauen hatte.) Er
verzichtete darauf, der Natur Konkurrenz machen zu wollen.

Auch weil ihm seine Freunde aus leicht begreiflichen
Gründen immer von diesen Studien abgeraten hatten.

Erstens gab es die Bienen und Ameisen schon, und sie
waren tadellos. Sogar die Bienen, die fliegen konnten, gingen nie kaputt und funktionierten ausgezeichnet. Nie hatte
man noch reparaturbedürftige Bienen gefunden (auch die
Naturwissenschaftler haben nie etwas Derartiges beschrie-
ben), und man hat auch nirgends kleine Bienenreparatur-
werkstätten entdeckt.

In den Bienenstöcken, wo sie logischerweise sein müßten, gibt es weder Reparaturabteilungen noch Depots für
Ersatzteile. Deshalb sind die Bienen und Ameisen gerade
so recht, wie sie geschaffen wurden. Es wäre dumm gewesen, Insekten schlechterer Qualität, Haltbarkeit und Ren-
tabilität in Umlauf zu bringen. Dann wären auch noch Pla-
giatschwierigkeiten aufgetreten. Was für einen Wert soll
es haben, eine schon erfundene und bestens erprobte Sache noch einmal zu erfinden? Auch Scucime sah das endlich ein und gab seinen Plan auf.

Aus England zurück, widmete er sich ausschließlich gewissen Berechnungen. Eine viel ernsthaftere Beschäfti-

gung natürlich, denn er wollte berechnen, in wie viele Scherben eine Keramikvase zerbrechen konnte.

Marcello Scucime schrieb darüber einige Abhandlungen und bewies anhand vieler Proben, daß sie in zwei, aber auch in zweihundert Stücke zerbrechen kann, mit genauer Angabe über Größe der Scherben, Gewicht, Hitzegrad usw. Er bewies auch, daß die Vase nie in einem Stück zerbrechen kann, wenn man die mit Sprüngen versehenen Vasen nicht einrechnet.

Aber das alles gehört nicht hierher.

Wir haben begonnen, von den Wundern der Natur zu sprechen, und müssen bei diesem Thema bleiben. Wir wissen nun, daß es unnötig ist, Dinge zu erfinden, die von der Natur in vollkommener Form bereits erschaffen sind. Wir haben gesehen, daß der einzige diesbezügliche Versuch in der Weltgeschichte mißlungen ist, und nicht einmal aus Geldmangel (Scucime hatte Subventionen von der Regierung erhalten; denn jede Regierung, die etwas auf sich hält, muß Erfinder ermutigen und unterstützen). Ich muß einschränkend sagen, der einzige Versuch, Insekten betreffend; denn ein anderer Versuch wurde gemacht: aus einem schon existierenden Tier ein neues zu entwickeln, und zwar die Tomatenschnecke, die man in keine schon existierende Tiergattung einreihen kann. Es handelt sich um ein vollkommen neues Exemplar.

Luciano Guardamesto hatte sehr klare Ideen über diesen Fall. Nicht ohne eine solide Basis hat er sich ans Werk gemacht. Er wollte ein nutzloses Tier in ein nutzbringendes verwandeln und faßte dabei die Schnecke ins Auge.

Luciano Guardamesto traf seine Vorbereitungen, stellte Berechnungen auf, fertigte Zeichnungen an, und eines Tages breitete er seine Ideen in allen Einzelheiten vor mir aus. Und ich muß sagen, es war eine gute Idee. Ich weiß nicht, warum diese Idee nicht der Natur gekommen war, lange vor Luciano Guardamesto. Aber man weiß ja, daß die Natur niemanden um Rat fragt, wenn sie etwas macht.

Alles hat sie auch nicht gemacht, was möglich gewesen wäre, schließlich sind wir ja auch noch da, um gewisse Versäumnisse nachzuholen. Das Tier, das Luciano Guardamesto erfinden wollte, mußte er aus der Schnecke entwickeln, denn er brauchte ihr Haus. Die Schnecken an sich haben keine besondere Bedeutung, aber ihr großer Vorteil ist eben ihr transportables Haus, das man zu den verschiedensten Möglichkeiten ausnützen könnte. Der gute Guardamesto sah in seiner Idee ein gutes Geschäft und hatte nicht unrecht.

Zu was ist so eine Schnecke gut? Welche Aufgabe hat ihr die Natur zugedacht? Eine recht bescheidene, wenn man überlegt. Und für diese bescheidene Aufgabe hat ihr die Natur ein ganzes Haus zugeteilt. Das ist eine Ungerechtigkeit der Natur. Es gibt eine Menge viel nützlicherer Tiere als die Schnecke, die kein Haus haben. Haben Sie je einen Ochsen mit einem Haus auf dem Rücken gesehen? Oder irgend ein anderes Tier, ein Pferd zum Beispiel? Niemals. Viele müssen sich sogar im Schweiße ihres Angesichts ihr Haus selber bauen, wie zum Beispiel die Bienen. Die Schnecke hingegen kommt mit ihrem fertigen Haus zur Welt. Daß wir uns recht verstehen, der gute Guardamesto hatte nicht die Absicht, einen sozialen Ausgleich zu schaffen. Er war kein Revolutionär in dem Sinn: Wenn jede Schnecke ihr Haus hat, muß auch jedes andere Tier ein Haus haben, wenn nicht, beschlagnahmen wir einfach den Schnecken ihre Häuser... Nichts dergleichen. Er wollte nur die Schneckenhäuser einer nützlichen Verwendung zuführen, den Schnecken beibringen, ihr Haus praktisch zu verwerten, nicht nur zum Schlafen und um sich bei Gefahr zu verstecken. Die Schnecken sollen sich von Tomaten nähren und sich dann in ihr Haus zurückziehen und arbeiten. Was sollen sie arbeiten? Sie machen Tomatenmark. Wenn das Haus gut mit Tomatenmark gefüllt ist, kommt die Schnecke heraus, verschließt das Haus luftdicht und stirbt. Das Haus voll mit konzentriertem Tomatenmark wird dann am Markt verkauft und von den Hausfrauen für die Speisen verwendet. Was kostet es die Natur, eine Schnecke dieser Art zu erfinden?

Nichts. Für die Natur wäre es die einfachste Sache der Welt gewesen, denn sie hat wesentlich schwierigere Dinge erfunden als diese.

So dachte Luciano Guardamesto und wollte ein Tierchen konstruieren, das dieser seiner Vorstellung entsprach.

Als erstes mußte er das Tempo der Schnecken beschleunigen. In unserer Zeit kann auch eine Schnecke nicht mehr kriechen wie Anno dazumal. Alles geht schneller, nur die Schnecke hat sich in nichts verbessert. Und Schnelligkeit ist die erste Notwendigkeit des neuen Tieres. Er versuchte es mit allen Mitteln. Er versah die Schnecke mit Rädern (wenn Sie sich umsehen, daran hat die Natur bei keinem Tier gedacht!). Aber diese Neuerung war kein Erfolg. Er mußte darauf verzichten, und so begann er die Ernährung auf Tomaten umzustellen.

Er studierte in einer großen Konservenfabrik den ganzen Mechanismus der Herstellung von Tomatenmark, um die Schnecken in viele brave Arbeiterinnen, wie es die Bienen sind, umzuwandeln.

Unnötige Anstrengung.

Die Zeichnungen waren fertig, das Projekt ausgearbeitet, scheinbar leicht zu realisieren.

Nur an der Dickköpfigkeit der Schnecken scheiterte es von Anfang an, und so bleibt uns weiter nichts anderes übrig, als uns mit dem zufriedenzugeben, was die Natur geschaffen hat. Wir können höchstens bedauern, daß ihr nicht noch mehr eingefallen ist.

Aber ich wette, könnte die Natur noch einmal von vorne anfangen mit ihren Kreationen, daß wir mit offenem Mund vor der Tomatenmark fabrizierenden Schnecke stehen würden.

Denn für die Natur wäre das ein Kinderspiel.

Jedem sein Pferd

Wir besuchten den alten Sereno Assordati. Er lebte in seiner Klause auf einem Hügel, vom Grün der Wiesen umgeben und belebt durch das sanfte Dahinplätschern eines Flusses.

Dies war wirklicher Frieden, und der alte Sereno Assordati verbrachte dort den letzten Teil seines langen und mühseligen Lebens. Hier konnte er in der Erinnerung viele Episoden noch einmal durchleben und bedächtig den Kopf schütteln darüber, daß er durch den Egoismus und die Schlechtigkeit der Menschen seine Probleme nie hatte lösen können. Sereno Assordati war lange Zeit der bedeutendste Politiker des Landes. Ein Mann, der entschlossen war, sein Leben dem Wohlergehen der Menschheit zu weihen, der gehofft hatte, daß er eines Tages allen das geben könne, was er sich selbst gewünscht hatte und was er doch nie erreichen konnte.

Sereno Assordati empfing uns mit einem freundlichen Lächeln. Er wollte alles über uns wissen, auch, wie wir zu ihm heraufgefunden hatten. Als wir ihm sagten, daß wir mit einem Wagen da waren, schaute er von der Veranda auf die Straße. Der Wagen stand dort am Gitter des Zaunes, und das Pferd hatte sein Maul tief in einem Sack mit Heu, den ihm der Kutscher vorgebunden hatte.

Sereno Assordati zeigte auf das Pferd, während in seinen Augen ein seltsames Leuchten erschien.

»Gehört es Ihnen?« fragte er.

»Nein.«, sagte ich, »es wird wohl dem Kutscher gehören. Wir haben den Wagen nur gemietet.«

Sereno Assordati seufzte und schlug uns freundschaftlich auf die Schulter. Dann führte er uns auf die Veranda und begann von seiner langen politischen Karriere zu erzählen.

»Ich habe immer die Ungerechtigkeit bekämpft«, sagte er, »aber leider mußte ich den Kampf eines Tages aufgeben, da ich fühlte, daß er sinnlos war. Die Menschen sind undankbar, und ich habe begriffen, daß es nicht der Mühe wert ist, das eigene Leben für das Wohl der anderen zu opfern. Man glaubt, an einem gewissen Punkt am Ziel angelangt zu sein. Auf einmal fällt alles zusammen durch den Neid, die Eifersüchteleien und den persönlichen Egoismus ... vielleicht auch durch unser eigenes Schicksal. Wenn man jung ist, glaubt man voller Unbefangenheit, daß der Weg, den man sich erwählt hat, wohl mit vielen Schwierigkeiten gepflastert ist. Man ist sicher, sie überwinden zu können, und nimmt voller Begeisterung eine Hürde nach der anderen. Aber die Schwierigkeiten werden immer größer, unsere Kräfte erlahmen, und gerade vor der letzten Hürde geben wir dann, von Verzweiflung gepackt, auf. So war es bei mir, die letzte Hürde erschien mir zu gigantisch, und ich habe aufgegeben. Und diese allerletzte Schwierigkeit, vor der ich kapitulierte, war ... eine Katze.«

»Eine Katze?« fragte ich. »Welche Farbe hatte sie?«

»Sie hatte gar keine«, antwortete Sereno Assordati, »weil sie gar nicht in Erscheinung trat. Vielleicht, wenn ich mich erkundigt hätte, würde ich es erfahren haben, und ich könnte mir das Tierchen wenigstens heute vorstellen, diese Katze, die meine Karriere vernichtete. Sie blieb für mich irgendeine Katze. Heute träume ich oft von ihr, aber auch im Traum habe ich keine richtige Vorstellung von ihr. Einmal erscheint sie mir in Schwarz, dann in Weiß, dann gefleckt. Ich erinnere mich, wie wenn es gestern gewesen wäre, als die Katze meinen Weg kreuzte.«

»Aberglauben«, sagte mein Begleiter.

»Kein Aberglauben«, sagte Sereno Assordati und schaute meinem Freund in die Augen. »Die Katze lief mir ja nicht wirklich über den Weg, denn sie existierte gar nicht. Aber das können Sie erst begreifen, wenn ich Ihnen die ganze Geschichte erzähle. Ich muß ungefähr zwanzig Jahre zurückgreifen. Ich wußte damals, daß die Menschheit zerrissen und gequält war. Mensch kämpfte gegen Mensch, weil der eine zu viel hatte und der andere zu wenig. Es gab nur Glückliche und Unglückliche. Entweder sie wollten das, was sie nicht hatten, oder das, was die anderen hatten. Wir denken dabei vor allem an Geld, an die Armen und die Reichen, aber das war es nicht. Oft ist ein Reicher unglücklich und ein Armer glücklich, weil er gerade das bekommt, was er sich wünschte. Ich nahm mich selbst zum Beispiel. Ich will es so formulieren: Was möchte ich, um glücklich zu sein? Irgend etwas, und ich möchte, daß die ganze Welt das bekommt, was auch ich mir wünsche.«

»Eine lobenswerte Vornahme«, sagte ich.

»Dann«, fuhr Sereno Assordati fort, »fragte ich mich, was ich brauche, um glücklich zu sein. Was ich mir immer wieder gewünscht habe, schon als Kind in der Schule und dann lange Jahre hindurch: ein Pferd.«

»Ein Pferd?« fragten wir.

»Ein Pferd. Pferde haben mir immer gefallen. Ich schaute sie mir oft an auf den Straßen, so schön und majestätisch, wie sie waren, wenn sie dahintrabten. Ich sehe sie noch in den Straßen, dann später auf den Rennplätzen. Vollblüter oder Karrengaul, es machte mir nichts aus, wenn es nur Pferde waren. Ich träumte von ihnen und galoppierte im Traum auf ihnen dahin und hielt mich an der Mähne fest. Wenn ich ein Pferd gehabt hätte, wäre ich glücklich gewesen. Aber ich hatte keines und dachte daran, daß es auf der Welt viele Menschen gäbe, die zwanzig und dreißig hatten. Und viele, die gar keines besaßen. Ich begriff nun, daß ich kämpfen mußte für die gleichmäßige Verteilung der Pferde. Wir alle haben das Recht auf Glück, wir alle haben das Recht auf ein Pferd. Ich fühlte, daß dies meine Aufgabe war. Einige Freunde halfen mir und ermutigten mich in den ersten Zeiten. Ich gründete eine Zeitung und eine Partei, wohin alle die kommen konnten, die an meiner Seite kämpfen wollten. ›Unser

Glück ist der Besitz eines Pferdes!‹ stand auf den Wänden der Parteizentrale geschrieben. Einige Jahre später hatten wir genügend Mittel zusammengebracht, um eine größere Menge Pferde kaufen zu können. Wir verteilten in diesem Jahr ungefähr fünfzig. Es war ein echtes Freudenfest. Man mußte die Glückseligkeit derer miterlebt haben, die ein Pferd zugeteilt bekamen! Wie ihre Augen strahlten! Mit welcher Wonne sie die Mähne streichelten! Meine Idee war auf fruchtbaren Boden gefallen. Nach der ersten Verteilung nahm unsere Partei einen kolossalen Aufschwung. Ich war der anerkannte, von allen geliebte Führer. Ich selbst hatte auf ein Pferd für meinen eigenen Gebrauch verzichtet und war glücklich im Glück der anderen. Aber dann kam ein schwarzer Tag. Ich hatte einen Parteitag auf unserem Hauptplatz organisiert. Der Platz war schwarz von Menschen, die aus den entlegensten Gemeinden herbeigeeilt waren. Ich sprach lange und sagte, daß der Tag nicht mehr fern sei, an dem jeder sein Pferd haben würde. Der Beifall brach los und dauerte lange Zeit, als ich zu Ende gesprochen hatte, aber dann hob sich eine Hand in der Menge und bat um Gehör. Als alles ruhig war, hörte man eine deutliche Stimme in der Stille: ›Ich will eine Katze!‹ Ich kann Ihnen nicht beschreiben, was dann geschah. Schreie und Pfiffe ertönten, dazwischen auch Beifallklatschen. Die ersten Gegner. Ich begriff, daß dies ein schlimmer Tag war und daß diese Katze, die meinen Weg gekreuzt hatte, zur Auflösung meiner Partei führen konnte. Ich rief den Kongreß zusammen, und es bildete sich eine Gruppe, die den Antrag einbrachte, daß sie Katzen wünschte statt Pferde. Wir stimmten ab über Pferd und Katze und erhielten noch die Mehrheit. Aber der Samen der Zwietracht war in der Partei aufgegangen. Wenige Monate später kam es zur Spaltung. Die Katzenbefürworter hatten in kurzer Zeit starken Zulauf. Die Pferdetreuen verloren nach und nach, aber auch die Katzenpartei hatte kein langes Leben. In einer Sitzung, bei der ich zugegen war, erhoben sich die ersten Stimmen für Hennen, und diese wurden wiederum von denen, die Hunde wollten, überstimmt. Es war eine bewegte Sitzung, bei der die Partei sich wieder spaltete und in diverse Fraktionen zerfiel. Alles brach auseinander, die persönlichen Interessen bekamen die Oberhand, und keinem gelang es, wieder Ordnung in die Reihen zu bringen. Meine große Idee war in tausend und abertausend kleine Rinnsale versickert. Stellen Sie sich vor, es war sogar einer darunter, der einen Papagei wollte. Nun habe ich mich in diese einsame Ecke zurückgezogen, um über die Nutzlosigkeit meiner Idee nachzudenken oder über die Nutzlosigkeit anderer Ideen, genau so großartig wie die meinige.«

Er begleitete uns zum Tor, und während wir uns in den Wagen setzten, sahen wir eine Träne in seinen Augen, die er wehmütig auf dem Pferd ruhen ließ, das sich in langsamem Trott in Bewegung setzte.

... der spielt immer Theater

Die Farce

Dies ist eine Farce. Die Personen und Begebenheiten dieser Farce sind frei erfunden, und jede Ähnlichkeit mit der Wirklichkeit ist reiner Zufall.

Die Szene spielt in einem großen Raum, der ebensogut Speisezimmer, Salon oder Wohnzimmer sein kann, wenn man will, auch Schlafzimmer oder eine Wiese vor der Stadt. Die Temperatur des Raumes ist bei 22 Grad. Sie hat keinen Bezug auf die Farce, aber da es sie nun einmal gibt, können wir sie nicht außer acht lassen.

Ich meine die Temperatur.

Es ist irgendeine Stunde des Tages oder der Nacht. Zwischen 12 und 24 Uhr oder, wenn Sie wollen, zwischen 24 und 12 Uhr. Es ist ganz unwichtig. Hauptsache, daß man etwas sieht, ob durch die Beleuchtung oder das Sonnenlicht, kann man nicht feststellen.

Viele Personen lernen wir im Verlauf der Farce kennen. Einige sind wichtig, andere vollständig unnötig. Aber nachdem die Welt voll ist von unnötigen Dingen, hat es keinen Sinn, sich gegen sie zu wehren. Auch unnötige Dinge sind nötig, sagte einmal ein durch seine Glatze berühmt gewordener Philosoph, der häufig durch Zerstreutheit glänzte. Wir halten uns also an diesen klassischen Satz und schmuggeln einige unnötige Darstellungen in unsere Farce. Fangen wir mit Gigi Allincirca an, Antipolitiker aus Leidenschaft, der im Raum rechts sitzt. Er interessiert sich tatsächlich nicht für Politik, sondern pflückt lieber Margeriten, wenn sie auf den Wiesen blühen. Zur Zeit blühen sie nicht, wegen der Jahreszeit, und deshalb wartet Gigi Allincirca auf ihr Hervorsprossen. Er fällt niemandem lästig. Es ist, als ob er gar nicht da wäre, kurzum, eine unnötige Person. Die anderen, die kommen und gehen, treten ihm leider immer auf die Füße, was er mit einem leisen Schmerzenslaut quittiert, so leise, daß er den Dialog nicht stört. Wir würden ihn gerne woanders unterbringen, aber wo? Das ist das Problem. Wir wissen tatsächlich nicht, wohin mit ihm, und da er nun einmal im Spiel ist, soll er bleiben. Wir kümmern uns nicht mehr um ihn, wir vergessen ihn einfach.

Der Hauptdarsteller ist von undefinierbarem Alter. Er kann fünfzig, siebzig oder achtzig sein, Hauptsache, er hat ein Alter, die Jahre interessieren uns nicht. Allein die Tatsache, daß er da ist, beweist, daß er ein Alter hat; er heißt Democide Algas und sitzt in einem großen Lehnstuhl. Er scheint sehr überzeugt von sich und schaut glücklich und zufrieden um sich. Ab und zu macht er eine kleine, schmerzliche Grimasse, nimmt sich aber sofort zusammen und lächelt wieder.

Seine Verwandten stehen umher, ganz mit ihren Angelegenheiten beschäftigt. Einer liest, einer schreibt, ein dritter rechnet, ein vierter kocht, ein fünfter trinkt Kaffee usw. Unter ihnen befinden sich ein gewisser Ramuscio und eine gewisse Carolina Quadrasta.

Ramuscio kommt nach vorne und scheint bedrückt. Er tippt Carolina auf die Schulter.

Ramuscio: »Wie geht es ihm?«

Carolina: »Ganz gut, glaube ich. Er ist wie immer, schaut glänzend aus und lächelt.«

Ramuscio: »Aber hie und da glaube ich auf seinem Gesicht einen schmerzlichen Ausdruck zu bemerken. Hast du es auch gesehen?«

Carolina: »Habe ich. Aber das sagt gar nichts, er beklagt sich ja nicht. Meinst du, er hat Fieber?«

Ramuscio: »Ich denke nicht. Wollen wir seine Stirne befühlen?«

Carolina: »Versuchen wir's.«

Sie nähern sich Democide Algas und berühren seine Stirne.

Carolina: »Mir scheint sie kühl. Probier du.«

Ramuscio: »Ich finde auch, daß sie kühl ist.«

Ramuscio spricht nun zu Democide: »Wie fühlst du dich, Chef?«

Democide: »Gut. Warum?«

Carolina: »Wir sehen dich hie und da eine schmerzliche Grimasse schneiden.«

Democide: »Ah, das ist gar nichts. Mir geht es ausgezeichnet. Wenn ich in meinem Lehnstuhl sitze, fühle ich mich ausgesprochen wohl.«

Ramuscio: »Es ist aber schon sehr lange, daß du in diesem Lehnstuhl sitzt.«

Carolina: »Das stimmt, Jahre und Jahre. Ich erinnere mich nicht, dich je aufstehen gesehen zu haben.«

Democide: »Als ich ihn zum ersten Mal probiert habe, merkte ich, daß er mir großartig paßt, wie für mich nach Maß gemacht.«

Democide schlägt die Beine übereinander, und man hört ein leichtes Knarren des Lehnstuhles. Auf dieses Knarren antwortet Democide mit einer schmerzlichen Grimasse.

Ramuscio: »Donnerwetter! Als der Lehnstuhl geknarrt hat, hast *du* Schmerzen verspürt?«

Democide: »Das will nichts heißen. Nur ein leichter Stich da, wo die Lehne befestigt ist.«

Carolina: »Die Lehne des Fauteuils macht dir Schmerzen? Das verstehe ich nicht!«

Democide: »Denkt euch nichts dabei, es ist nicht der Rede wert.«

Ramuscio gibt einem hinteren Bein des Lehnstuhles einen leichten Stoß.

Democide: »Au! Was fällt dir denn ein?«

Ramuscio: »Entschuldige, ich hab's nicht mit Absicht getan.«

Ramuscio nimmt Carolina beim Arm und zieht sie in eine Ecke der Bühne.

Ramuscio: »Hast du gesehen? Der Chef ist empfindlich in den Lehnstuhlbeinen. Ich habe einem der Stuhlbeine nur einen kleinen Stoß versetzt, und er hat ›Au!‹ geschrien.«

Carolina: »Und ob ich es bemerkt habe! Er hat auch ge-ächzt, als die Lehne geknarrt hat. Das sind sehr ernste Symptome.«

Ramuscio: »Wir müssen versuchen, ihn aus diesem Lehnstuhl herauszukriegen.«

Carolina: »Das wird nicht leicht sein.«

Ramuscio: »Laß mich nur machen.«

Ramuscio geht zu den anderen Verwandten und flüstert ihnen etwas ins Ohr. Alle hören erstaunt zu und sind sehr dafür, etwas zu unternehmen. Alle nicken beifällig.

Ramuscio läuft zum Fenster und öffnet es.

Ramuscio ruft: »Ahhh! Schaut euch das an! Kommt her! Ist das wunderbar, eine wahre Pracht!«

Alle laufen zum Fenster, brechen in Bewunderungsrufe aus und schauen aus dem Fenster.

Democide Algas bleibt ruhig vor sich hinlächelnd sitzen.

Als sie merken, daß ihre List nichts genützt hat, kehren sie an ihre vorigen Plätze zurück.

Ramuscio: »Er ist nicht darauf hereingefallen.«

Carolina: »Ich habe dir gleich gesagt, daß er für alle Schätze der Welt nicht aus seinem Lehnstuhl herauszu-bringen ist.«

Ramuscio: »Probieren wir etwas anderes. Statt ihm sein Essen hinzubringen, stellen wir die Teller hier auf den Tisch und gehen dann hinaus. Wetten, daß er dann auf-steht?«

Carolina: »Wir können's ja versuchen.«

Sie decken den Tisch und verteilen dann eine Menge feinster Speisen auf ihm. Dann gehen sie ab.

Democide schaut sich um. Er riecht den einladenden Duft der Speisen, und als er sicher ist, allein zu sein, steht er auf und geht an den Tisch, aber mit dem Lehnstuhl, der an ihm haften bleibt.

Als er beim Tisch angelangt ist, läßt er sich mitsamt dem Lehnstuhl wieder in sitzende Stellung fallen. Er schwitzt vor Anstrengung und Erschöpfung. Er ist entsetzt, schaut nach, ob die Türen noch geschlossen sind, und versucht dann, sich mit unmenschlicher Anstrengung zu erheben, aber der Lehnstuhl bleibt an ihm kleben. Er ist vor Schrekken und Verzweiflung außer sich. Alle kommen hereingestürzt und umsorgen ihn liebevoll.

Einige wischen ihm den Schweiß von der Stirne, andere streicheln ihn.

Ramuscio: »Was ist los, Papa? Was soll das? Wir haben dich durch das Schlüsselloch beobachtet.«

Democide: »Gar nichts ist los. Mir geht es ausgezeichnet.«

Carolina: »Du hast doch Fieber, deine Stirne ist glühendheiß. Wir rufen schnell einen Arzt.«

Ramuscio holt aus der Innentasche seiner Jacke ein Telefon und ruft einen Arzt an. Kaum hat er den Hörer aufgelegt, tritt der Arzt schon auf.

Arzt: »Wer ist der Kranke?«

Carolina zeigt auf Democide: »Er.«

Der Arzt nähert sich Democide, schaut ihn an, untersucht ihn, fühlt ihm den Puls.

Arzt: »Der Puls scheint normal!«

Carolina: »Versuchen Sie eines der Stuhlbeine abzuklopfen.«

Der Arzt klopft mit einem kleinen Hammer auf ein Bein des Lehnstuhles.

Democide: »Au!«

Arzt: »Ich verstehe das nicht. Ein ganz neuer Fall. Versuchen Sie aufzustehen.«

Democide versucht aufzustehen, aber der Lehnstuhl löst sich nicht von ihm. Alle packen den Lehnstuhl und ziehen daran, aber Democide fängt an zu schreien vor Schmerz und fällt wieder in seinen Sitz zurück. Der Arzt ist perplex und sagt es auch.

Arzt: »Ich bin perplex.«

Ramuscio: »Vielleicht ist ein Consilium nötig. Soll ich einen Spezialisten rufen?«

Arzt: »Nein, besser einen Tischler.«

Ramuscio nimmt das Telefon aus der Jackentasche und ruft einen Tischler an. Der Tischler tritt auf.

Tischler: »Wer braucht mich hier?«

Arzt: »Wir müssen gemeinsam diesen Herrn hier untersuchen.«

Arzt und Tischler untersuchen miteinander Democide, und als sie fertig sind, wenden sie sich an die Verwandten, die eine sehr beunruhigende Gruppe gebildet haben.

Arzt: »Da ist überhaupt nichts mehr zu machen. Signor Democide und sein Lehnstuhl bilden eine organische Einheit. Eines hat sich mit dem anderen verbunden. Wenn man das Bein des Lehnstuhles untersucht, fühlt man einen leichten Pulsschlag. Auch die Blutzirkulation hat sich vereinigt. Die Arterien des Signor Democide sind zu Holzfasern geworden, und nach und nach werden die Holzfasern auch die ganzen Organe überwuchern. Es ist zu spät, man kann den Lehnstuhl nicht mehr ohne Lebensgefahr von ihm lösen.«

Carolina: »Was können wir denn tun, Herr Doktor?«

Arzt hebt die Schultern und breitet die Arme aus: »Nach meiner Ansicht nichts mehr. Höchstens polieren können Sie ihn noch.«

Arzt und Tischler gehen ab. Die sehr beeindruckten Verwandten bleiben, aber man sieht ihre Angst nach und nach verschwinden. Sie gewöhnen sich an die neue Situation. Mit größter Rücksicht behandeln sie den armen Democide, und das Zimmermädchen staubt ihn jeden Morgen sorgfältig ab.

Das Licht geht aus. Nach einer Weile flammt es wieder auf, was bedeuten soll, daß einige Zeit vergangen ist. Signor Democide sitzt immer noch in seinem Lehnstuhl.

Er schläft.

Carolina beugt sich nieder und sammelt unter dem Lehnstuhl etwas, das sie Ramuscio zeigt.

Carolina: »Schau.«

Ramuscio: »Was ist das? Es sieht wie irgendein Pulver aus.«

Carolina: »Ich weiß, was das ist. Schau dir seine Haut an. Siehst du die kleinen Löcher? Es ist der Holzwurm.«

Ramuscio: »Der Holzwurm? Dann ist es schlimm!« Er legt sein Ohr an Signor Democides Brust. »Ich höre ihn tikken. Und ich glaubte, Signor Democide schnarcht. Statt dessen ist es der Holzwurm, der nagt.«

Carolina: »Genau.«

Ramuscio schüttelt Democide, der aber nicht aufwacht.

Ramuscio: »Chef! Chef! Wach doch auf!«

Carolina: »Da ist nichts mehr zu machen. Der Holzwurm hat ihn aufgefressen. Schau her.«

Carolina nimmt ein Taschenmesser und schneidet einen Span von der Hand des Signor Democide ab. Kein Tropfen Blut kommt aus der Wunde.

Ramuscio: »Er ist tot. Was machen wir nun?«

Carolina: »Tragen wir ihn auf den Speicher zu den anderen alten Möbeln.«

Sie nehmen den Lehnstuhl mitsamt Signor Democide und tragen ihn hinaus, während man den Holzwurm ticken hört, wobei man denken könnte, es wäre Signor Democide, der schnarcht.

Alle im Chor: »Der Arme! Ein Holzwurm hat ihn umgebracht!«

Der Vorhang fällt.

Versprechungen

Die Szene zeigt einen enorm weiten Raum, eine Art verlassener Ebene. Oben ist der Himmel und unten die Erde. Verbrannte Erde mit Steinen und Unkraut. Wie eine Wiese oder ein Bauplatz, nur von überdimensionalen Ausmaßen. Nicht tausend Quadratmeter, viel mehr noch. Also eine immense Ebene und oben der Himmel. Natürlich ist es schwierig, ja unmöglich, dieses Stück aufzuführen, vor allem wegen der Inszenierung, denn obwohl es sich um eine äußerst bescheidene Dekoration handelt (tatsächlich befindet sich auf der beschriebenen Ebene gar nichts), ist es absolut unmöglich, eine Bühne von einem Ausmaß zu finden, auf der die Riesenebene Platz hätte.

Auch der Himmel muß echter Himmel sein und nicht ein falscher, auf Leinwand gemalter.

Personen:

Auch die Personen würden nicht leicht zu finden sein, vor allem, weil man einen echten Minister braucht und keinen falschen; ein falscher Minister würde keinen Effekt machen, und dann wäre es auch nicht leicht, die großen Menschenmassen zusammenzubringen. Drum meine ich, daß es unnötig ist, eine Komödie wie diese aufzuführen, aber das ist kein Grund, daß sie der Autor nicht schreiben soll.

Also, nehmen wir an, der Vorhang geht auf. Der Vorhang hebt sich, und man sieht die vollständig verlassene Ebene. Es ist Morgen, die Sonne geht auf, aber auf der anderen Seite vom Publikum, weshalb man sie nicht sieht.

Man sieht nur den Himmel und auch die Ebene sich langsam erhellen. Wenn es hell genug ist, kommen die Arbeiter einzeln daher und bilden auf der unendlichen Ebene kleine Gruppen, die leise miteinander reden.

Es ist also unmöglich zu hören, was sie sagen. Verloren auf der Riesenebene sieht man winzig klein diese Arbeiter, die miteinander reden. Auch wenn man hören könnte, was sie sagen, man verstünde trotzdem nichts, weil jede Gruppe über andere Dinge argumentiert. Jeder diskutiert mit seinen Kameraden seine Angelegenheiten, und man hört nur ein Stimmengemurmel, Sätze und Wörter, die keinen Sinn ergeben. Ungefähr so:

»Heute, bei der Hitze, haben die Scheren mich zerstreut, im letzten Stück Straßenbahn Begegnung um fünf Uhr, jeder außer sich ohne ein Minimum an Pferden und die Gattin mit sieben Metern und einem Stück Sohle, grün wie der kleine Korridor mit einem vollen Korb ohne Wasserhahn des Brotes und der eben angekommenen, gebackenen Marmelade . . .«

Man könnte eine ganze Weile so fortfahren, aber dem Autor reicht es, und er hört auf. Es war ihm nur darum zu tun, eine Idee von dem zu geben, was vorgeht.

Nach und nach füllt sich die Ebene mit Menschen, und das Murmeln hat sich verstärkt. Je lauter es wird, desto weniger versteht man.

Aber jetzt kommt ein Mann nach vorne, ein Facharbeiter, der sich an die Rampe stellt. Während das Murmeln hinter ihm sich noch steigert und jeder auf das hört, was der andere sagt, gibt er bekannt, daß er der Sprecher des Volkes ist, das hinter ihm steht. Bei dem Wort »Volk« drehen sich alle dem Publikum zu und verbeugen sich. Der Wunsch des Volkes sind Häuser. Es braucht Wohnungen, weil es viel zu wenige gibt. Wie baut man Häuser? Vor allem braucht man Geld. Wer hat Geld?

An diesem Punkt wendet sich der Mann nach einer Seite der Ebene. Das Publikum schaut dorthin und sieht einige Herren in Frack und Zylinder. Die Zylinder der Herren rauchen wie Fabrikschornsteine.

Man erkennt sofort, daß es schwerreiche Industrielle sind.

»Das Geld«, fährt der Mann fort, »muß der geben, der es hat, und wer hat es? Die Großindustrie.« An diesem Punkt verbeugen sich die Großindustriellen.

Der Mann nähert sich den Reichen, die ihre Brieftaschen gezogen haben und das Geld für den Häuserbau geben.

Der Mann ist hochzufrieden und geht, während das Volk dieses Ereignis freudig kommentiert. Wir hören nur das obligate Gemurmel.

Ein Trompetenstoß ertönt, die Menge teilt sich in zwei Hälften, und vom Horizont her kommt ein ganz kleiner

Mann nach vorne. Alle applaudieren bei seinem Erscheinen.

Es ist der Minister, der, an der Rampe angekommen,
sich verbeugt und eine Rede hält des Inhaltes, daß die
Häuser gebaut werden. Häuser für alle, mit Bad, Lift, lau-
fendem Wasser usw. Ein Dach über dem Kopf für jeden,
weil die Häuser auch Dächer haben werden.

Die Menge auf der Ebene klatscht Beifall, der Minister
verbeugt sich und geht.

Neues Volksgemurmel wie vorher, alle sprechen wieder
von ihren eigenen Angelegenheiten.

Jetzt erscheint wieder der Sprecher, der die Wünsche
des Volkes bekanntgibt. Er grüßt und sagt, daß das Volk
Straßen braucht. Es ist unmöglich, weiterhin ohne Straßen
auszukommen. Wo keine Straßen sind, kann man nicht gehen. Aber um Straßen zu bauen, braucht man Geld – und
wer hat Geld?

Die Industriellen mit den rauchenden Zylindern verbeugen sich zum Gruß und zücken ihre Brieftaschen. Der
Mann heimst das Geld ein und verschwindet zufrieden.

Neues Gemurmel, und wieder erscheint der Minister
unter dem Beifall des Volkes.

Der Minister hält eine Rede auf die Straßen und verspricht, daß man Hunderte von Kilometern und mindestens zehn Meter breite Straßen anlegen wird, alles asphal-
tiert, mit Brücken über die Flüsse und Tunneln unter den
Bergen durch.

Applaus der Menge, während der Minister geht.

Das obligate Gemurmel. Jeder spricht von seinen eigenen Angelegenheiten, die Zeit vergeht, und der Mann, der
die Wünsche des Volkes übermittelt, erscheint.

Er stellt sich an die Rampe und sagt, daß das Volk Kran-
kenhäuser und Kurheime wünscht. Zur Ausführung dieser
Bauten braucht man Geld. Die Industriellen nehmen aus
ihren Brieftaschen die benötigten Summen, und der Mann
geht glücklich ab.

Der Minister tritt auf und zeigt das Errichten von Krankenhäusern und Kurheimen in sonnigen, gesunden Gegenden an.

Gemurmel nach dem Applaus, bis der Sprecher der Volkswünsche wieder auftritt.

Dieses Mal muß die finanzielle Situation der Arbeiter verbessert werden.

Aber die Industriellen, deren Zylinder zu rauchen aufgehört haben, bedauern, kein Geld mehr in ihren Brieftaschen zu haben. Der Mann protestiert und kündet die Beseitigung der Großindustriellen an und die Übernahme der Fabriken durch den Staat. Kleinlaut gehen die Industriellen ab, und der Mann gibt bekannt, daß zur Besserung der sozialen Lage von den Arbeitern jeder etwas spenden muß. Einer beginnt nun in der Menge zu sammeln, und als alle etwas gegeben haben, kommt der Minister und verkündet, daß die soziale Lage der Arbeiterschaft verbessert wird.

Der Minister geht, und der Sprecher des Volkes tritt auf und sagt, das Volk brauche Häuser und zu diesem Zweck Geld. Wer gibt Geld? Jeder von uns wird eine Kleinigkeit spenden für den Häuserbau. Er sammelt die Spenden ein und geht, um dem Minister seinen Platz zu überlassen, der ankündigt, daß die Häuser gebaut werden.

Es wiederholt sich die Geschichte von dem Mann, der sagt, man brauche Straßen, er sammelt Geld, und der Minister zeigt den Straßenbau an.

An diesem Punkt läßt der Autor den Vorhang fallen, weil ihm kein Ende für seine Komödie einfällt.

Es gibt auch kein Ende, denn der Autor glaubt, daß diese Geschichte ad infinitum weitergeht, die verbrannte Erde bleibt verbrannte Erde, und die Volksmenge bespricht auf der unendlichen Ebene weiterhin ihre eigenen Angelegenheiten.

Wenn der Vorhang gefallen ist, werden alle nach Hause geschickt, und das Publikum kann auf der Ebene bis zum

Ende des Horizonts spazieren, um zu sehen, was dahinter ist. Nichts ist dahinter, nur verbrannte Erde, nichts als eine öde Ebene in die Unendlichkeit. Die Sonne geht unter, und es wird ganz dunkel.

Morgen, wenn die Sonne wieder aufgeht, fängt man von vorne an, morgen wird die Ebene genauso verbrannt sein wie heute, nur ein wenig mehr zertreten von der Menge.

Und übermorgen genauso, und auch überübermorgen.

Bis es zu regnen beginnt und da und dort eine Margerite erblüht. Das Volk wird auf sie zeigen und rufen: »Schaut her! Die Natur hält immer, was sie verspricht!«

Der Autor möchte noch bemerken, daß diese Komödie nichts mit der Wirklichkeit zu tun hat, sie ist die Frucht reiner Phantasie.

Blätter im Herbst

Die Szene zeigt einen bürgerlichen Salon. Darunter verstehen wir einen Salon mit Möbeln, Fauteuils, Teppichen. Auf den Möbeln Nippes, unter den Möbeln nichts.

Auf der Straße fahren Autos vorbei, ab und zu hört man eine Hupe.

Ein Nachmittag im September, Oktober, November. Draußen ist es grau, leichter Nebel liegt in der Luft.

Ein Fenster ist offen, denn es ist noch nicht kalt. Hie und da schwebt ein welkes Blatt zum Fenster herein und sinkt auf den Teppich.

Auch in den toten Blättern zeigt sich der Herbst. Im Salon herrscht Melancholie.

Eine Dame sitzt auf einem rotsamtenen Fauteuil. Sie strickt einen Strumpf, manchmal erhebt sie sich, bückt sich, nimmt das tote Blatt und wirft es seufzend zum Fenster hinaus.

Die Dame heißt Eleonora Soltanto, was man nicht sehen kann, wir nennen sie Eleonora Soltanto, also einfach Eleonora.

Ihr Alter ist zwischen zweiundzwanzig und dreiundsechzig.

Kaum hat Eleonora sich wieder gesetzt, als ein leises Geräusch sie den Kopf heben läßt.

Sie sieht das Blatt langsam hereinschweben und sich auf den Teppich niederlassen.

Eleonora erhebt sich, bückt sich, nimmt das Blatt, streckt den Arm aus dem Fenster und läßt das Blatt fallen. Sie seufzt. Eleonora: »Herbst. Der Herbst kommt herein. Ich könnte das Fenster natürlich schließen, aber kann er dann noch herein, der Herbst? Oder kann er nicht? Er klopft an die Fenster und sagt: Da bin ich. Auch dieses Jahr bin ich gekommen. Siehst du den Nebel und fühlst du meine Kühle? – Die Blätter fallen, und wir lassen es zu. Wir können es nicht ändern. Wer könnte den Vormarsch der Jahreszeiten aufhalten? Der Herbst kommt langsam, mit kleinen Schritten. Er ist alt, aber er stolpert unerbittlich vorwärts. Der Frühling kommt lärmend und glücklich, ganz Glut, Feuer und Jugend. Welch ein Unterschied! Aber ich muß nun zur Realität meiner Wollstrümpfe zurückkehren. Genug der Romantik und der Phantastereien.«

Eleonora kehrt seufzend zu ihrem Fauteuil zurück und fängt wieder zu stricken an.

Es klopft.

Eleonora: »Wer ist da?«

Stimme: »Ich bin's.«

Eleonora: »Das kann ich nicht leugnen. Alle sind wir ›Ich‹. Ich und der Marchese Fossofritto, ich und der Obsthändler, ich und der Sonnenanbeter. Welches von diesen ›Ichs‹ bist du?«

Stimme: »Weder das eine noch das andere, auch nicht das dritte, die Welt ist voll von verschiedenen ›Ichs‹. Eines von ihnen bin ich.«

Eleonora: »Ah, jetzt kenne ich's. Du bist Gervasio.«

Stimme: »Ich bin nicht Gervasio, aber das ist nicht wichtig. Komm und mach mir auf, dann siehst du mein Gesicht und meine stattliche Gestalt. Ich kann dir verraten, daß ich sogar ein Profil habe.«

Eleonora: »Das freut mich. Aber ich mache dich aufmerksam, daß die Tür offen ist und du ohne meine Hilfe eintreten kannst. Es genügt, wenn du den Türknauf drehst und leicht andrückst. Die Tür geht nach innen auf.«

Die Tür öffnet sich, und Luca Assurdo erscheint. Ein distinguierter Herr, sehr elegant gekleidet. In der linken Hand trägt er ein in blaues Papier gewickeltes kleines Paket. Er tritt ein, schließt die Tür, breitet dann die Arme aus und eilt auf Eleonora zu. Kaum hat Eleonora ihn gesehen, erhebt sie sich aus ihrem Fauteuil, breitet die Arme aus und eilt dem Angekommenen entgegen.

Luca: »Armanda!«

Eleonora: »Romeo!«

Luca: »Wie lange haben wir uns nicht gesehen!«

Eleonora: »Eine lange, lange Zeit. Jahre um Jahre, Jahrhunderte, würde ich sagen.«

Luca: »Wirklich, Jahrhunderte. Wir haben uns nie gesehen, weil wir uns nie begegnet sind.«

Eleonora: »Wo warst du in all der Zeit?«

Luca: »Ich weiß nicht. Ein wenig hier, ein wenig da, ein wenig überall . . . Ich habe viele Leute kennengelernt. Viel zu viele. Einige wurden mir Freunde, andere Feinde. In einige Frauen habe ich mich verliebt. Aber du . . . wo hast du die ganze Zeit gesteckt, daß ich dir nie begegnet bin?«

Eleonora: »Ich war immer hier, manchmal auch anderswo. Aber du hast mich nie gesucht, sag die Wahrheit.«

Luca senkt den Blick. »Es ist wahr, ich kann's nicht leugnen.«

Eleonora: »Du bist aufrichtig, Arduino. Das gefällt mir an dir.«

Luca: »Das ist eine meiner hervorstechendsten Eigenschaften. Ich habe immer die Wahrheit gesprochen, auch wenn eine Lüge notwendig gewesen wäre. Ich will mich auch nicht rechtfertigen, indem ich dir sage, daß ich dich nicht suchen konnte, weil ich dich nie gekannt habe. Ich gebe zu, daß ich nie an dich gedacht habe, und damit genug. Aber jetzt ist es aus. Ein neues Leben beginnt. Was ist aus deinem Mann geworden?«

Eleonora: »Er ist noch vor unserer Hochzeit abgereist, und ich habe ihn nie wiedergesehen. Dann habe ich bemerkt, daß er gar nicht *er* war.«

Luca: »Wenn man etwas bemerkt, ist es meistens zu spät.«

Eleonora: »Sie erwartet dich?«

Luca: »Nicht mehr . . . sie ist mit einem Koffer voll alter Zeitungen ins Ausland gereist. Das ist schon lange her.«

Eleonora: »Ich höre eine gewisse Traurigkeit in deiner Stimme. Wie wenn du sie beweinen würdest. Kannst du sie nicht vergessen?«

Luca: »Ich habe sie nie vergessen. Hier der Beweis.« Er nimmt aus der Brieftasche ein Dokument und zeigt es Eleonora.

Luca: »Es ist die Bestätigung des Bürgermeisters.«

Eleonora: »Ich sehe.«

Ein Blatt weht schaukelnd zum Fenster herein und fällt Eleonora vor die Füße.

Luca bückt sich, hebt das Blatt auf, schaut es an.

Luca: »Wie schön es ist. Wie es dir gleicht! Kann ich es behalten?«

Eleonora nickt zustimmend mit dem Kopf. Luca legt das Blatt mit großer Vorsicht in seine Brieftasche.

Luca: »Im kommenden Frühling grünt es, du wirst sehen!«

Eleonora: »Glaubst du? Oder sagst du das nur, um mir zu schmeicheln?«

Luca: »Schmeicheleien sage ich nie.«

Eleonora schaut auf das in blaues Papier gewickelte Paket.

Eleonora: »Was ist das?«

Luca errötet und scheint verwirrt. »Nichts ... unwichtige Dinge, die ich ... Krimskrams, Kleinigkeiten.«

Eleonora: »Du verbirgst mir etwas, Duilio.«

Luca: »Nein, Ramona, das darfst du nicht sagen.«

Eleonora: »Ich weiß ... es ist die Hoffnung. Dieses Paket enthält die Hoffnung, daß sie dich eines Tages wieder zu sich ruft ... sag die Wahrheit. Oh, wie ich in der Seele des Mannes zu lesen verstehe. Du bist eines Tages vor ihr geflohen, aber du hoffst immer noch, daß sie dich eines Tages zurückruft, und diese Hoffnung trägst du mit dir in diesem Paket. Ich weiß es.«

Luca lächelt und verneint mit Kopf und Zeigefinger. Er scheint seiner Sache sehr sicher zu sein, aber Eleonora schaut ihm starr in die Augen, so daß Luca gezwungen ist, den Blick zu senken.

Eleonora: »Es ist klar wie der lichte Tag.«

Luca: »Das kannst du nicht sagen.«

Eleonora: »Ich habe es bereits gesagt. Aber es ist nicht wichtig. Schließlich tragen wir alle unsere Hoffnungen in einem Paket mit uns.«

In diesem Moment hört man ein Telefon klingeln. Luca hat sich wieder gefaßt. Seine Augen fangen zu leuchten an, er packt das Paket mit zitternden Händen und versucht es zu öffnen. Eleonora schaut ihm zu und lächelt.

Eleonora: »Siehst du, Daniele, ich hatte recht. Soll ich dir helfen?«

Luca: »Nein ... danke ... es ist nicht so wichtig ... (er bemüht sich weiter, das Paket zu öffnen, während das Telefon immerfort läutet) ... es handelt sich um ein geschäftliches Gespräch. Ein Ingenieur will sich mit mir verabreden wegen eines Brückenbaues.«

Eleonora lächelt amüsiert, aber voll Bitterkeit.

Eleonora: »Deshalb bist du so aufgeregt?«

Luca: »Wenn es *sie* wäre, sage ich, daß ich nicht da bin, daß ich ausgegangen bin.«

Luca hat endlich das Paket aufgebracht, das ein Telefon enthält; er packt den Hörer, hält ihn ans Ohr.

Luca: »Hallo . . . hallo . . . oh . . .« Luca hört bewegt zu.

Eleonora kehrt zu ihrem Fauteuil zurück und nimmt den Strumpf wieder zur Hand.

Luca: »Seit langem wünschte ich mir, ihre Stimme wieder zu hören, und hatte schon jede Hoffnung verloren. Heute endlich . . . Dank, daß du an mich gedacht hast, viel Zeit ist vergangen, und ich kann deshalb nicht mehr dahin zurückkehren, wo ich einmal war . . .«

Luca schaut auf Eleonora und senkt die Stimme.

Luca: »Ja, ich habe immer an dich gedacht . . . es ist wahr . . . wir sind uns von neuem begegnet. Bist du noch du oder schon eine andere? . . . vielleicht komme ich . . .«

Luca hört noch eine Weile zu, dann legt er den Hörer auf. Er wickelt das Telefon wieder in das blaue Papier.

Luca: »Verzeih mir«

Eleonora: »Oh, da ist nichts zu verzeihen. Ich wußte es schon. Schließlich sind wir uns noch nie begegnet, nicht wahr?«

Luca: »Nie. Aber ich mußte dir begegnen . . . nun werde ich dich nie mehr vergessen. An meinem Herzen trage ich in der Brieftasche dein Foto.«

Eleonora: »Geh . . . es ist schon spät.« (Sie steht auf und begleitet Luca zur Tür, die sie für ihn öffnet.)

Luca hat sein Paket aufgenommen und streichelt es zärtlich.

Eleonora: »Nimm deine Hoffnung wieder mit. Verliere nie das Paket: Morgen wird das Telefon wieder klingeln, und du kannst wieder mit ihr sprechen.«

Luca schüttelt traurig den Kopf.

Luca: »Es war gar nicht sie, alles war nur Komödie. Ich werde nie mehr mit ihr sprechen, ich fühle es. Adieu, Adele.«

Eleonora: »Adieu, Renato.«

Eleonora schließt die Tür und kehrt ins Zimmer zurück.

Ein Blatt ist zum Fenster hereingeflogen, und die sich schließende Tür hat es unter die Kredenz mit den Nippes geweht.

Eleonora schüttelt den Kopf, kniet auf den Boden, steckt den Kopf unter die Kredenz und sucht das Blatt.

An diesem Punkt senkt sich der Vorhang, und wir wissen nicht, wie es weitergeht.

Das Tintenfläschchen

Personen: Federica und Riccardo.

Die Szene zeigt einen modernen Salon. Sie spielt in der Jetztzeit. Beweis dafür ist der Lärm der Straßenbahnen, der Autos und der Roller. Auch einen Düsenflieger hört man aus der Ferne.

Es ist Fasching. Durch das Fenster sieht man zwei Luftschlangen baumeln, eine gelbe und eine rote. Es war auch eine blaue dabei, aber sie hat der Wind mitgenommen, und wer weiß, wo sie jetzt ist – vielleicht am anderen Ende der Straße oder an einem Auto hängengeblieben. Aber es hat keinen Sinn und wäre nur Zeitverlust, sie wiederfinden zu wollen. Beschäftigen wir uns lieber mit den Menschen. Sie sind keine bunten Papierstreifen, und wenn ihr Leben auch kurz ist, etwas länger als das einer Luftschlange ist es doch.

Federica tritt durch die rechte Tür auf. Sie bleibt in der Mitte der Bühne stehen und seufzt. Sie ist traurig. Vielleicht denkt sie an eine entschwundene Liebe? Vielleicht betrübt sie etwas Näherliegendes? Man weiß es nicht. Unter den vielen Dingen, die wir nicht wissen, ist auch der Grund zu Federicas Traurigkeit. Federica schaut umher und bemerkt, daß Fasching ist.

F.: »Es ist Fasching, aber es sieht nicht so aus. Wo ist der Unterschied zu den anderen Tagen des Jahres? Alles ist wie immer. Diese Sessel sind genau wie gestern, wie vorgestern, wie vor einem Jahr. Wahrscheinlich werden sie morgen auch nicht anders sein. Auch alles übrige, die Wände, die Möbel, der Lüster.«

Federica öffnet das Fach eines Schrankes und entnimmt ihm ein Tintenfläschchen. Sie hält es gegen das Licht.

F.: »Es ist noch voll. Lauter ungeschriebene Worte. Worte, die ich nicht kenne. Oh, wenn ich doch erfahren könnte, was für Worte es sind! Noch sind sie flüssig, von einem schönen, durchsichtigen Blau, und sehen nicht wie Worte aus, wenn man sie so sieht. Aber es sind Worte.«

Federica setzt sich an den kleinen Schreibtisch, stellt das Tintenfläschchen hin, nimmt Feder und Briefpapier und beginnt zu schreiben.

F. (das Geschriebene laut lesend): »Thomas – gleich – Hinterziehung – bissansito . . . bissansito, was soll das?«

Von links tritt Riccardo auf, geht zur Mitte der Bühne. Er schaut Federica an, und Falten erscheinen auf seiner Stirn.

R.: »Sie?«

F.: »Ja, ich.«

R.: »Auch ich.«

F.: »Also wir beide.«

Riccardo senkt den Kopf und errötet. Er möchte etwas sagen, aber er kann nicht. Sein Hals ist wie zugeschnürt, aber Federica steht auf, geht zu ihm und nimmt ihn bei der Hand. Dann zieht sie ihn zum Schreibtisch und zeigt ihm, was sie geschrieben hat.

F.: »Lesen Sie!«

Riccardo liest und schaut dann Federica perplex an.

F.: »Diese Worte waren in dem Fläschchen. Es enthält noch eine Menge ungeschriebener Worte, und ich bin schrecklich neugierig, ich muß wissen, was es für Worte sind. Ich will bis auf den Grund kommen, bis zum letzten Tintentropfen.«

R.: »Das würde zu lange dauern. Es ist schon sechs Uhr, die Stunden vergehen, und mit den Stunden vergeht so vieles.«

F.: »Das stimmt schon, aber die Neugier ist weiblich, und ich bin beides: ein Weib und neugierig. Wie soll ich mit meiner Neugier fertig werden. Lesen Sie: ›bissansito‹. Das ist eines der Worte, die aus der Tinte kamen.«

R.: »Wie ist das möglich?«

Riccardo nimmt ein Fläschchen, hält es hoch und betrachtet es gegen das Licht.

R.: »Vielleicht ist sie kaputt.«

F.: »Die Tinte? Das glaube ich nicht. Es ist ein Markenfabrikat, und ich habe sie erst neulich gekauft.«

R.: »Aber irgend etwas stimmt nicht mit ihr. ›Bissansito‹ ist ein Wort ohne Sinn. Wollen wir zusammen probieren?«

F.: »Probieren wir.«

Riccardo setzt sich an den Schreibtisch, taucht die Feder in die Tinte und schreibt.

R. (schreibend): »Umschlag – übersetzt – dableiben – Brtasul – wir – alle – Gummilack – Hundepasta . . .«

F. (rauft sich die Haare): »O nein!«

R. (erstaunt): »Tatsächlich, diese Tinte funktioniert nicht. Die ganze Welt ist heutzutage voller kaputter Dinge. Jeder versucht jeden zu betrügen, und wir merken es nicht einmal. Aber warum wollen Sie sich mit diesem Geschreibsel quälen?«

F.: »Richtig, warum eigentlich? Heute ist Fasching, und draußen bricht der Übermut aus. Die Leute scheinen glücklich, sie tanzen und singen, sie werfen Luftschlangen und Konfetti, und wir sitzen hier mit einem Tintenfläschchen voller ungeschriebener Worte.«

R.: »Stellen Sie das dumme Fläschchen weg. Auch wir wollen vergnügt sein. Vergessen wir den traurigen Alltag. Auch wir wollen lachen!«

Sie lächeln sich an, aber dann schaut Riccardo um sich.

R.: »Hier ist alles wie immer. Der Fasching ist nicht bis hier hereingekommen, scheint mir. Man müßte alles auf den Kopf stellen.«

Ernsthaft bringen sie das Zimmer in Unordnung, werfen Stühle und Tischchen um.

F.: »Meinen Sie, daß jetzt hier im Zimmer mehr Fasching ist als vorher?«

R.: »Nicht sehr, aber ein klein wenig anders ist es doch als zuvor. Es ist evident, daß wir die Fröhlichkeit nicht mehr gewohnt sind, Federica. Früher kam unser Lachen spontan, jetzt müssen wir uns dazu zwingen. Wir müssen erst einen Grund suchen. Und wir finden keinen. Es ist schwer, einen zu finden. Den anderen geht es genauso, nicht nur uns. Wir haben zu viele Sorgen. Auch die Jugend hat zu viele Sorgen. Auch sie haben ihr Tintenfläschchen, an das sie denken, an die Worte, die es enthält. Auch sie wollen das Fläschchen möglichst schnell leeren, all die Worte schreiben, die drinnen sind, immer schneller, bis zum letzten Tropfen Tinte, nur um zu sehen, was für Worte herauskommen.«

F.: »Wie wahr das ist. Und dann ist die Tinte schlecht, und sie finden Worte wie ›bissansito‹ . . .«

R.: ». . . oder Gummilack. Genau das. Statt dessen müßte man das Fläschchen im Fach lassen und es nur benützen, wenn man es wirklich braucht, um Briefe zu schreiben mit Gedanken, die in uns schlummern, dann kämen schon die richtigen Worte. Je mehr ich darüber nachdenke, desto sicherer bin ich, daß nicht die Tinte schuld ist, sondern die Eile und die Hast, mit der wir alles erledigen wollen.«

F.: »Kann sein, aber warum ist man neugierig, wenn man nicht den Wunsch hat, zu wissen?«

R.: »Man sollte nicht so viel nachdenken, überhaupt nichts denken.«

F.: »An irgend etwas muß man wohl denken, aber an was?«

R.: »An den Fasching. Unterhalten auch wir uns. Schauen Sie, dort hängen Luftschlangen am Fenster!«

R.: »Eine gelbe und eine rote. Warum gehen Sie nicht Konfetti kaufen?«

F.: »Sie haben recht. Ein Fasching ohne Konfetti ist kein Fasching.« (Riccardo läuft hinaus.)

Federica schaut auf die sich schließende Tür, dann nimmt sie das Tintenfläschchen und betrachtet es. Man begreift, daß sie es wegstellen möchte, aber sie kann dem Wunsch nicht widerstehen, die Worte zu erfahren, die es enthält. Sie nimmt die Feder und schreibt.

F. (schreibend und laut lesend): »Liebe – Herzensangst – Eibisch – Banikoka – oh, es ist nicht zu glauben!«

Sie wirft die Feder auf den Schreibtisch, packt dann das Fläschchen und schließt es in das Fach. Riccardo kommt zurück.

R.: »Haben Sie sich endlich entschlossen?«

F.: »Banikoka . . .« Sie seufzt tief.

R.: »Denken Sie nicht mehr daran! Es ist Fasching!«

Riccardo wirft ihr ein einziges Konfetti ins Haar.

F.: »Oh, endlich! Weiter!«

Riccardo (senkt den Kopf und errötet): »Ich habe keines mehr . . .«

F.: »Haben Sie nur ein einziges gekauft?«

R.: »Leider. Mein Sinn für Bescheidenheit, meine Angst, über die Stränge zu schlagen, der Wunsch, die Grenzen des Schicklichen nicht zu überschreiten . . . meine Hemmungen . . .«

F.: »Hemmungen . . . vielleicht ist das ein Wort aus meinem Tintenfläschchen, so wie Banikoka . . .«

R.: »O nein, es ist ein echtes und gutes Wort!«

F.: »Nach diesem Experiment weiß ich wirklich nicht mehr, welche Worte echt und welche falsch sind. Aber das Konfetti?«

R.: »Es ist in Ihrem Haar und schaut wie eine winzige Schneeflocke aus.«

F.: »Ein einziges und noch dazu weiß. Wenn Sie wenigstens ein farbiges gekauft hätten . . . rot oder blau zum Beispiel, es hätte sicher lustiger ausgesehen, aber weiß macht mich alt, und der Fasching müßte eigentlich verjüngen . . .«

F.: »Warum gehen Sie nicht und kaufen noch welche?«

R.: »Halten Sie das für notwendig?«

F.: »Und Sie nicht? Es muß sein, wenn wir wenigstens für heute das Tintenfläschchen vergessen wollen!«

Riccardo (zögert, setzt sich dann in Bewegung, geht zur Tür und öffnet sie): »Nun gut, ich gehe.«

Riccardo geht, und Federica seufzt. Geht im Salon umher, hebt einen der umgeworfenen Stühle auf und macht Ordnung. Sie öffnet einen Fensterflügel und streichelt die gelbe Luftschlange, dann schließt sie das Fenster wieder. Sie geht zum Schrank, macht das Fach auf, in dem das Tintenfläschchen steht, schließt es aber gleich wieder. Riccardo kommt mit einem großen Paket zurück.

R.: »Banikoka?«

F.: »Nein, nein, diesmal habe ich widerstanden, ich habe in aller Ruhe auf Sie gewartet. Haben Sie das Konfetti?«

R.: »Drei Kilo.«

Riccardo öffnet das Paket, und eine Menge Konfetti beginnt im Zimmer umherzufliegen. Er wirft Federica eine Handvoll ins Gesicht, und Federica bewirft sein Haar. In Kürze ist der ganze Salon in einer Konfettiwolke, sie fallen nach und nach auf alle Möbel und bedecken den Boden. Federica und Riccardo stehen da und schauen sich an, ihre Hände sind leer, sie haben alles Konfetti verbraucht.

R.: »Aus.«

F.: »Ja, aus. Dort liegen sie jetzt, verbraucht, unnütz, und wir können nichts mehr mit ihnen anfangen.«

R.: »Es waren so viele, und nun ist es nicht anders, als wenn es nur ein einziges gewesen wäre. In Ihrem Haar sind noch welche.«

F.: »Viele Farben, nicht? Gelbe, rote, blaue, auch einige aus bedrucktem Papier.«

Federica schüttelt den Kopf, und das Konfetti fällt herunter. Durch das Fenster sieht man immer noch die beiden Luftschlangen. Die gelbe löst sich plötzlich und verschwindet ins Leere. Federica geht langsam zum Schrank, öffnet das Fach, nimmt das Tintenfläschchen heraus und läuft zum Schreibtisch.

F.: »Es hat keinen Sinn, ich muß immer daran denken.«

R.: »Ich auch, wenn ich mich auch noch so bemühe, an was anderes zu denken ... Haben Sie eine Feder für mich?«

F.: »Hier.«

Riccardo setzt sich zu ihr an den Schreibtisch.

F.: »Wir können uns nichts mehr vormachen: Wir müssen ans Ende kommen, das Fläschchen bis zum letzten Tropfen Tinte leeren.«

Beide schreiben fieberhaft und lesen das Geschriebene: »Kuß – Hingabe – Sinn – Zorbst – Bidasch – Sumsad – Allimuk ...«

Die Worte werden immer leiser bis zum undeutlichen Gemurmel, während der Vorhang fällt.

Erlebnisse im Theater

Wir beschlossen, ins Theater zu gehen. Vor dem Theater standen schon eine Menge Leute und wollten hinein. Viele taten es auch, aber bei der großen Menschenmenge warteten eben viele, daß andere hineingingen, um dann bequemer hineinzukommen.

So geht's eben zu. Wir überquerten die Straße, um zum Theatereingang zu gelangen, und studierten erst die Plakate, wir wollten wissen, welches Ensemble an diesem Abend spielte.

Die Plakate waren rechts und links vom Eingang angeklebt, und es stand nur darauf, wann die Aufführung be-

gann. Eben zu der Stunde, an der normalerweise Theater-
aufführungen beginnen.

Aber der Titel des Schauspieles fehlte. Ich will damit sagen, daß nicht daraufstand, was eigentlich gegeben wurde.
Nur die Stunde des Beginns und die Namen der Schauspieler. Vielleicht improvisierte man an diesem Abend? Es
kann ja vorkommen, daß ein Ensemble eines Tages nicht
weiß, was für ein Stück es aufführen soll oder das Text-
buch ging verloren, und so erfindet man halt irgend etwas.

Kann so etwas vorkommen? Einige sagen: Nein, so etwas kann nicht vorkommen, aber in dieser unserer Welt
kann im Grund alles passieren, davor kann man nie sicher
sein. Nur eine Sache im Leben ist todsicher: daß man vor
nichts sicher ist. Manchmal glauben wir, daß ein Stuhl uns
sicher trägt, wir setzen uns vertrauensvoll darauf, ein Bein
bricht ab, und wir sitzen am Boden. Diesen Abend würde
das nicht der Fall sein: Ganz sicher würden wir uns nicht
auf den Boden setzen. Einmal ist es mir jedoch passiert,
und deshalb sage ich, daß man vor nichts sicher sein kann.
Jedenfalls war es ganz unnötig, erraten zu wollen, was
heute in diesem Theater gespielt wird. Wir mußten nur das
tun, was alle taten: Karten kaufen, die Mäntel in der Garderobe abgeben, unsere Plätze suchen und uns daraufset-
zen.

Und das taten wir denn auch.

An der Kasse bekamen wir Karten, die genau so aussa-
hen wie alle Theaterkarten, die Platznummern waren mit
Bleistift daraufgeschrieben. Dann gingen wir hinein. Ihr
alle kennt das charakteristische Summen in einem Theater
voller Menschen. Menschen, die sitzen, Menschen, die stehen oder sich eben setzen wollen. Menschen, die zwischen
den Reihen umhergehen, Menschen, die schon Sitzende
zum Aufstehen zwingen, Menschen, die herumspazieren
und rauchen. Menschen, die miteinander schwatzen. Der
Saal ist sehr hell, weil alle Lichter brennen, und man sieht
alles ganz genau. Dann endlich sitzen alle und erwarten

den Anfang der Vorstellung. Die Lichter erlöschen nach und nach, und der große Vorhang hebt sich langsam.

Die Bühne zeigt einen großen, vollständig leeren Raum. Dieser absolut leere Raum hat im Hintergrund eine Tür und links ein Fenster. Sowohl die Tür wie das Fenster sind geschlossen, und wir warten, daß jemand hereinkommt.

Die Zeit vergeht, und niemand kommt. Das Publikum ist ruhig, aber man fühlt seine Erwartung. Niemand weiß allerdings, was es erwartet. Vielleicht den Auftritt irgendeiner Person oder einen Lärm von fern oder nah, wenigstens ein Geräusch, das endlich die Stille unterbräche. Wir verbleiben mehrere Minuten in dieser Stille. Dann hören wir ein Husten, ein Scharren von Füßen, einen quietschenden Stuhl. Aber all diese Geräusche kommen aus dem Zuschauerraum, der Husten zieht einen zweiten nach sich, dann einen dritten und noch einen.

Nun beginnt einer zu zischen, dann zischt ein anderer gegen den ersten Zischer, und ein dritter will beide zur Ruhe zischen. Nach und nach zischen wir alle, um Ruhe vor den Hustern zu haben, und so zischt endlich das ganze Publikum. Auf der Bühne ist immer noch keine lebende Seele, und abgesehen vom zischenden Publikum rührt sich nichts. Da keiner mehr hustet, verstehen wir nicht, was das Publikum eigentlich zur Ruhe zischt, aber nach und nach hören alle auf zu zischen, und der Zuschauerraum fällt in die gleiche Stille zurück wie die Bühne.

Auf ihr geschieht immer noch nichts. Was kann schon geschehen, wenn kein Mensch droben ist? Das Zimmer ist leer, und Tür und Fenster sind noch immer geschlossen. Keinerlei Geräusch ist zu hören. Es vergehen ungefähr weitere sieben Minuten absoluter Stille, dann hören wir wieder ein Husten, dann noch eines und noch eines. Keiner zischt diesmal, und das Husten hört von selber wieder auf. Als der Vorhang fällt und die Lichter im Zuschauerraum wieder aufflammen, steht das Publikum auf. Der erste Akt ist zu Ende, und das übliche Pausengesumme beginnt.

Die Leute fangen sofort an zu schwatzen und zu kommentieren: Auf der Bühne war nichts passiert, und die Schauspieler hatten sich nicht sehen lassen. Dieses leere Zimmer war den ganzen ersten Akt über leer geblieben.

Wir überlegten, daß es tatsächlich ab und zu vorkommt, daß gar nichts passiert in der Welt und bei den Menschen. Nichts passiert, und wir bemerken es nicht einmal. Wahrscheinlich, sogar sicher, war dieses Zimmer die Wohnung des Hauptdarstellers oder vielleicht doch nur das Zimmer irgendeiner Wohnung? Die in diesem Zimmer wohnten, waren ausgegangen, hatten Türen und Fenster geschlossen und . . . weg waren sie. Außerhalb des Zimmers konnte alles mögliche passieren, aber innerhalb nichts. Es war ein verschlossenes und verlassenes Zimmer. Auch die Möbel waren ausgegangen. Vielleicht wurden sie vorher weggetragen, oder es waren da überhaupt keine Möbel gestanden. Wenn man nur ein einziges Möbelstück dagelassen hätte, dann konnte etwas passieren. Es kann ja vorkommen bei einem großen Künstler, daß er ein Zimmer ganz leer läßt.

Auf der Bühne wurde uns allerdings noch nie ein leeres Zimmer gezeigt, in dem nichts passierte. Diesen Abend nun wurde es uns geboten, den ganzen ersten Akt lang, und der Hauptdarsteller war die Stille, die in einem leeren Zimmer herrscht. Von wem nur war es verlassen worden? Hier nun hatte unsere Phantasie volle Freiheit, sich die Menschen, die Tatsachen und Ereignisse ganz nach Gutdünken auszumalen.

Während dieses ersten Akts schlief kein Mensch ein, ganz im Gegensatz zu anderen Theaterabenden. Alle erwarteten etwas, das von einem Moment zum anderen geschehen konnte, und diese Erwartung erlaubte den Menschen nicht, einzuschlafen, wie es manchmal in großen Dialogszenen vorkommt.

Uns gefiel dieser erste Akt. Wir hatten bei anderen Theaterbesuchen so viele Geschehnisse auf der Bühne miterlebt, daß wir richtig bewegt waren, weil nichts, aber auch gar nichts geschehen war. An niemandem war etwas auszusetzen gewesen. Das ganze Ensemble war gleichwertig, und alle verdienten Beifall. Daß es am Schluß keinen Applaus gab, lag daran, daß niemand es bemerkte, als der Akt zu Ende war. Die Schlußszene, die den Beifall herausforderte, fehlte.

Wir kehrten auf unsere Plätze zurück und konnten kaum erwarten, wie es weiterging. Alle waren sehr gespannt, das sah man schon daran, daß die Zuschauer pünktlich auf ihre Plätze zurückkamen. Als das Licht erlosch, herrschte tiefste Stille, und der Vorhang hob sich langsam.

Nun sah man auf der Bühne ein großes Zimmer, vielleicht das gleiche von vorher, aber voll, mit Möbeln aller Art und auf unglaubliche Weise überfüllt mit Menschen. Wie viele Schauspieler waren es? Man konnte es nicht feststellen, vielleicht fünfzig oder sechzig, sie standen so dicht beieinander, daß sie sich kaum rühren konnten, im Zimmer, auf den Stühlen, den Tischen und auch auf den hohen Möbeln.

Alle bewegten sich und sprachen durcheinander, einige ruhig, andere nervös, ein paar gestikulierten, andere standen nur still da. Der Lärm wurde so groß, daß man auch nicht ein Wort von dem verstehen konnte, was die Schauspieler sagten. Man konnte auch nicht wahrnehmen, was sie eigentlich machten ... Hie und da machte sich einer Platz in der Menge, um zu einer anderen Gruppe zu stoßen, einer stieg von einem Möbel herunter, ein anderer hinauf. Einer weinte, ein anderer lachte, wieder ein anderer zeigte sich wütend, ein anderer zufrieden. Zwei umarmten sich, zwei wieder ohrfeigten sich, ein Einzelgänger stand stumm da und beschaute die anderen. Wir begriffen, daß zwischen dem ersten und dem zweiten Akt keinerlei Unterschied bestand. Auch in diesem Akt passierte nichts Besonderes.

Alle diese Menschen taten irgend etwas, aber alles zusammen bedeutete nichts, gar nichts. Es war, als ob das Zimmer so leer wäre wie im ersten Akt. Diese ganzen Leute bewegten sich, sprachen, waren unglücklich oder lachten, einer von ihnen hatte sogar angefangen, Trompete zu blasen, um die Konfusion noch zu erhöhen.

Aber alles zusammen vermittelte den gleichen Eindruck wie der erste Akt. Vielleicht müßte man die Gruppen zerteilen, von den Personen eine nach der anderen oder auch zwei miteinander sprechen lassen: Ein Dialog kann etwas bedeuten, genau wie die Idee von jenem, auf den Schrank zu klettern und von dort Worte herunterzurufen, die man nicht verstehen konnte. Auch der Trompeter hatte vielleicht etwas auszusagen.

Der Lärm wurde immer ohrenbetäubender, bis endlich der Vorhang über diesem Tohuwabohu fiel.

Diesmal war auf der Bühne eine Menge passiert, es war viel geredet worden, aber es war, wie wenn nichts, gar nichts vorgefallen wäre und keiner den Mund aufgemacht hätte.

Wir verließen alle das Theater, und die Lichter verlöschten. Die Komödie hatte nur zwei Akte, aber in unserem Inneren würde sie wohl länger dauern. Der dritte Akt spielte sich in unserem Gehirn ab, und wir mußten den Schluß selbst erdenken. Wir sprachen lange davon, während wir mit den vielen anderen Menschen auf die Straße gingen: mit denen, die wie wir aus dem Theater kamen, die vom Kino nach Hause gingen oder die nächtliche Geschäfte hatten. Wir verloren uns in der Menge und waren wie die Schauspieler auf der Bühne: Wir taten und sagten etwas, aber zusammen mit den anderen, die mit uns und um uns waren auf der Straße, ergab es keinen Sinn, überhaupt keinen.

Es war, wie wenn wir gar nicht existierten.

... und macht manchem ein X für ein U
vor

Der Mann mit dem Hut in der Hand

Ich kann nicht sagen, wann ich ihn zum ersten Mal sah. Sicher ist es schon sehr, sehr lange her. Zehn Jahre vielleicht oder zwanzig oder auch dreihundert. Es ist schwer, die Zeit zu messen, wenn man zurückdenkt. Und wenn es sich um unwichtige Dinge handelt, ist es noch schwerer, quasi unmöglich, möchte ich sagen.

Die Dinge entfliehen, das ist's. Nur ein vager Eindruck bleibt, als ob man das Etwas, an das man sich erinnern möchte, durch einen dichten Nebel hindurch kaum wahrnimmt, so daß man die Zeitspanne, die uns davon trennt, einfach nicht ermessen kann.

Dann sah ich ihn einige Male wieder, und daran erinnere ich mich deutlich. Bei einem Zaun stehend, auf einer Bank sitzend, an der Bartheke mit aufgestütztem Ellbogen lehnend.

Und jedes Mal trug er einen Hut in der Hand.

Oft war's ein grauer Hut, oft ein brauner, aber immer ein Hut.

Was die Gewohnheit so ausmacht! Eigentlich nicht einmal die Gewohnheit, eher die Beharrlichkeit einer Sache. Ich habe mich nicht gut ausgedrückt, und ich glaube, daß ich das, was ich sagen möchte, nicht erklären kann – sehr oft fehlen uns die richtigen Worte, um etwas klarzumachen, und dieses Etwas bleibt dann in der Luft hängen, und wir können es nicht erwischen.

Tatsache ist, daß der Mann keinerlei Wichtigkeit hatte für mich. Es war irgendein Unbekannter, ein Mensch wie ein anderer, der überhaupt kein Interesse erweckte. Einer, den man gar nicht ansah; so meine ich's.

Kann sein, daß ich ihn ohne den Hut in der Hand gar nicht bemerkt hätte und ich mich an ihn genausowenig erinnern würde wie an tausend andere Personen, denen ich begegnete und wiederbegegnet bin.

Auch der Hut als solcher hat keine Bedeutung. Kein

Hut hat eine Bedeutung. Wir sehen Tausende von Hüten, mir selbst sind solche aller Arten und Moden untergekommen, aber auch diese Hüte verschwinden spurlos aus unserem Blickfeld.

Zwei ganz unwichtige Dinge also: ein Mann und ein Hut. Nicht daß der Mann etwa keine Bedeutung hatte, alle Männer haben eine Bedeutung, aber für mich war er ein Unbekannter wie viele andere, die in meinem Leben nichts zu suchen hatten.

Ich sah ihn neben einer Frau gehen, und er hatte den Hut in der Hand. Ich sah ihn aus der Straßenbahn steigen, und er hatte den Hut in der Hand. Anfangs wollte der Eindruck dieses Mannes mit dem Hut in der Hand gar nicht in meinem Gedächtnis haften bleiben. Das heißt, es war ein Bild, das ging und kam, ohne eine Spur zurückzulassen. Aber mit der Zeit ließ es eine Spur zurück.

Ich begann, ihn zu beobachten, wenn er an meinem Fenster vorbeiging, immer mit dem Hut in der Hand. So ist es: Wenn Ihnen irgend etwas immer und immer wieder vor Augen kommt, beginnen Sie, es zu beobachten, und dann dringt dieses Etwas in Sie ein, bemächtigt sich Ihrer Gedanken und verläßt Sie nimmer.

Ich begann mich zu fragen, nicht etwa, wer der Mann sei, sondern warum er den Hut immer in der Hand trug. Ich begann weiter zu überlegen, daß er wohl zu Hause einen Garderobenständer habe, um den Hut aufzuhängen, daß er den Hut aber wahrscheinlich nicht aufhängt, sondern auf ein Tischchen legt oder auf einen Stuhl.

Dann dachte ich, daß ihm der Hut vielleicht zu eng oder zu weit sei. Ich begann, seinen üppig behaarten Kopf zu mustern, den Umfang und stellte ihn mir vor, den Hut auf dem Kopf.

Nach und nach gewöhnte ich mich an den Mann mit dem Hut in der Hand. Ich wußte, um welche Zeit er an meinem Haus vorbeikam, wann er die Bar betrat, und war nun sicher, ihn immer nur mit dem Hut in der Hand zu sehen.

Bis er mir eines Tages einen Schock versetzte: Der Hut war nicht mehr grau, sondern braun und ganz neu.

Neue Gedanken begannen mich zu quälen. Ich stellte mir den Mann vor, wie er sich einen neuen Hut aussuchte. Wie er sich mit dem neuen Hut im Spiegel musterte, nicht auf dem Kopf, sondern in der Hand.

Kein Hut, der zu seinem Kopf paßte, sondern einer, der mit seiner Figur harmonierte. Unwichtig, ob er weit oder eng war. Der alte Hut erschien noch hie und da, bei schlechtem Wetter. Auch dann ging der Mann mit bloßem Kopf, knapp an der Wand entlang, um sich vor dem Regen zu schützen . . .

Ich bemühte mich, seinen Gesichtsausdruck zu enträtseln, wenn ich ihn sah, aber seine Miene war immer nur die eines vorübergehenden Mannes.

Ganz sicher dachte er nicht an seinen Hut, den er nicht einmal mit einem kurzen Blick streifte, niemals. Hätte er eine Antipathie gegen Kopfbedeckungen gehabt, mir wäre es offenbar geworden.

Er wirkte ganz gleichgültig. Eines Tages, in der Bar, fiel ihm der Hut aus der Hand, er bückte sich, hob ihn auf, wischte den Staub mit der Hand ab und gab ihm mit kleinen, wohlabgewogenen Bewegungen seine Form wieder.

An alles, was den Hut betrifft, erinnere ich mich jetzt wieder.

Ich erinnere mich, wie sich der Mann an einem Sommernachmittag mit dem Hut Kühlung zufächelte, ich erinnere mich an ihn auch in der Straßenbahn, wenn er den Fahrschein hinter das Hutband steckte.

Ich erinnere mich, daß ich eines Tages den Entschluß faßte, ihm entgegenzutreten und ihn zu fragen, warum er den Hut immer in der Hand trage. Ich erinnere mich auch, daß ich diesen Entschluß verwarf. Vielleicht, dachte ich, würde ich eine wunde Stelle berühren. Ich stellte mir vor, wie der Mann erst mich ansähe, dann den Hut, wie er in Tränen ausbräche, den Hut wie einen Ball zusammendrücken, ihn mitten auf die Straße werfen würde, mich dann stehen ließe und sich mit eingezogenem Kopf schluchzend entfernte.

Ich tat also nichts.

Bis dann, eines Tages, das Unerwartete geschah, und ich bin mir heute noch nicht klar, wie es geschehen konnte. Im Gegenteil, heute bezweifle ich, daß es wirklich geschehen ist: Ich sah ihn vorbeigehen, mit dem Hut auf dem Kopf, dem braunen, den grauen jedoch trug er in der Hand.

Der Reisende

Wir standen an der Sperre, beim Ausgang für ankommende Reisende. Es war 10 Uhr 35. Signor Torquato Torrecaduta schob eine Hand unter meinen Arm. »Jetzt müßte er bald ankommen«, sagte er, »es ist immer aufregend, wenn man auf den Bahnhof geht, um jemanden zu erwarten.«

»Ja«, sagte ich, »das stimmt. Jedesmal wenn ein Zug ankommt, sammelt sich ein Menschenstrom beim Ausgang, und jeder sucht unter all diesen Menschen die Person, auf die er wartet. Auch wenn man weiß, daß der ankommende Zug gar nicht der ist, auf den wir warten.«

»Nur zu wahr«, sagte Signor Torquato Torrecaduta, »dieses Phänomen wiederholt sich immer. Wer weiß, warum. Und bei allen ist es dasselbe. Wir warten zum Beispiel auf einen Zug aus Genua, und da gibt der Lautsprecher die Ankunft des Zuges aus Venedig bekannt. Sofort werden wir erregt, unser Herz klopft, wir können einfach nicht ruhig bleiben. Und dabei interessiert uns der Zug aus Venedig überhaupt nicht. Mit diesem Zug kommt niemand, den wir erwarten. Der Zug hält, die Türen öffnen sich, und die Menschen eilen zum Ausgang. Und was tun wir? Wir durchforschen die Menge. Wir sehen Menschen um Menschen, lauter unbekannte Gesichter. Manchmal stellen wir uns auf Zehenspitzen, um den zu suchen, den wir gar nicht finden können. Irgendeiner fällt uns auf, weil er entfernte Ähnlichkeit hat mit der Person, die wir erwarten. Zu unserer eigenen Überraschung stellen wir in unserem Inneren fest: ›Da ist er ja!‹ Dabei wissen wir ganz genau, daß es nicht die von uns erwartete Person sein kann, weil wir sie aus Genua und nicht aus Venedig erwarten!«

»Und jetzt«, fragte ich, »möchte ich wissen, ob unser Freund aus Genua oder aus Venedig kommt.«

»Weder noch. Aber Ruhe jetzt . . . hier kommt ein Zug.« Torquato Torrecaduta packte meinen Arm und stellte sich auf die Zehenspitzen. Ein Zug hielt an dem Bahnsteig vor uns.

»Das ist nicht der Zug, auf den wir warten«, sagte Torquato, »vielleicht gelingt es uns diesmal, uninteressiert zu bleiben.«

Wir versuchten es. Es gelang uns nicht. Ich bemühte mich, nach der anderen Seite zu blicken, aber unwiderstehlich zog mich die Menschenmenge, die aus der Sperre strömte, an. Ich mußte einfach hinsehen und überraschte mich dabei, in dieser Menge jemanden zu suchen, wen, wußte ich selbst nicht, ein bekanntes Gesicht, egal ob Mann oder Frau, irgendwelche familiären Züge. Die Leute eilten zur Sperre, sie trugen Pakete und Reisetaschen, in der Hand hielten sie ihre Fahrkarten. Leute, die es eilig hatten heimzukommen, Leute, die nach Freunden oder Verwandten Ausschau hielten, Leute, müde von der Reise und glücklich, endlich angekommen zu sein.

Lauter Unbekannte, die ich nie gesehen hatte. Manch einer hatte vielleicht eine vage Ähnlichkeit mit ich weiß nicht wem. Einer erinnerte in seinem Gang oder im Gesicht entfernt an einen Verwandten. Aber es waren Unbekannte, die wer weiß wo herkamen und wer weiß wo hingingen. Ich kann mir nicht erklären, worin die vage Ähnlichkeit bestand, die beim Näherkommen verschwand. Von weitem kam Renato Scappuccio daher: Er plagte sich mit seinem schweren Koffer ab und betastete seine Taschen nach der Fahrkarte. Er schien es zu sein, seine ganze Art, seine Kleidung. Dann kam er näher, gab seine Fahrkarte ab und ging hinaus, an mir vorbei. Natürlich war er es nicht. In der Nähe hatte er jede Ähnlichkeit mit Renato Scappuccio verloren.

Wir erwarteten ja auch nicht ihn.

Torrecaduta suchte unter der Menge. Ich verstand sehr gut, daß er einfach nicht anders konnte. Man sah, daß er sich Mühe gab, trotzdem hob er sich gelegentlich auf die Zehenspitzen und schaute. Die Menge wurde weniger, die letzten kamen fast im Laufschritt an, gaben ihre Billetts ab und verschwanden hinter uns. Wir schauten immer noch auf den Bahnsteig, den eben angekommenen Zug mit seinen offenen Türen entlang. Niemand stieg mehr aus, und auf dem Bahnsteig verblieben nur mehr die Zuspätgekommenen, ein paar Unbekannte.

»Er ist nicht angekommen«, sagte Torquato Torrecaduta, »jetzt ist wieder alles normal.« Wir wußten genau, daß er mit diesem Zug nicht ankommen würde, trotzdem hatten wir unter den Reisenden gesucht. Dieses Phänomen zeigte sich immer wieder, wenn wir auf dem Bahnhof jemand erwarteten. Aber nicht nur uns passiert es.

Wir gingen in der Halle auf und ab, ohne uns jedoch zu sehr von der Sperre zu entfernen.

Hier und da hörten wir einen Pfiff, das Geschnaufe einer Lokomotive, den Lautsprecher, der irgend etwas brüllte. Reisende durchquerten die Vorhalle, schleppten schwere Koffer zur Sperre, wir hörten das Geräusch der Räder von den Gepäckkarren und die Stimmen der Zeitungsverkäufer.

Irgendeiner eilte im Laufschritt zu einem abfahrenden Zug.

»Es kann nicht mehr lange dauern«, sagte Torquato Torrecaduta; es war inzwischen elf Uhr geworden.

»Vielleicht hat der Zug Verspätung«, sagte ich. Torquato schüttelte verneinend den Kopf.

»Er hat keine Verspätung«, sagte er. »wir müssen nur die Ankunftszeit abwarten.«

»Wer kommt denn?« fragte ich.

»Francesco«, sagte Torquato Torrecaduta.

Ich erinnerte mich an Francesco, er war ein Kamerad unserer abenteuerlichen Jugend.

Ein alter Kumpel, den ich vergessen hatte. Ein Träumer. Er hatte seine ganz speziellen Ideen über das Leben. Er sagte, daß er sie hatte, ohne sie uns jedoch zu verraten. Er tat sehr geheimnisvoll mit seinen Ideen.

»Er reist immer«, sagte Torquato, »immer auf der Suche nach irgend etwas. Er trägt seine eigene Welt in sich. Du wirst ja sehen. Er hat mir geschrieben, daß er um 11 Uhr 10 ankommt.«

Es wurde 11 Uhr 10, und ganz am Ende des Bahnsteiges sahen wir Francesco daherkommen. Er hatte eine kleine Tasche und schien müde von der Reise. Aber ein angekommener Zug war nicht zu sehen.

Er durchschritt die Sperre und sah uns. Wir umarmten uns und gingen dem Ausgang zu.

»Ich habe wenig Zeit«, sagte er, »mein Zug geht in einer halben Stunde. Gerade die Zeit, eine Kleinigkeit zu essen und wieder auf den Bahnhof zurückzukehren.«

Wir gingen in ein Restaurant und bestellten etwas zu essen. »Hast du eine gute Reise gehabt?« fragte Torquato Torrecaduta. »Ausgezeichnet«, sagte Francesco, »du kannst dir gar nicht vorstellen, wie angenehm ich reise, in einem leeren Abteil, ohne Lärm und ohne Hast. Und ich kann fahren, wohin ich will, und teile mir meine Zeit nach meinem Gutdünken ein.«

Der Kellner brachte die Speisen.

»Du weißt, wie gern ich reise, aber die Menschen habe ich nie vertragen können, und die Eisenbahngleise habe ich immer gehaßt, diese Gleise, die dich nur dahin bringen, wohin *sie* wollen und wann *sie* wollen. Wenn du magst, nehme ich dich einmal mit auf eine meiner Reisen. In einem Waggon, der auf einem Abstellgleis steht, und ich fahre mit dir, wohin du willst: Paris, London, an die Seen oder ans Meer. Ich zeige dir während unserer Reise die Ebenen und Dörfer, die Meeresufer und die Städte. Wir tragen das alles in uns, und wenn wir wollen, sehen wir mehr, als die Eisenbahn uns bieten könnte. Mein Zug geht auch dahin, wo keine Gleise sind, und ich sehe an meinem Fenster die herrlichsten Landschaften vorbeifliegen. – Vor einigen Tagen bin ich in einen falschen Zug gestiegen«, fügte Francesco hinzu. »Nachdem ich Platz genommen hatte, fing der Waggon zu fahren an. Man hängte ihn an einen anderen Zug an, der mit Blitzgeschwindigkeit nach Turin fuhr. Es war eine fürchterliche Reise: Jede Phantasie war ausgeschlossen, denn ich war gezwungen, das zu sehen, was wirklich war, und mein Geist war deshalb nur damit beschäftigt, die Dinge, die an meinem Fenster vorbeihuschten, wahrzunehmen.«

Aber es war schon spät geworden, und im Eilschritt begleiteten wir Francesco zur Sperre. Dort verabschiedeten wir uns von ihm, und wir sahen ihn mit seiner kleinen Tasche am Ende des Bahnsteiges verschwinden.

Die Samtjacke

Signor Giulio Trofeo erwartete uns. Als wir sein Haus betraten, kam er uns lächelnd entgegen. Herzlich schüttelte er Luca Calzino, den er seit der Erfindung der Galoschen kannte, die Hand und führte uns in den Salon.

Wir traten ein, wie man eben normalerweise in einen Salon tritt, und waren, ehe wir es uns versahen, mitten im Raum und hatten die Möglichkeit, daß große, auf den Park blickende Fenster zu bewundern. Es stand offen, und ein warmer Duft nach feuchtem Moos umschmeichelte uns.

Das alles hat keine Bedeutung, aber schließlich, was hat schon Bedeutung? Nichts. Alle Dinge sind, wie sie sind, einige zerbrechlich und durchsichtig, andere fest und undurchsichtig. Es gibt bewegliche und unbewegliche. Die Welt ist zwar übervoll, aber für Dinge, die es noch nicht gibt, findet sich immer noch ein Plätzchen. Das gleiche gilt auch für das, was kommt. Heutzutage gibt es kein Erstaunen mehr. Wenn ein Mensch den rechten Fuß aufhebt, um die Zehen im Schuh zu bewegen, bemerkt diese Bewegung keiner, aber sie kommt trotzdem vor, genau wie ein Zusammenstoß in der Via Trambusto zwischen einem Lastwagen und einem Motorrad. Das alles ist natürlich, und keinerlei Erstaunen spiegelt sich in den Gesichtern der Passanten, höchstens das Entsetzen kann man noch wahrnehmen, das Erstaunen nicht mehr.

Das letzte Erstaunen auf den Gesichtern der Menge sah ich beim Zusammenstoß von zwei parkenden Lastwagen. Aber das ist ein seltener Fall (und deshalb wunderten sich alle), und er kommt kaum noch einmal vor. Vielleicht ist er überhaupt nicht vorgekommen, so genau erinnere ich mich nicht. Ich erinnere mich nur an die endlosen Diskussionen der Experten und jener, die zu entscheiden hatten, wen die Schuld treffe. Beide Fahrer behaupteten, daß ihre Wagen stillstanden, dadurch komplizierte sich die Sache derart, daß niemand eine Entscheidung fällen wollte.

Etwas anderes passiert ja heutzutage nicht mehr. Auch die Erfindungen sind, was sie sind, und es ist logisch, daß die Menschen nur noch das erfinden, was es noch nicht gibt, und nicht etwas, das bereits erfunden ist.

Und wer soll sich noch über etwas wundern? Ich sah einen Franzosen, der versuchte, sich bei geschlossenem Fenster hinauszulehnen. Natürlich wäre ihm das auch nicht gelungen, wenn er Ungar oder Finne gewesen wäre. Er wurde ausgewiesen und per Schub nach Gibraltar gebracht. Den Grund erfuhr man nie, die Zeitungen berichteten nur, daß das Meer sehr unruhig war.

Da sieht man, wie wir sind. Man beginnt eine Geschichte zu erzählen, dann lassen wir uns mit unseren eigenen Worten verführen und verlieren uns im Labyrinth unseres Gedächtnisses. Unser Gehirn ist eine seltsame Maschine, die unsere Ideen zermahlt. Es ist wie ein voller Tank, und wenn wir den Hahn öffnen, wissen wir nicht, was herauskommt.

Man muß einfach auf seine Geschichte zurückkommen und sich nicht von der Phantasie fortreißen lassen. Als wir den Salon von Signor Giulio Trofeo betraten, war es bereits siebzehn Uhr, und die Sonne stand schon tief. Nicht im Zimmer natürlich, sondern draußen hinter dem Park, und das rosige Licht schuf eine warme Atmosphäre.

Gut also. Luca stellte uns vor. Mit uns war Ernesto Laguggia, der größte Herrenschneider Nordenglands, ein wahrer Meister der gefütterten Männerkleidung. Dann Francesco But, der schneiderische Mathematiker, der die Berechnungen aufstellt über die Anzahl der Nähte. Ein echter Wissenschaftler, der auf den ersten Blick die Zahl der Stiche an allen Nähten angeben konnte.

Ich war nur als Zeuge mitgekommen.

Giulio Trofeo kam sofort zum Thema.

»Seit ein paar Monaten bin ich im Besitz der Erbschaft meines Großpapas«, sagte er, »dazu gehört unter anderem diese Villa mit allem, was drinnen ist. Seit drei Wochen nun beschäftige ich mich mit dem Ankleideraum, und ich kann Ihnen versichern, daß der Inhalt sehr reichhaltig ist.«

Ich sah die Augen des Meisterschneiders gierig blitzen. Ich begriff, daß er diesen Raum studienhalber durchschnüffeln wollte. Und er hatte auch allen Grund für seine Ungeduld. Giulio Trofeo erklärte, daß da Anzüge aus der ersten Hälfte des achtzehnten Jahrhunderts waren und auch Schuhe, alles tadellos erhalten.

»Aber das, was ich Ihnen vor allem zeigen möchte«, fuhr

Trofeo fort, »ist wirklich einzigartig. Es handelt sich um eine Samtjacke.«

»Einfach eine Jacke?« fragte Luca Calzino.

»Einfach eine Jacke, aber mit einer einmaligen Besonderheit«, sagte Giulio Trofeo.

Er stand auf und verließ den Salon. Nach wenigen Minuten kam er mit einer grünen Samtjacke über dem Arm zurück.

Er legte sie mit großer Vorsicht über einen Stuhl, und wir betrachteten sie, ohne sie zu berühren.

Es schien eine gewöhnliche Samtjacke mit zwei Seiten- und einer Brusttasche. An der Kragenform konnte man sehen, daß es sich um eine Arbeit aus der Jahrhundertwende handeln mußte.

Giulio Trofeo lächelte, und Ernesto Laguggia schaute ihn fragend an: »Ich verstehe nicht, warum Sie uns herkommen ließen«, sagte er, »das ist eine Jacke wie tausend andere.«

»Das scheint nur so«, sagte Giulio Trofeo, »und ich werde es Ihnen sofort beweisen. Die Jacke hat, wie Sie noch nicht bemerken konnten, drei Ärmel.«

Er hob das Stück auf, und der dritte Ärmel kam zum Vorschein. Er war genau in der Mitte des Rückens angebracht, unter dem Kragen, und war gleich lang mit den anderen beiden, nur daß er hinten in der Mitte herunterhing.

Wir schauten uns perplex an.

Sogar Francesco But war erstaunt, aber da er die Anzahl der Stiche eines Ärmels wußte, brauchte er sie nur mit drei zu multiplizieren. Ernesto Laguggia jedoch blieb für mindestens vier Minuten stumm. Dann erhob er sich und betrachtete die Jacke aus der Nähe. Der Ärmel war tadellos eingesetzt und sicher von einem erstklassigen Schneider angefertigt. Von innen gesehen war der Ärmel genau so gefüttert wie die anderen zwei.

Ernesto Laguggia verlangte einen Kleiderbügel, und als Giulio Trofeo einen brachte, hängte er die Jacke darüber.

Der große Meister trat ein paar Schritte zurück und betrachtete sie wieder.

»Dies ist das einzige dreiärmelige Stück aus der Garderobe meines Großpapas«, sagte Giulio Trofeo, »und dies schließt die Möglichkeit aus, daß einer meiner Vorfahren drei Arme hatte, sonst hätten wir noch mehrere Stücke dieser Art gefunden. Das ist hoffentlich klar.«

»Aber ist es wirklich ein dritter Ärmel?« fragte schüchtern Luca. »Ich verstehe nicht viel davon, aber es könnte auch kein Ärmel sein.«

Ernesto Laguggia blickte ihn an.

»Kein Zweifel«, sagte er, »es kann nur ein Ärmel sein. Alle Charakteristiken sind vorhanden. In meiner langen Karriere habe ich Tausende von Ärmeln gemacht und kann mich deshalb als unbedingt kompetent betrachten. Übrigens kann auch jeder Laie, der noch nie in seinem Leben einen Ärmel von innen gesehen hat, nicht bezweifeln, daß dies ein Ärmel ist. Er ist mit den anderen identisch, sogar die vier Knöpfe am Handgelenk fehlen nicht.«

»Es kann nur ein Ärmel sein«, bestätigte Francesco But, nachdem auch er die Jacke von allen Seiten geprüft hatte.

»Eine Jacke mit drei Ärmeln!« rief Luca Calzino aus. »Ein derartiges Phänomen gab es noch nie. Wer kann sie getragen haben?«

»Es könnte sein, daß die Jacke einem Freund oder Bekannten meines Ahnen gehörte. Deshalb dieses einzige Exemplar. Der Betreffende kann zu Besuch dagewesen sein und sie vergessen haben.«

»Und warum hätte er in Hemdärmeln fortgehen sollen?« fragte Ernesto Laguggia.

Giulio Trofeo nahm die Jacke und zog sie an. Der dritte Ärmel hing leer am Rücken herunter. »Er beeinträchtigt in keiner Weise den Sitz der Jacke«, sagte der große Schneider erstaunt, »sie ist vollkommen. Heutzutage könnte niemand mehr eine dreiärmelige Jacke von so vollendetem Sitz anfertigen.« Giulio Trofeo zog die Jacke aus und fuhr mit dem rechten Arm in den dritten Ärmel. Von den beiden anderen hing einer vorn, der andere hinten hinunter, und es war ausgeschlossen, mit dem linken Arm in einen von beiden zu schlüpfen.

»Das verstehe ich nicht«, sagte Francesco But.

Keiner von uns verstand. Wir staunten die Jacke an, die nun wieder am Bügel hing mit ihren drei Ärmeln, und wir faßten sie immer wieder an, um uns zu überzeugen, daß wir nicht träumten.

»Es wäre schade, ihn abzutrennen«, sagte der Schneider, »der tadellose Sitz wäre verpfuscht.«

»Daran habe ich nie gedacht«, bestätigte Giulio Trofeo, »ich werde doch dieses Unikum nicht zerstören. Sie wird in einer Vitrine hängen, und Schneider der ganzen Welt werden kommen und sie bestaunen.«

Er war stolz auf seine Jacke und wußte, daß Ernesto Laguggia und Francesco But den Mund nicht halten würden. Die erstaunliche Nachricht würde sich so in aller Welt verbreiten.

Auf dem Heimweg sprachen wir immer noch von der Jacke. Ernesto Laguggia sagte, er glaube nicht an Phänomene aus dem Raritätenkabinett.

»Auch das Löwenmädchen oder die Dame ohne Unterleib sind Schwindel. Diese Jacke ist außerordentlich gut gearbeitet und kann auch einen Fachmann wie mich täuschen. Aber niemand kann mich überzeugen, daß kein Schwindel dabei ist. Ein vollendeter Schwindel, aber eben ein Schwindel. Und ich falle nicht darauf hinein.«

So wurde die Sache nicht bekannt. Giulio Trofeo zeigt die Jacke zwar seinen Freunden und Bekannten, aber alle lachen über ihn, weil sie ihm nicht glauben.

Die Krawattenfarbe

Ein Problem, das dem Prokuristen Armadio Settemanzi an den Tagen vor Weihnachten schwer zu schaffen machte, war die Farbe der Krawatte. Es war eigentlich kein Problem, eher eine fixe Idee, eine Art Alptraum. Er brachte einfach den Gedanken nicht aus dem Kopf: Welche Farbe wird die Krawatte diesmal haben?

Die Sache war so: Jedes Weihnachten bekam er von seiner Frau dieses traditionelle Geschenk. Jedes Jahr die gleiche Komödie. Das geheimnisvolle Lächeln seiner Gattin, die fortwährenden Anspielungen, daß es sich diesmal um etwas Außergewöhnliches, Unerwartetes handle. Die häufigen Fahrten in die Innenstadt zur Besichtigung der Auslagen.

Und dann jedes Jahr, da war es, das Päckchen unter dem Baum: die obligate längliche Form, aus der man sofort den Inhalt erraten konnte. Immer die gleichen erstaunten und entzückten Ausrufe beim Öffnen des Päckchens. »Wunderbar! Großartig! An so ein Prachtstück hatte ich wirklich nicht gedacht!«

Und die Gattin hochbeglückt, daß der Gatte zufrieden war.

Die Krawatte war eben das traditionelle Geschenk. Umsonst hatte der Prokurist Armadio Settemanzi an etwas anderes gedacht. In den Tagen vor Weihnachten hoffte er immer, seine Frau habe statt an eine Krawatte zum Beispiel an einen Geldbeutel oder einen Füllfederhalter oder an irgend etwas gedacht, das keine Krawatte war.

Vergebene Hoffnung – für die Gattin des Prokuristen Armadio Settemanzi existierte außer der Krawatte kein anderes Geschenk.

In seinen langen Ehejahren hatte der Prokurist nur geschenkte Krawatten tragen müssen und endlich begriffen, daß es keine andere Möglichkeit für ihn gab. Auch dieses

Weihnachten würde sein Geschenk in der obligaten Krawatte bestehen.

Dadurch war das Problem ein ganz anderes geworden: Welche Farbe würde die Krawatte haben?

In den Tagen vor Weihnachten ging der Prokurist Settemanzi in Gedanken alle Krawatten der vorangegangenen Weihnachten durch. Die vom Vorjahr war rot mit blauen Streifen, die von vor zwei Jahren blau mit weißen Tupfen. Dann erinnerte er sich an Krawatten in Rosa und Schwarz, Grün mit gelben Streifen, Gelb mit blauen Streifen, Grau mit blauem Blattmuster, in Hellblau und Lila, Braun und Gelb, Rot und Grün.

Wie würde die für das kommende Weihnachten aussehen? Schwer zu sagen. In den Auslagen der Geschäfte gab es Millionen verschiedene Krawatten. Welche von ihnen würde seine Frau wählen?

Der Prokurist Settemanzi begann eine Woche vorher, an den Schaufenstern herumzulungern.

Als erstes teilte er die Krawatten in Kategorien ein. In die, welche ihm gefielen, und in die, welche ihm nicht gefielen. Die ihm gefallenden schied er sofort aus: Nie hätte seine Frau eine von ihnen ausgewählt. Dann begann er, die ihm nicht gefallenden in engere Wahl zu ziehen. Diese wiederum teilte er in zwei Kategorien: die zweifelhaften und die eindeutig abscheulichen.

Diese Tätigkeit des Prokuristen Settemanzi war recht mühsam: Er hatte alle Schaufenster zu absolvieren, auf die das Adlerauge seiner Frau sicher fiel. Es waren gut und gern achtzehn Geschäfte mit ungefähr zwanzig Schaufenstern voller Krawatten. Hunderte von Krawatten, die er alle begutachten mußte.

Der Prokurist Armadio Settemanzi wußte, was er wollte. Er promenierte vor den Auslagen hin und her, examinierte, betrachtete und studierte sehr aufmerksam alle ausgestellten Krawatten.

Dann gelangte er in die Endrunde. Unter all den Krawatten, die er gesehen hatte, waren nur drei, die seiner Frau gefallen konnten. Von diesen dreien die allerscheußlichste herauszufinden war ihm schlechterdings unmöglich. Alle drei schienen ihm gleich scheußlich, auch wenn eine von der anderen grundsätzlich verschieden war.

Und hier nun das Problem: Welche der drei würde er unter dem Weihnachtsbaum vorfinden? Denn es gab keinen Zweifel: Eine dieser drei würde es sein. Am Tag vor Weihnachten machte er den letzten Inspektionsgang: Seine Frau mußte die Krawatte am Tag vorher gekauft haben. Nun würde sich herausstellen, welche der drei Krawatten aus der Auslage entfernt worden war.

Alle drei Krawatten fehlten, und der Prokurist Settemanzi tat einen langen, melancholischen Seufzer. Er war also nicht der einzige Ehemann, der zu Weihnachten von der besseren Hälfte eine Krawatte geschenkt bekam. Und es gab also auch noch andere Frauen, die den gleichen Geschmack hatten wie seine Frau. Der Prokurist Settemanzi überlegte, daß der Krawattengeschmack der Ehefrauen ziemlich standardisiert sein mußte, und er gedachte der erleichterten Seufzer der anderen Ehemänner, daß diese Krawatten aus den Auslagen verschwunden waren.

Für einen Augenblick gab er sich der Illusion hin, daß seine Frau zu spät gekommen war zum Einkauf, aber dann resignierte er sofort: Seine Frau kam nie zu spät, wenn sie eine Krawatte dieser Art kaufen wollte.

Nun, welche der drei hatte sie gewählt?

Bald würde er es wissen.

So kam der Weihnachtstag heran, und der Prokurist Settemanzi erhob sich leicht bebend, wie immer am Weihnachtsmorgen.

Da stand der Baum, und da lagen die Geschenke.

Drei Päckchen in Krawattenform lagen dort und enthielten die drei Krawatten, von denen er gewußt hatte, daß sie seiner Frau gefallen würden.

Zu der Krawatte seiner Frau hatten sich in wahrhaft edlem Wettstreit des guten Geschmackes die seiner älteren und die seiner jüngeren Tochter gesellt.

Und jede hatte ihre Krawatte ohne Wissen der anderen ausgesucht! Eben an diesem Weihnachtstag geschah es, daß der Prokurist Settemanzi angesichts dieser Familienharmonie den Entschluß faßte, sich einen Bart wachsen zu lassen – bis zum ersten Jackenknopf.

Reine Bürokratie

Ich betrete den großen Saal des Finanzamtes. Ein Riesenraum, vollgestopft mit einer unglaublichen Menschenmenge. Lange Schlangen stehen vor den Schaltern, Leute kommen und gehen.

Man glaubt auf einem Bahnhof zu sein zu Beginn der Sommerferien, nur daß nicht einer einen Koffer oder eine Reisetasche trägt. Aber warum sollten diese Menschen hier Koffer oder Reisetaschen tragen, da sie ja nicht abreisen und nicht einmal auf einem Bahnhof sind?!

Ich gehe also hinein, schaue mich um, suche in meiner Tasche und hole einen gelben Zettel heraus. Alle, die vor den Schaltern warten, haben auch einen gelben Zettel in der Hand und warten, daß sie drankommen.

Aber es gibt so viele Schalter, und ich weiß nicht, an welchem ich mich anstellen soll. Sie wissen ja, wie das ist. Sicher waren auch Sie schon in der gleichen Lage. Aber die Organisation hier funktioniert tadellos. Um ein Tischchen steht eine kleine Menschenmenge, die einen gelben Zettel vorzeigt und sich erkundigt, an welchen Schalter sie gehen muß. Der Auskunftsmensch setzt seine Brille auf, beschaut den jeweiligen Zettel und sagt Ihnen dann Ihre Schalternummer.

Im Grund ist alles einfach, man braucht sich nur umzusehen, um im Bild zu sein. Dann sind auch noch die Plakate da, die Anzeigen und alles übrige.

Ich warte auf meinen Turnus. Um mich herum sind auch Leute, die ihren Turnus erwarten. Alle haben einen gelben Zettel in der Hand, und alle sind ungeduldig.

»Man verliert einen Haufen Zeit«, sagt einer.

»Aber einmal muß man halt herkommen«, sagt ein anderer, »ich habe eine Konferenz abgesagt und erledige heute den ganzen lästigen Kram.«

»Es ist auch besser, man bringt den ganzen Blödsinn hinter sich«, sagt ein dritter.

»Hier«, sage ich zu dem Mann an der Auskunft und zeige ihm meinen gelben Zettel, »wo muß ich hin?«

»Schalter 12«, sagt er, nachdem er den gelben Zettel genau angesehen hat. »Haben Sie ein Hemd mit langen Ärmeln an?«

»Nein, mit kurzen«, sage ich.

»Dann Schalter 23«, sagt der Auskunftsbeamte.

Ich suche Schalter 23, er ist am Ende des Saales, und vor ihm steht eine besonders lange Schlange.

Ich reihe mich ein.

»Die sind langweilig wie der Hunger«, sagt eine Frau etwas weiter vorne in der Reihe, »seit dreiviertel Stunden stehe ich hier und bin noch nicht einen Schritt vorwärts gekommen.«

»Man muß Geduld haben«, sagt der vor mir.

»Viel zuviel haben wir«, sagt ein dritter und wedelt mit seinem gelben Zettel.

Einige lesen Zeitung, andere rauchen, und wieder andere schauen gelangweilt herum und treten von einem Fuß auf den anderen.

»Warm ist's hier, sie könnten das Glasdach aufmachen.«

»Ich war schon gestern hier, aber nach einer Stunde war es mir zu dumm, und ich bin weggegangen. Ich wäre beinahe erstickt.«

»Aber gestern war das Glasdach ein bißchen offen.«

»Aber dann haben sie es zugemacht, weil die Beamten die Zugluft gestört hat.«

Das sind so die Gespräche vor den Schaltern, damit die Zeit vergeht. Zwei Frauen vertrauen sich ihre Intimitäten an, zwei Männer sprechen von Geschäften, und eine Gruppe diskutiert über Sport.

Die Zeit vergeht, wenn man vom Sport spricht, und nach und nach wird die Schlange fast unmerklich kürzer. Man glaubt, unbeweglich zu stehen, aber nein, millimeterweise kommt man doch vorwärts.

»Man müßte Schlangenrennen veranstalten«, sage ich zu einem Herrn, der sich hinter mir anstellt, »ich meine, man müßte feststellen, welche Schlange sich am schnellsten verkürzt.«

»Das wäre interessant«, sagt ein Herr, »die Schlange hinter uns scheint sich viel schneller zu verkürzen, schauen Sie nur, sie ist schon ganz klein.«

»Ja, aber wir können uns ja unsere Schlange nicht aussuchen«, sage ich, »jeder Schalter hat seine Nummer, und diese Nummer muß mit der auf unserem Zettel übereinstimmen. Das Schlangenrennen habe ich nur aus sportlichen Gründen vorgeschlagen. Wollen Sie auf die Schlangen unserer Seite wetten?«

»Ich wette nie«, sagt der Herr, »einmal habe ich bei einem Pferderennen gesetzt und verloren. Seither wette ich nie mehr.«

Wir warten schweigend, quasi unbeweglich auf unseren Turnus. Millimeterweise nähern wir uns dem Schalter. 23 Vordermänner, dann 22, dann 21, dann noch 20. Dann eine lange Diskussion am Schalter mit Protesten aus der Schlange, dann einer, der sich um einen Platz vorschmuggeln möchte.

»Sie sind nach mir gekommen.«

Mit der in diesen Fällen unvermeidlichen Fortsetzung. Drei Personen noch. Der vor mir strahlt.

»Endlich bin ich dran«, sagt er und fächelt sich mit dem gelben Zettel.

»Dann komme ich«, sage ich zufrieden.

Dann ist endlich der vor mir dran.

»Haben Sie ein Hemd mit kurzen Ärmeln?« fragt der Beamte.

»Nein, mit langen«, sagt der vor mir und krempelt die Jackenärmel auf, um dem Beamten die Manschetten seines Hemdes zu zeigen.

»Dann tut's mir leid, aber Sie müssen an Schalter 22«, sagt der Beamte und gibt ihm den gelben Zettel zurück.

Der Mann vor mir protestiert. Er sagt, man hat ihn an diesen Schalter gewiesen, und er hat nicht soviel Zeit.

Der Beamte breitet die Arme aus und sagt, es tue ihm sehr leid, aber er könne nichts machen ... er hätte sich besser informieren sollen. Der Mann vor mir nimmt seinen gelben Zettel und schimpft auf jene, die ihn so viel Zeit haben verlieren lassen für nichts.

Ich bin dran. Ich übergebe dem Beamten meinen gelben Zettel. Er kontrolliert peinlich genau, was alles draufsteht. Ich zeige ihm mein kurzärmeliges Hemd. Nun nimmt der Beamte den gelben Zettel, taucht ihn in seine Schüssel mit Wasser und gibt ihn mir naß zurück.

»Jetzt müssen Sie zum Schalter B«, sagt er.

Ich nehme den nassen Zettel und gehe zu Schalter B.

Die Schlange dort ist nicht ganz so lang wie bei dem Schalter, von dem ich komme. Alle haben den nassen gelben Zettel in der Hand und halten ihn vorsichtig, daß das Wasser auf den Boden tropft.

Wir sprechen wieder von allem möglichen, von dem seltsamen Sommerwetter, den letzten Radrennen, von der Höhe des Montblanc bei Vollmond und von den verschiedenen Schuhgrößen.

Die Reihe bewegt sich sehr langsam, wieder kommen wir millimeterweise dem Schalter näher. Ich überlege, daß es vielleicht günstiger wäre, stehen zu bleiben und die vor mir sich bewegen zu lassen, dann könnte ich den Abstand zwischen mir und meinem Vordermann, wenn er genügend groß ist, mit einem Sprung durchmessen, aber ich lasse diese Idee wieder fallen. Wenn Neuangekommene den Zwischenraum sehen, werden sie sofort versuchen, sich hineinzudrängen, statt sich ordnungsgemäß am Ende der Schlange anzustellen. Beim Schlangenstehen kommen einem, wie man sieht, alle möglichen Ideen, und nicht gerade die besten. Wieder schaut man sich im Saal um, in dem Saal, der wie ein Bahnhof aussieht mit den vielen Leuten, die kommen und gehen, nur daß man keine Lokomotive pfeifen hört.

Dann die alte Leier.

»Wieviel Zeit man hier verliert!«

»Seit zwei Stunden bin ich da, eigentlich möchte ich gehen und es morgen noch einmal versuchen.«

»Warum nur alle bis zum letzten Tag warten, gleich sollte man gehen, wenn man den Zettel bekommt, dann gäbe es kein solches Gedränge.«

»Man kommt, wenn man kann. Man muß sich seine Zeit einteilen. Und dann die Beamten, man meint, sie schlafen alle.«

»Sie sind auch arm dran, mit dem ganzen Durcheinander hier, sie tun, was sie können.«

»Dann diese Hitze hier, zum Verschmachten. Ich halte es keine Minute mehr aus.«

Aber die Reihe verkürzt sich doch mit der Zeit. Noch vier, noch drei, noch zwei, noch einer. Wir haben es geschafft.

Ich halte dem Beamten den nassen gelben Zettel hin, er nimmt ihn, kontrolliert, was draufsteht, dann legt er ihn in ein Kästchen neben einer Maschine, die Warmluft ausbläst.

Der Zettel ist in wenigen Sekunden trocken, der Beamte nimmt ihn wieder, kontrolliert, ob er auch wirklich trocken ist, und gibt ihn mir zurück.

»Jetzt gehen Sie zu Schalter 3 B«, sagt er.

Noch eine Schlange an Schalter 3 B. Dieselben Leute, dieselbe Erwartung, dieselben Gespräche.

»Das nimmt kein Ende hier.«

»Sie könnten endlich die ganze Bürokratie vereinfachen!«

»Was wollen Sie, diese Leute brauchen doch eine Arbeit.«

»Und wir verlieren hier unsere Zeit.«

»Mit all dem, was ich heute früh noch zu erledigen habe!«

Die Schlange verkürzt sich langsam, millimeterweise, und inzwischen kommen und gehen die Menschen, streiten, protestieren, reklamieren.

Noch drei, noch zwei, noch einer, es ist soweit. Ich halte dem Beamten meinen gelben Zettel hin. Er schaut ihn an, kontrolliert ihn, überprüft ihn.

Dann zerreißt er ihn in viele Fetzchen und wirft sie in den Papierkorb.

Aus! Endlich darf ich hinaus in den Sonnenschein.

Die Ohren

Es passierte gleich nach dem Frühstück, als die ganze Familie noch versammelt war, die geeignetste Stunde, um alle Familienmitglieder noch zu Hause vorzufinden.

Kaum hatte Signor Cleonasio Maschile die Serviette auf den Tisch geworfen, läutete die Türglocke.

Signora Puleggia erhob sich und ging zur Tür. Auch wenn sie nichts gesagt hätte, würden alle verstanden haben, daß sie im Begriff war aufzumachen, denn sie ging den Korridor entlang, der Diele zu. Und was kann die Dame des Hauses schon in der Diele tun, nachdem die Türglocke geläutet hatte?

Wenige Minuten später kam sie ins Speisezimmer zurück. »Da ist einer gekommen wegen einer Information«, sagte sie zu ihrem Mann.

»Information, über was?« sagte Signor Cleonasio und stand auf.

»Sicher Steuern«, sagte Signora Puleggia.

Der alte Opa nahm die Zeitung, erhob sich mühsam von seinem Stuhl und steuerte auf seinen gewohnten Lehnsessel am Fenster zu.

Die Kinder, mit einem letzten Stück Brot in der Hand, liefen in ihr Spielzimmer.

»Bist du sicher, daß es einer vom Finanzamt ist?« fragte Signor Cleonasio.

»Na ja . . . wenigstens sieht er so aus. Er hat eine Mappe unter dem Arm und läßt seine Augen umherwandern. Und dann hat er ja gesagt, daß er wegen einer Information gekommen ist . . .«, sagte Signora Puleggia.

»Ja dann . . .«, sagte Signor Cleonasio und setzte sich in Bewegung.

Der Mann stand in der Diele und wartete. Er hatte seine Mappe geöffnet und studierte einige Papiere.

Zerstreut grüßte er Signor Cleonasio und fragte dann nach Vor- und Zunamen und der Adresse.

»Sie haben keine Anzeige gemacht?« fragte der Mann.

»Anzeige? Welche Anzeige? Wir wußten nicht, daß eine Anzeige zu machen wäre«, sagte Signor Cleonasio, »normalerweise erhalten wir den Bescheid, und dann zahlen wir.«

»Man muß immer eine Anzeige machen, da das Büro sonst keine Unterlagen hat. Es ist auch in Ihrem Interesse, da sonst das Amt die Steuern nach Belieben festsetzt. Wenn Sie dann den Bescheid erhalten, ist nichts mehr zu machen.«

»Na ja, wenn Sie wegen Informationen gekommen sind, informieren Sie sich, und Schwamm drüber«, sagte Signor Cleonasio.

»Zu diesem Zweck bin ich ja gekommen«, sagte der Mann. »Wie viele Ohren haben Sie?«

»Wie viele Ohren?« fragte Signor Cleonasio zurück. »Wie viele soll ich denn haben? Zwei natürlich.«

»Ich frage nur«, sagte der Mann, »weil wir es nicht wissen können. Deswegen bin ich extra hergekommen.«

»Da hätten Sie sich nicht zu bemühen brauchen«, sagte Signor Cleonasio. »Man weiß, daß es zwei sind. Meinen Sie nicht?«

Der Mann zuckte die Achseln. »Das sagen *Sie*«, sagte er, »*wir* müssen das persönlich feststellen.«

»Bitte sehr«, sagte Signor Cleonasio und drehte den Kopf erst nach rechts, dann nach links, »haben Sie Ihre ›Feststellung‹ gemacht?«

»Andere haben Sie nicht?« fragte der Mann.

»Also«, sagte Signor Cleonasio, »Sie wollen unbedingt noch andere Ohren sehen? Ich habe nur diese, und damit basta. Ich bin keiner, der seine Sachen versteckt. Diese hier habe ich und trage sie auch.«

»Ich kenne ihn seit vielen Jahren«, mischte sich Signora Puleggia ins Gespräch, »ich habe ihn immer nur mit diesen beiden gesehen und habe auch nie feststellen können, daß er noch andere hat.«

Der Mann seufzte und lächelte dann.

»Also gut«, sagte er, »ich will Ihnen vertrauen. Ein Paar Ohren, Typ B«, schrieb er auf das Papier. »Und Sie«, setzte er, an die Dame des Hauses gewandt, hinzu.

»Ich was?« fragte Signora Puleggia.

»Wie viele?«

»Auch zwei«, sagte Signora Puleggia, »aber sehr kleine. Was wollen Sie? Mir genügen sie.«

Der Mann schüttelte den Kopf. »Ich sehe sie nicht«, sagte er, »warum verstecken Sie sie?«

»Ich verstecke gar nichts«, antwortete Signora Puleggia pikiert. »Das ist meine Frisur, ich trage die Haare ins Gesicht. Ich verstecke meine Ohren doch nicht absichtlich.«

Signora Puleggia schob die Haare aus dem Gesicht und zeigte dem Mann erst das eine, dann das andere Ohr.

»Da, schauen Sie«, sagte sie.

»Ich sehe. Andere sind nicht vorhanden?«

Signora Puleggia fuhr sich durch ihre Frisur und hielt ihren Kopf vor des Mannes Nase.

»Donnerwetter, sind Sie aber mißtrauisch!« rief Signor Cleonasio aus.

»Das ist keine Frage des Mißtrauens«, verteidigte sich der Mann, »ich bin zu Informationszwecken hergekommen, und Schluß. Ich vertraue Ihren Angaben, aber sehen muß ich schon auch etwas. Es ist schließlich meine Arbeit, die mich zwingt, genau zu sein. Auch Sie werden verstehen, daß ein Mensch, der seine Ohren unter dem Hut versteckt, mich vermuten läßt, daß er dies aus einem besonderen Grund tut!«

»Sie könnten auch nur schmutzig sein«, meinte Signor Cleonasio vorsichtig.

»Du bist dumm!« rief Signora Puleggia aus. »Wenn sie schmutzig sind, braucht man sie doch nur zu waschen!«

»Genau«, sagte der Mann, »da muß ein anderer Grund dahinterstecken, wenn einer etwas versteckt, ist er verdächtig.«

»Ich habe Ihnen doch schon gesagt, bei mir ist's die Frisur«, sagte Signora Puleggia, »sonst gar nichts. Ich habe mich immer so frisiert, und gar nicht an meine Ohren gedacht. Keinerlei Absicht, sie zu verstecken, da sei Gott vor.«

»Ich sage Ihnen ja nicht, daß Sie Ihre Frisur wechseln sollen«, sagte der Mann, »aber besser wäre es schon, wenn man sie nur ein ganz klein wenig sehen könnte. Morgen kann einer kommen, der weniger großzügig ist als ich und sich wer weiß was vorstellt. Er setzt Ihnen dann die Steuer für vier ein.«

»Wenn es aber doch nur zwei sind«, entrüstete sich Signora Puleggia.

»Ich weiß, ich weiß«, sagte der Mann, »aber was wollen Sie . . . mit gewissen Leuten ist nichts zu machen. Also, ein Paar Ohren, Typ B.«

»Wieso Typ B?« ereiferte sich Signora Puleggia. »Sie sind doch viel kleiner als die meines Mannes, und Sie setzen sie in dieselbe Kategorie?«

»Ja also . . . es sind wirklich Kategorie-B-Ohren, meine Dame«, sagte der Mann.

Er nahm ein Metermaß aus seiner Mappe, maß die beiden Ohren der Signora Puleggia und blätterte dann in seinem Handbuch.

»Kein Zweifel. Kategorie B«, sagte der Mann. »Wenn überhaupt, müßte ich die Ihres Mannes in die Kategorie A einreihen, ich habe sie in B gesetzt, weil es mir egal ist; wenn ich reduzieren kann, reduziere ich.«

»Danke«, sagte Signor Cleonasio.

»Könnten Sie mich nicht in Kategorie C setzen?« meinte Signora Puleggia.

»Also, das ist unmöglich«, sagte der Mann, »Kategorie C sind die Kinder. B ist die kleinste für Erwachsene.«

»Wenn's nicht geht, kann man nichts machen«, sagte Signor Cleonasio, »es hat keinen Sinn, wenn du dich darauf versteifst.«

»Um einen Nachlaß durchzudrücken, müßte ich eines statt zwei einsetzen«, sagte der Mann, »aber das kann ich nicht riskieren. Wenn sie dann im Büro draufkommen, muß ich es ausbaden. Und es steht auch Ihnen nicht dafür. Falsche Angaben werden hart bestraft.«

Der Mann schrieb, dann drehte er das Blatt um.

»Andere Familienangehörige?« fragte er.

»Zwei Kinder, ein Großvater«, sagte Signor Cleonasio.

»Da hilft nichts«, sagte der Mann, »für die Kinder müssen wir wohl vier einsetzen.«

»Sie sind aber noch sehr klein«, sagte Signora Puleggia.

»Vier ist das mindeste«, sagte der Mann, »sind sie unter zwölf?«

»Sicher«, sagte Signor Cleonasio, »der größere ist erst neun.«

»Gut«, sagte der Mann, »also vier Kategorie C und zwei Kategorie A.«

»Kategorie A?« fragte Signor Cleonasio erstaunt. »Warum das?«

»Die vom Großvater«, sagte der Mann.

»Aber das ist doch nicht möglich«, sagte Signora Puleggia, »es ist eine schreiende Ungerechtigkeit. Es wird besser sein, Sie schauen sich unseren Großvater an.«

»Kommen Sie, kommen Sie hier herein«, sagte Signor Cleonasio. Sie gingen ins Speisezimmer. Der Großvater las in der Nähe des Fensters die Zeitung.

»Großvater, da ist einer vom Finanzamt«, sagte Signora Puleggia.

»Wie?« brabbelte der Großvater.

»Er sieht zwar noch«, sagte Signor Cleonasio, »aber er ist stocktaub. Er hört uns nicht.«

Der Mann beschaute die Ohren des Großvaters, dann zuckte er die Achseln.

»Das ist unwichtig«, sagte er, »es sind auf jeden Fall Ohren, und sie gehören in Kategorie A.«

»Aber wenn er gar nichts mehr hört«, sagte Signora Puleggia. »Das ist doch genauso, wie wenn er sie nicht hätte.«

»Da kann ich Ihnen leider nicht entgegenkommen«, sagte der Mann und breitete die Arme aus, »uns interessiert nicht, ob er sie gebrauchen kann. Uns interessiert nur, ob er welche hat. Es ist etwa so wie bei einem Rundfunkgerät. Auch wenn Sie es nicht benützen, haben Sie es und müssen deshalb die Gebühren bezahlen.«

»Was sagt er?« brabbelte der Großvater, der kein Wort verstanden hatte.

»Nichts . . . es ist wegen der Ohrensteuer!« schrie Signora Puleggia.

»Sehen Sie nun, daß er nicht ein Wort hört?« sagte Signor Cleonasio.

»Es tut mir leid«, sagte der Mann, »wie ich Ihnen schon sagte, kann ich darauf keine Rücksicht nehmen. Er müßte keine Ohren haben, aber er hat sie eben.«

»Kann man sie ihm nicht abmachen?« fragte Signora Puleggia.

»Und wie soll man das machen?« sagte Signor Cleonasio.

»Wenn er sie doch nicht gebrauchen kann«, sagte Signora Puleggia, »ist's doch unnötig, daß wir Steuern zahlen für eine Sache, die gar nichts nützt. Meinst du nicht?«

»Das ist schon richtig, aber was sollen wir andererseits tun, um sie ihm abzumachen?« sagte Signor Cleonasio.

»Es würde auch nichts nützen«, sagte der Mann, »bis zu einem gewissen Alter hat er sie ja gebrauchen können.«

Er schrieb in seine Akten.

»Zwei Kategorie A«, sagte er, »ich kann's wirklich nicht ändern, tut mir leid.«

»Wenn's so ist, muß man es eben hinnehmen«, sagte Signor Cleonasio ergeben.

Der Mann bedankte sich, entschuldigte sich für die Störung, steckte die Akten wieder in die Mappe und ging.

»Bei diesen Leuten ist nichts zu wollen«, sagte Signora Puleggia und begann den Tisch abzudecken, »den einzigen Gefallen, den er uns getan hat, daß er deine Ohren in Kategorie B statt in A gesetzt hat.«

»Wir können zufrieden sein, es ist immerhin etwas«, sagte Signor Cleonasio, »jetzt, wo wir Steuern zahlen müssen für unsere Ohren, werden wir sie auch soviel als möglich benützen.«

»Das ist wahr«, sagte Signora Puleggia, »sie beschummeln uns ja doch immer, wo sie nur können. Merkst du was? Ausgerechnet jetzt ziehen sie eine Riesen-Antilärm-Kampagne auf. Du müßtest an die Zeitung schreiben, daß sie damit sofort aufhören. Die Ohren, die wir ja jetzt auch von Amts wegen haben, müssen wir so viel als möglich benützen.«

»Sehr richtig«, sagte Signor Cleonasio.

Auf Zehenspitzen näherte er sich von hinten seiner Frau, und als er dicht hinter ihr stand, beugte er sich über ihr rechtes Ohr.

»Buuh!« schrie er.

»Aber ja!« lächelte Signora Puleggia zurück, packte dann einen Satz Teller und schmiß ihn auf den Boden.

»Wunderbar!« sagte Signor Cleonasio. »Hoffentlich hat der Großvater auch etwas gehört!«

Führerscheine

Wir waren drei: Luca, Graffo und ich. Luca und ich saßen in Graffos Salon, während er stand. Niemand sonst war im Haus: Signora Graffo war ausgegangen auf der Suche nach einem Reißverschluß, der sich nicht nur schnell öffnen, sondern auch ebenso schnell schließen ließ, vor Sonnenuntergang würde sie also kaum zurück sein. Wir plauderten von diesem und sogar von jenem und betrachteten einige Zeichnungen von Kirschkernen, die Graffo aus fernen Ländern mitgebracht hatte. Diese Zeichnungen waren ein wenig vergilbt, aber klar erkennbar, und Graffo, der sehr viel von diesen Dingen verstand, wollte sie jetzt von oben her betrachten. Deshalb hatte er die Blätter auf den Boden gelegt und stand davor, um ihre Wirkung auch noch in dieser Position zu begutachten. Das alles sage ich nur, um zu erklären, warum Graffo stand und nicht bei uns saß.

Dann hörten wir die Haustürklingel, und das Zimmermädchen führte einen Menschen herein in einer nicht näher definierbaren Uniform. Eine Uniform war es, denn sie hatte Metallknöpfe und einen Ledergürtel um die Mitte. Kaum war dieser Mensch mit einer Mappe unter dem Arm eingetreten, verlangte er unsere Personalien mit der Begründung, daß er Kontrolloffizier sei.

Er zeigte auf uns, die wir saßen, und wollte unseren Führerschein sehen.

»Was für einen Führerschein?« sagte Luca. »Wir haben kein Auto und deshalb auch keinen Führerschein.«

»Nicht diesen Führerschein«, sagte der Mensch, »den Stuhlführerschein.«

Unnötigerweise fielen wir aus den Wolken, begriffen aber sofort, daß es der helle Blödsinn wäre, an so einem prächtigen Tag aus den Wolken zu fallen. Nichtsdestotrotz veränderten wir unsere Lage nicht. Wir zeigten uns weiterhin erstaunt, bis der Mensch grinsend sagte: »Sie wollen mir hoffentlich nicht weismachen, daß Sie nichts davon wissen. Seit geraumer Zeit veröffentlichen alle Tagesblätter, daß man zum Sitzen einen Führerschein braucht.«

»Um bei der Wahrheit zu bleiben«, sagte ich, »nie habe ich in letzter Zeit etwas Ähnliches gelesen. Wir sind nicht verpflichtet, Zeitungen zu kaufen und sie zu lesen. Einige von uns kaufen sie sogar, sie lesen sie jedoch nicht.«

»Ich«, sagte Graffo, »kaufe Zeitungen, um Sachen einzuwickeln, bevor ich sie in die Truhe lege.«

Er deutete auf eine antike Truhe und öffnete sie, nahm ein kleines Paket heraus und zeigte es dem Menschen.

»Das will ich gar nicht sehen«, sagte der Mensch, »ich weiß nur, daß Sie keinen Sitzführerschein haben und deshalb ein Strafmandat erhalten werden.«

»Ich stehe aber«, sagte Graffo.

»Sie ja, aber diese beiden Herren«, sagte der Mensch, »saßen und sitzen immer noch.«

Tatsächlich saßen wir immer noch und konnten dem Menschen nicht widersprechen. Wir schickten uns an, aufzustehen, aber der Mensch gab uns zu verstehen, daß wir uns nicht von unseren Plätzen rühren sollten.

»Jetzt ist's ganz unnötig, daß Sie aufstehen«, sagte er, »auch wenn Sie jetzt aufstehen, bekommen Sie trotzdem Ihr Strafmandat, das können Sie ebensogut und bequemer im Sitzen entgegennehmen.«

»Kann man endlich erfahren, was die Geschichte mit dem Sitzschein eigentlich soll?« wollte Luca wissen. »Wir wissen absolut nichts davon und konnten nicht im entferntesten ahnen, daß man zum Sitzen einen Erlaubnisschein braucht.«

»Das kann ich Ihnen mit wenigen Worten erklären«, sagte der Mensch, »weil es eigentlich wenig zu erklären gibt. Es handelt sich um ein neues Gesetz aus jüngster Zeit. Wenn man die Sache aufmerksam verfolgt, ist sie mehr als logisch. Was ist ein Stuhl? Denken wir ein wenig darüber nach. Wenn wir das tun, kommen wir darauf, daß ein Stuhl eine Maschine ist. Eine ganz einfache Maschine zum Draufsitzen.«

»Eine unbewegliche Maschine«, sagte ich, »für deren Gebrauch ein Führerschein nicht Vorschrift ist.«

»Das scheint nur so«, sagte der Mensch, »aber es ist nicht. Ich spreche jetzt nicht von den fahrbaren Stühlen auf Rädern, die Sie alle kennen, nein, von denen rede ich nicht, weil für sie ohnehin ein Führerschein Zwei obligatorisch ist. Ich spreche von ganz gewöhnlichen Stühlen. Natürlich handelt es sich nicht um einen richtigen Führerschein, sondern um einen Erlaubnisschein, ohne dabei zu berücksichtigen, daß Stühle ganz und gar nicht unbeweglich sind. Sie können einen Stuhl jederzeit bewegen, wo und wie Sie wollen. Sie können auch in Gefahr kommen, wenn Sie sich auf einen Stuhl setzen. Da hat es Leute von unwahrscheinlichem Leichtsinn gegeben, der sich nur mit der Unvorsichtigkeit anfängerhafter Autofahrer vergleichen läßt. Wie oft schon haben Sie Leute gesehen, die auf den Hinterbeinen eines Stuhles hin- und herschaukeln? Sehr wahrscheinlich haben Sie auch schon öfter so geschaukelt, obwohl Sie keinen Führerschein haben.«

»Ich jedenfalls habe das noch nie getan«, sagte ich.

»Ah, ich doch auch nicht«, rief Luca aus.

»Na, na«, sagte der Mensch grinsend, »das sagen Sie mir, aber Sie werden hoffentlich nicht verlangen, daß ich Ihnen blind glaube. Ich bin ganz sicher, daß Sie es ab und zu getan haben. Keiner kann auf die Dauer dem Anreiz, auf den Hinterbeinen eines Stuhles zu balancieren, widerstehen. Von mir aus gern, es ist ein begreiflicher Wunsch, aber wir haben das Recht, unsere Mitbürger vor ihren Unvorsichtigkeiten zu schützen. Sie wissen nicht, wie viele Leute sich den Kopf aufschlagen, weil sie nicht richtig sitzen können und deshalb keinen Führerschein haben. Sie wissen auch nicht, wie viele Stühle auf diese Weise nach hinten rutschen, und der Daraufbalancierende landet mit dem Kopf auf dem Boden oder stößt gegen ein Möbelstück. Sie müßten in die Statistiken Einsicht nehmen und könnten daraus ersehen, daß Unglücksfälle dieser Art sehr häufig, wenn auch leichter Natur sind.«

»So ist das?« fragte Luca.

»Genau«, sagte der Mensch, »deshalb brauchen Sie einen Führerschein, um sich mit einer gewissen Sicherheit setzen zu können. Wir haben die Pflicht, uns darum zu kümmern, daß alle, die sich setzen wollen, eine gewisse Erfahrung im Umgang mit Stühlen bekommen, um Unfälle zu vermeiden.«

»Entschuldigen Sie«, sagte ich, »was muß man nun eigentlich tun?«

»Na ja, ungefähr das gleiche wie bei anderen Führerscheinen«, sagte der Mensch. »Man nimmt Unterricht und muß dann eine Prüfung machen. Es gibt ein spezielles Amt zur Ausfertigung der Scheine, aber vorher muß man durch eine Prüfung beweisen, daß man mit Stühlen umgehen kann.«

»Nehmen wir einmal an«, sagte Luca, »daß einer dann trotzdem nicht mit Stühlen umgehen kann? So was gibt's doch.«

»Sicher gibt's das«, antwortete der Mensch, »wenn der Betreffende nicht mit Stühlen umgehen kann, erhält er eben keinen Führerschein.«

»Und was macht er dann?« fragte Graffo.

»Er steht«, sagte der Mensch, »er darf sich nicht setzen. Sagen Sie mir doch, ob einer, der keinen Führerschein hat, ein Auto steuern darf?«

»Natürlich nicht«, sagte ich, »aber das ist doch etwas ganz anderes.«

»Genau so, wie der Führerschein für ein Auto ganz anders ist als der für einen Stuhl«, sagte der Mensch. »Alles muß seine Ordnung haben.«

»Und wenn einer müde ist?« fragte Luca.

»Dann darf er sich auf einen Diwan setzen«, sagte der Mensch, »oder sich auf seinem Bett ausstrecken. Aber ich glaube, ich habe Ihnen nun genug erläutert, um was es geht. Sie haben die Pflicht, auf dem laufenden zu sein in diesen Dingen. Heute habe ich Sie ohne Führerschein ertappt. Stehen Sie bitte auf und bezahlen Sie Ihre Strafe. Verschaffen Sie sich schnellstens einen Führerschein, wenn Sie in Zukunft nicht laufend Strafmandate bekommen wollen?«

Er füllte eine Quittung aus, und wir bezahlten.

»Ein Glück, daß wenigstens ich stand«, sagte Graffo, aber in dem Augenblick kam ein anderer Mensch herein und fragte, ob wir im Besitz eines Führerscheines zum Zu-Fuß-Gehen seien.

Natürlich hatten wir keinen, und so bezahlten wir auch ihm Strafe, mit der Auflage, am nächsten Tag zum Sitz- und Geh-Unterricht zu kommen, damit uns beide Führerscheine ausgestellt werden konnten. Wir glauben nun, daß in absehbarer Zeit ein Gesetz für Eß- und Trink-Führerscheine herauskommen wird, denn gar mancher ißt wenig appetitlich, und beim Trinken kann einem ein Tropfen in die falsche Kehle kommen, und man riskiert den Erstik-kungstod.

Wer einen Schatten hat, bezahlt

Wir kamen an, als es bereits dunkel war, wir konnten nichts mehr von der Gegend sehen und uns kein Bild machen von dem Ort, den wir betraten. Es war eine wolkenlose Herbstnacht, die Sterne funkelten, die Auslagen waren beleuchtet und warfen ihr hartes Licht auf das Trottoir.

Wir bemerkten sofort etwas Seltsames im Verhalten der Leute. Alle vermieden, die von den Schaufenstern beleuchteten Stellen zu betreten. Sie gingen beiseite und setzten ihren Weg da fort, wo das Licht der Lampen nicht hinreichte. Kurz gesagt, sie hielten sich im Dunkeln.

Die Ursache dafür konnten wir nicht ergründen und fragten uns anfangs, ob diese Leute nicht einen geheimen Grund hatten, sich vor ihren Mitmenschen zu verstecken.

Aber konnten alle, wirklich alle, einen solchen Grund haben, um sich zu verbergen? Das erschien uns unmöglich.

Erstaunt schauten wir einander an und konnten uns über dieses Verhalten nicht klarwerden.

Wir gingen die Hauptstraße entlang und konnten erkennen, daß die Menschen uns auf seltsame Art anstarrten. Wir gingen auf dem Trottoir und ohne jede Zurückhaltung an den beleuchteten Schaufenstern vorbei, dachten auch nicht daran, die beleuchteten Stellen zu meiden. Deshalb wohl betrachteten uns die Leute, drehten sich nach uns um und hielten uns für Ausländer.

»Das muß eine Gewohnheit von diesen Menschen hier sein«, meinte einer von uns, »vielleicht ist's Schüchternheit. Kann sein, wir sind in einer Stadt von Schüchternen.«

»Lauter Schüchterne vom ersten bis zum letzten?« fragte ich. »Das gibt's doch gar nicht.«

»Vielleicht handelt es sich um ein Verbot der Stadtverwaltung«, meinte ein anderer. »Der Bürgermeister dieses Städtchens kann ein Dekret erlassen haben, das den Bürgern das Betreten der beleuchteten Schaufensterzone verbietet. Einen Grund wird es wohl geben.«

Wir beschlossen, uns später über diese seltsame Angelegenheit zu unterhalten, und setzten uns einstweilen an einen Tisch in einem Café. Nun bemerkten wir eine neue Seltsamkeit. Viele Leute bemühten sich, ausnehmend lange Schritte zu machen. Einige setzten sogar zu langen Sprüngen an, blieben nach jedem Sprung stehen und nahmen genau Maß, bevor sie den nächsten riskierten. »Kollektiv-Irrsinn«, sagte einer unserer Freunde.

»Glaube ich nicht«, meinte ein anderer, »auch dafür muß es einen Grund geben.«

Wir schauten nun ganz genau und merkten, daß der Durchschnitt dieser Leute sehr lange, weit über das Normalmaß hinausgehende Schritte machte. Alle schienen irgendwo hinzueilen, und keiner machte den Eindruck, nur zum Zeitvertreib herumzugehen. In dieser Stadt gab es keine Spaziergänger.

Mit einem kolossalen Sprung landete der Kellner vor unserem Tisch und fragte, was wir zu trinken wünschten. Wir bestellten Bier, und der Kellner brachte uns die Gläser in normaler Gangart. Auch darüber wunderten wir uns, und unser Erstaunen wuchs noch, als wir auf der Rechnung außer dem üblichen Preis auch noch einen Extraposten fanden für achtzehn Schritte.

Wir fragten den Kellner, was das Ganze bedeuten solle. Der Kellner grinste und klärte uns auf, daß es sich um berufliche Schritte handle, die dem Preis für die Konsumation aufgerechnet werden müßten. »Achtzehn«, sagte ich, »das scheint mir sehr übertrieben. Mit einem einzigen Sprung sind Sie bis zu unserem Tisch gekommen, als Sie unsere Bestellung entgegennahmen, und dann, als Sie uns das Bier brachten, haben Sie höchstens vier Schritte gemacht.«

»Und alle die von meinem Kollegen, der das Bier eingeschenkt hat?« sagte der Kellner. »Und meine, die ich noch machen muß, um den Tisch abzuräumen und für neue Gäste in Ordnung zu bringen? Achtzehn Schritte sind ganz normal, und wir berechnen sie immer.«

»Sind Sie fremd hier?« fragte der Kellner.

»Eben angekommen«, sagte ich.

»Dann verstehe ich«, sagte der Kellner, »die Einheimischen sind schon daran gewöhnt, und da ist keine Gefahr mehr, daß mich einer fragt.«

»Aber was ist das für eine Geschichte mit den Schritten?« fragte ich. »Ich sehe, daß die Menschen hier enorm lange Schritte machen, viel längere als wir.«

»Steuern«, sagte der Kellner. »Wir zahlen Schrittsteuern. Es ist eine Sondersteuer für Fußgänger. Die Wagenbesitzer zahlen Steuer, also ist es ungerecht, daß Fußgänger keine Steuer zahlen. Deshalb hat man die Schrittsteuer eingeführt. Wir zahlen soundsoviel pro hundert Schritte, je nach Beschäftigung natürlich. Nicht alle zahlen dasselbe. Einige, wir Kellner zum Beispiel, haben einen Sondertarif und können die Steuer auf die Konsumation der Gäste aufrechnen.«

»Jetzt verstehe ich«, sagte ich. »Aber wie werden die Schritte gezählt?«

»Jeder von uns hat einen Schrittmesser. Einen Apparat, der die Schritte zählt. Jedes Vierteljahr wird er vom Finanzamt kontrolliert. Dann wissen wir, wie viele Schritte wir in den vergangenen Monaten gemacht haben. Natürlich versucht jeder von uns, so wenig Schritte wie möglich zu machen, weil die Schrittlänge bis jetzt noch nicht festgesetzt ist.«

»Aber könnten Sie Ihren Schrittmesser nicht zu Hause lassen«, fragte ich leise, »und dann vor der Kontrolle die Schrittzahl einsetzen, die Ihnen paßt?«

Der Kellner zwinkerte mir zu. »Ich dürfte es eigentlich nicht sagen«, flüsterte er, »aber die meisten lassen ihn zu Hause.«

»Und warum dann die Riesenschritte?« fragte ich.

»Um nicht aufzufallen«, sagte der Kellner. »Wenn einer normal geht, schöpft das Finanzamt Verdacht. Die Steuerfahnder fragen sich: Warum geht dieser oder jener normal? Er wird seinen Schrittmesser zu Hause gelassen haben. Sie halten ihn an, kontrollieren ihn, sehen, daß er seinen Schrittmesser zu Hause gelassen hat, und hauen ihm eine gesalzene Strafe drauf. Dreitausend Schritte pro Tag muß er nachzahlen.«

»Donnerwetter!« rief ich aus.

»Es muß aber unter uns bleiben«, bat mich der Kellner.

»Keine Angst«, beruhigte ich ihn und wollte nun auch noch Aufklärung haben wegen der beleuchteten Trottoirzonen.

»Wegen dem Schatten«, sagte der Kellner.

»Schatten?« fragte ich verblüfft.

»Also sehen Sie«, sagte der Kellner, »die Geschichte mit dem Schatten ist noch komplizierter. Jeder hier zahlt Steuer für seinen Schatten.«

»Das ist ja noch außerordentlicher«, sagte ich.

»Außerordentlich, wenn man an die Konsequenzen denkt«, sagte der Kellner. »Sie müssen wissen, daß es ihnen noch nicht gelungen ist, diese Schattengeschichte einigermaßen befriedigend zu lösen, und so geht sie zum großen Schaden der Bürger weiter. Weder Proteste noch Vernunftgründe haben Erfolg. Sie wissen ja, wie das Finanzamt vorgeht: Vernunftgründen sind die da oben einfach nicht zugänglich. Sie können Gründe vorbringen, so viele Sie wollen, Sie können sogar beweisen, daß es so nicht geht, es ist trotzdem nichts zu machen. Das Finanzamt sagt: Schaut, wie ihr zurechtkommt. Dann schauen die Leute eben, wie sie zurechtkommen, und vermeiden, an sonnigen Tagen aus dem Haus zu gehen und am Abend die beleuchteten Schaufensterzonen zu betreten. Einmal im Jahr hat man die Schattensteuer zu bezahlen. Man kommt in einen großen Saal, da sitzt ein Steuerbeamter und läßt Sie vor einer Lampe vorbeipassieren. Die Lampe wirft Ihren Schatten mit allen Konturen scharf an die Wand. ›Ist das Ihr Schatten?‹ fragt dann der Beamte. Sie sagen ja, und der Beamte drückt Ihnen einen Stempel auf den Schatten.

Sie zahlen Ihre Steuer und können gehen. Sie gehen auf der Straße, und die Sonne wirft Ihren Schatten auf die Straße. Sie gehen ruhig vor sich hin, und auf einmal klopft Ihnen einer auf die Schulter. Ein Steuerfahnder fragt Sie: ›Ist das Ihr Schatten?‹ Sie sagen ja, und der Beamte grinst. ›Er ist nicht gestempelt‹, sagt er. Dem können Sie brav erzählen, daß Sie ihn eben haben stempeln lassen, der Beamte sagt nur: ›Wo ist er dann, der Stempel?‹ Klar, daß der Stempel nicht zu sehen ist; denn sagen Sie mir, kann ein Stempel dem Schatten folgen? Aber da hilft kein Erklären. Sie haben auf jeden Fall unrecht, und wenn es Ihnen nicht doch einmal gelingt, den Stempel dem Schatten folgen zu lassen, dann zahlen Sie eben Strafe.«

»Unerhört«, sagte ich.

»Wirklich unerhört«, sagte der Kellner, »aber da ist gar nichts zu machen. Sie wissen ja, wie das Finanzamt ist.«

»Ich weiß«, sagte ich.

Wir standen auf, zahlten unsere Biere und verließen auf dem schnellsten Weg diese komische Stadt.

... doch Lügen haben kurze Beine

Der Maler

Zum Donnerwetter nein, ich war nicht eingeschlafen, also konnte es kein Traum sein. Aber wie sollte ich an die Wirklichkeit glauben können? Und doch: dieses Monstrum da sprach, bewegte sich und sagte sogar ganz vernünftige Sachen.

Es erinnerte mich an einen gewissen Gino Tuttibaci; wir sind zusammen in die Schule gegangen. Damals war er ein normaler Junge, vielleicht ein bißchen exzentrisch. Jedenfalls hatte er zwei Augen am richtigen Fleck, zwei Arme rechts und links und zwei Beine da, wo sie hingehörten. Ein Bub wie hundert andere. Wir spielten mit Federn, Briefmarken oder bunten Pfeilen.

Ich erinnere mich auch deshalb genau an ihn, weil wir in derselben Straße wohnten. Ich ging zu ihm, und er kam zu mir, um miteinander die Aufgaben zu machen. Dann zogen wir um, und unsere Wege trennten sich.

Wir begegneten uns nie mehr, und ich hörte auch nichts mehr von ihm. Genauso, wie es fast immer geht mit unseren Mitschülern. Man verliert sich aus den Augen, begegnet sich vielleicht hie und da einmal. »Servus, wie geht's dir? Erinnerst du dich an mich? Wie du dich verändert hast! Erzähl mir was von deiner Familie. Wie viele Kinder?« usw. usw., das obligate Gerede.

Manchmal erinnert man sich nicht, vor allem nicht an den Namen. Brontolati? Aber ja, dieser Blonde, der immer Tinte über die Rechenaufgaben schüttete! Causilio? Nein, Rubaldi. Er war immer in der hintersten Bank und blieb sogar sitzen, wenn ich vorrückte. Ich glaube, der ist's.

Gut also. So passiert es eben, daß man hie und da einem von ihnen begegnet. Aber an jenem Tag geschah etwas völlig Außergewöhnliches: Ich reparierte gerade einen Schalter, als es an der Wohnungstür läutete. Ich war allein zu Hause, meine Familie war zu Besuch bei Onkel Soave, um ihm beim Pfeifenrauchen zuzusehen.

Ich machte also auf, und ein lebendig gewordener Alptraum stand vor mir. Keiner von Ihnen hat je einen Mann gesehen, der anstelle des Bauches ein Fahrrad hat und statt des Kopfes eine Kaffeemühle. Der einen Arm da hat, wo ein Bein sein sollte, und der mit einem Schraubenzieher endet statt mit einer Hand. Der die Beine oben und die Arme unten hat, und ich weiß nicht mehr, was noch alles. In diesem Augenblick sah ich nur ein monströses Durcheinander von Dingen vor mir, in dem auch irgendein Auge saß, ich weiß nur nicht mehr genau, wo. Auch an den Platz des Mundes erinnere ich mich nicht, ich glaube, er war zwischen den Radspeichen und hatte smaragdgrüne Lippen.

Kaum war die Tür offen, sprang dieses seltsame Konglomerat von Dingen auf mich zu und umarmte mich. Ich weiß nicht recht, ob man von Umarmen reden konnte. In Wirklichkeit schmiß er mir ein Bein und ein Stück von seiner Lenkstange mit einer Glocke um den Hals und eine Ecke der Kaffeemühle traf meine Wange. Dann löste sich die konfuse Masse von mir und begann zu sprechen.

»Mein Lieber«, sagte sie, und so bemerkte ich endlich den sich bewegenden Mund zwischen den Radspeichen, »du hast dich überhaupt nicht verändert. Natürlich etwas reifer, aber sonst ganz der alte. Wie viele Jahre haben wir uns nicht gesehen! Erkennst du mich nicht wieder?«

Ich schaute ihn an, aber ich war immer noch wie vor den Kopf geschlagen.

»Ich bin Gino. Gino Tuttibaci, wir sind zusammen in die Schule gegangen. Erinnerst du dich jetzt?«

An den Namen erinnerte ich mich wohl, aber nicht, daß ich je mit einem Fahrrad in die Schule gegangen bin, das als Kopf eine Kaffeemühle hatte. »Gino Tuttibaci«, rief ich verblüfft, »komm herein.«

Ich ließ ihn eintreten, und das schaurige Ding folgte mir in den Salon und warf sich dort in ein Fauteuil. Sitzend sah das Ganze wieder anders aus ... Die Kaffeemühle war nicht mehr an der Stelle des Kopfes, sondern auf einer

Hüfte, und das Auge war auf den Unterarm gerutscht. Ich bemerkte, daß es eine Träne auf den Wimpern hatte und sie sich mit einer Zahnbürste wegputzte.

»Ich bin ehrlich gerührt«, sagte das seltsame Ding mit Namen Gino Tuttibaci, »dich nach so langer Zeit wiederzusehen. Aber es tut mir weh, daß du dich scheinbar immer noch nicht an mich erinnerst.«

Ich sagte, daß ich mich wohl erinnere, aber ihn sehr verändert fände, so sehr, daß ich ihn, bei einer zufälligen Begegnung auf der Straße, nicht wiedererkannt hätte.

Ein tiefer Seufzer entstieg einer Schachtel, in der ein gestärkter Kragen lag. »Ich verstehe«, sagte Gino, »und es ist auch ganz natürlich. Ich habe mich sehr verändert seit damals. Vielleicht ist mein Auge noch dasselbe, aber das genügt wohl nicht. Aber ich versichere dir, daß ich überhaupt nicht gealtert bin, wenn ich auch einige graue Speichen bekommen habe.«

»Ich sehe es«, sagte ich, »aber wie ist das passiert?«

»Die Kunst«, sagte Gino, »die Kunst hat mir so übel mitgespielt. Du wirst dich erinnern, daß ich schon damals gern mit Pinsel und Farben herumspielte.«

»Ich erinnere mich«, sagte ich. »Trinkst du etwas, vielleicht einen Kognak?«

»Danke schön, gern«, sagte Gino. Ich goß ein Glas Kognak ein, er nahm es mit einer Pinzette und schüttete den Inhalt in ein Knopfloch seines Ärmels.

»Großartig«, sagte er. »Also, das Malen machte mir Spaß, und ich schrieb mich in der Kunstakademie ein. Ich wurde Maler, ein guter Maler. Meine Porträts waren sprechend ähnlich. Ich malte auch Landschaften und Stilleben. Aber leider wollte sie mir niemand abkaufen. Meine Kollegen verachteten mich. Sie sagten, ich sei ohne jede Phantasie, ein kalter Kopist der Realität, aber kein Maler. Gedemütigt und ausgelacht, wollte ich trotzdem der klassischen Malerei treu bleiben, aber es ging nicht. Ich begann Galerien und Ausstellungen zu besuchen und die moderne

Malerei zu studieren. Ich mußte mich anpassen, wenn ich in Künstlerkreisen ernstgenommen werden wollte. Entweder den Beruf wechseln oder mich anpassen. Meinen Beruf wollte ich nicht wechseln, und so probierte ich es eben eines Tages.«

Die Fahrradglocke klingelte, und ich stand auf, weil ich dachte, es habe an der Tür geläutet.

»Ich habe nur geniest«, sagte er, »entschuldige, ich habe mich erkältet.«

»Gesundheit!« sagte ich und setzte mich wieder.

»Danke. Also, eines Tages probierte ich es. Stufenweise begann ich, den menschlichen Körper zu deformieren. Ich malte ein Porträt und setzte das rechte Auge etwas herunter, auf die Wange. Es schien mir, einen guten Schritt vorwärtsgekommen zu sein auf dem Weg zum Modernismus. Als ich am Morgen aufwachte, saß mein rechtes Auge nicht mehr an seinem alten Platz: Es hatte sich auf die rechte Wange verlagert. Ich machte mir Sorgen. Es schien mir wie eine Mahnung, mein altes System nicht aufzugeben.

Aber das Porträt war ein großer Erfolg. Ein Großindustrieller, Besitzer einer der größten Kartoffelfärbereien unseres Landes, kaufte es mir um einen Phantasiepreis ab. Ein Dilemma tat sich vor mir auf: Wenn ich so weitermachte, wurde ich reich, wenn nicht, blieb ich ein armer Teufel. Aber das Auge auf der Wange war eine Warnung, oder doch vielleicht nur eine neue Krankheit? Ich ging zu einem Arzt, der mich untersuchte und dann vollkommen verstört sagte, daß ihm so etwas noch nie untergekommen sei. Ich sah tadellos mit dem Auge und konnte es auch auf- und zumachen wie das andere. Ich kehrte in mein Atelier zurück und arbeitete weiter. Ich wollte weiterprobieren und malte eine sitzende Frau, deren Ohr ich auf ihren linken Arm verlegte.

Als ich am nächsten Morgen aufwachte, hatte ich ein Ohr tatsächlich in der Höhe des Ellbogens. Es war also doch eine Warnung. Ich mußte aufhören und zu meiner alten Malweise zurückkehren. Leider wurde auch dieses Gemälde als Meisterwerk gelobt. Die Summe, die ich dafür bekam, überstieg alle meine Erwartungen. Alle Kritiker begannen, mich in den Himmel zu heben. Sie sagten, daß ich endlich den Weg zur wahren Kunst gefunden und ich die Straße der Unsterblichkeit beschritten habe. Berühmtheit und Reichtum. Ich war ein Genie.

Ich verlor den Kopf. Ich ließ mich von diesem Hosianna singenden Chor einlullen, ich arbeitete wie wild, ich malte einen Mann, der statt eines Beines einen Besenstiel hatte. Am nächsten Morgen hatte ich einen Besenstiel statt einem Bein. Den dazugehörenden Schuh warf ich in die Abfalltonne.«

Gino goß sich noch einen Kognak in die Schachtel, und sein Mund zwischen den Radspeichen lächelte.

»Der Weg der Kunst ist mit Dornen übersät«, sagte er, »ein Künstler muß alle Schwierigkeiten überwinden, er muß sich seiner Kunst aufopfern. Von diesem Tag an nahm ich keinerlei Rücksicht mehr. Ich verdiente mehr Geld als ein Großbierbrauer, meine Werke hatten die Hunderttausendergrenze überschritten. Ich malte die abstrusesten Dinge, und alle fanden ihren Niederschlag in meiner Person. Ich bin der große Meister.«

»Meinen Glückwunsch«, sagte ich.

In diesem Moment kam meine Schwester nach Hause. Sie schaute in den Salon.

»Was hast du denn da für eine gräßliche Unordnung angerichtet?« fragte sie.

»Das ist keine Unordnung«, sagte ich, »das ist mein Schulfreund Gino.«

Der Alptraum namens Gino sprang auf und ging zur Tür. Die Kaffeemühle errötete vor Zorn, und das Auge blitzte.

»Unordnung«, rief er schon an der Tür, »ihr seid eben Banausen ohne den leisesten Kunstsinn!«

Er schlug die Tür hinter sich zu und verschwand tödlich beleidigt. Meine Schwester fiel in Ohnmacht, womit ich die Bestätigung hatte, daß dies alles kein Traum war.

Ein Kunstwerk von heute

Ich habe einen Freund, der Maler ist. Ein guter Maler. Sehr bekannt auch im Ausland. Er heißt Pancrazio Poz. Fragen Sie nur einmal in irgendeinem Ausland nach Pancrazio Poz, und sofort wird man Ihnen antworten: »Donnerwetter!« Natürlich in einer von der Ihren ganz verschiedenen Sprache, weil man im Ausland nicht Ihre Sprache spricht, sondern eine andere. Früher einmal arbeitete eine Pinselfabrik exklusiv für ihn, aber die Fabrik mußte dann schließen wegen der neuen Erfordernisse, die von der modernen Malerei gestellt werden.

Man muß sich von P. P. seine Theorie über die moderne Malerei erläutern lassen. Ich bin dazu leider nicht imstande. Eine schaurige Konfusion würde die Folge sein; denn ich bin noch einer von denen, die ein gut gemaltes Bild mit Vergnügen betrachten, und bin auf die Erzeugnisse der modernen Maler noch nicht umgeschult.

Vielleicht in einiger Zeit, wenn ich genügend gelernt habe und Mangel an Kultur mich bei der Beurteilung dieser Werke nicht mehr ungerecht werden läßt.

Ich bin mitnichten der Typ, auf alten Ideen sitzenzubleiben oder vom Fortschritt, der neuen Schule und den avantgardistischen Malern nichts wissen zu wollen. Im Gegenteil, ich bemühe mich ehrlich, ihre Arbeiten zu verstehen und von ihnen zu lernen, wie man es macht, sie richtig zu sehen. Die Welt geht weiter, und da sie weitergeht, können wir nicht zurückbleiben. Man muß gleichen Schritt halten mit dieser unserer Welt, wenn man nicht den Kontakt verlieren will.

Die Maschinen, die Raketen, die neuesten Erfindungen sind von enormer Wichtigkeit und beeinflussen den Geist des Menschen. Das Genie von heute ist grundverschieden vom Genie von gestern. Früher fuhr man in der Kutsche, und heute macht man tausend Kilometer in der Stunde, deshalb ist die Zeit für innere Einkehr sehr beschränkt. Gedanken, schnell wie unsere Transportmittel. Scharfe, jederzeit wache Intelligenz. Glatte Häuser, unbequeme, aber rationalisierte Sessel, in großen Flächen bemalte Wände, enorme Räume. Eines Tages betrachteten wir eine dieser Wände, ganz in einem zarten, ins Graue gehenden Blau getönt. Wir beschauten sie mit halbgeschlossenen Augen, wie man ein Meisterwerk betrachtet, und letzten Endes war es ein Meisterwerk. Der Maler, der es geschaffen hatte, setzte seinen Namen darunter und entfernte sich mit seinen langen Pinseln und dem Farbtopf. Pancrazio Poz sagte uns, daß diese Maler der großen Flächen Kunstwerke kleineren Formats nur schwer ertragen können. Sie laufen vor den in Rahmen gepreßten davon. Man müßte die Rahmen zerbrechen, die Grenzen, die sie uns aufzwingen, überschreiten. Den Raum erobern. Der Raum ist der Herrscher der neuen Epoche. Unendliche Weiten, endlose Räume. Aus den Gemälden abwandern auf die Wand, auf die ganze Wand und auf die Dächer, und sich nicht in unnötigem Kleinkram zu verlieren, der nur dazu dient, unsere Gedanken zu lähmen. Formen und Farben sind Hindernisse für unsere Gedanken. Man muß ihnen die Möglichkeit geben, sich ins Unendliche zu schwingen, ungebunden und grenzenlos. Irgendeine Zeichnung, eine Form, eine Farbe befreien den Geist nicht, sie sperren ihn ein. Sie sind wie ein Hindernis im Flug einer Düsenmaschine. Diese Weltraummaler sind die Erneuerer der modernen Malerei, die sich von der Materie befreit. Sie lehnt die Materie in jeder Form ab, selbst die abstrakte. Der Weltraum ist das einzige Ziel, die wirkliche Eroberung der reinen Kunst, das All, in dem der Gedanke schneller sein kann als der Schall.

Pancrazio zeigte mir die Skizze eines anderen Werkes von seinem Freund. Es war ein Blatt Papier in der Größe eines normalen Briefbogens, ganz gleichmäßig rosa bemalt.

»Das wird die große Wand eines Lokals«, sagte er, »auch nicht die kleinste Andeutung einer Form darf den zerstreuen, der sie betrachtet. Eine wirklich gut gelungene Arbeit. Und dazu ist man erst nach langen Jahren der Unsicherheit, der inneren Zerrissenheit und schwerer Kämpfe gekommen. Schau dir die alten Bilder an. Nimm ein Stilleben. Welche Unruhe! Welch ein unnützes Durcheinander von Linien, Formen, Farben! Der Gedanke eines Menschen soll auf einer Birne oder einem Kerzenstummel verweilen! In die engen Grenzen eines Rahmens gesperrt! Nein, nein, das ist nicht mehr unsere Zeit!«

Einiges habe ich zu verstehen begonnen, aber nicht viel. P. P. spricht von Schnelligkeit, Turbinenreaktionen, von der Atomkraft, von den Raketen. Er behauptet, daß alle diese Dinge gewisse Ausdrucksformen, die veraltet und statisch geworden sind, ausschließen. Ein Stilleben ist wie eine Postkutsche, eine Landschaft wie ein Hochrad aus dem 19. Jahrhundert. Und wer fährt heute noch mit der Postkutsche oder mit dem Hochrad? Man muß mit dem Fortschritt gehen. Und wir gehen mit dem Fortschritt.

»Dann dürfen wir also das, was wir in unserem Inneren empfinden, nicht mehr ausdrücken? Dann ist die Poesie auch tot.«

»Oh, noch ist sie es nicht, aber bald wird auch sie leider sterben«, sagte Pancrazio Poz, »weil wir keine Zeit mehr haben werden für diese Dinge. Aber es wird etwas anderes kommen, das sie ersetzt. Wir Maler von heute haben die Pinsel abgeschafft und arbeiten mit anderen Mitteln. Die Pinsel sind wie die Postkutschen. Wir haben zwar mit ihnen gelernt, aber inzwischen haben wir Lokomotiven und Motoren konstruiert. Wir können nicht versteinern und mit den traditionellen Geräten weiterarbeiten. Uns sind alle Mittel recht, um unsere Gefühle auszudrücken. Moderne Mittel, ich sage nicht motorische, denn auch ein Pfriem kann gut sein, um eine Leinwand zu durchlöchern und damit unsere Intimsphäre bloßzulegen. Ich sage ein Pfriem, es kann auch ein Meißel sein, wenn das Material hart, oder eine Bleistiftspitze, wenn das Material weich genug ist. Schau einmal, mit wieviel Liebe und welcher Anhäufung von Gefühlen sind die Werke jenes Malers durchdrungen, der mit einem Hammer Nägel in ein Brett schlägt! Warum kommst du nicht einmal in mein Studio? Dann zeige ich dir einige meiner Werke. Ich bereite eine Ausstellung vor.«

So stieg ich eines Tages hinauf in das Atelier des Malers Pancrazio Poz. Verdrossen öffnete er mir. Es war evident, daß ich ihn in seiner Arbeit gestört hatte.

»Ich kann ja ein anderes Mal wiederkommen«, sagte ich.

»Nein, nein, komm nur herein«, sagte P. P., »du kannst mir bei der Arbeit zusehen, nur stören darfst du mich nicht.«

»Ich verspreche, daß ich ganz ruhig sein werde«, sagte ich.

Ich betrat das Atelier des Malers. Ein Modell im Bikini lag hingestreckt auf einem Teppich, der auf einer kleinen Estrade ausgebreitet war. Er stellte mich vor, und wir plauderten ein wenig von Dingen, die mit Malerei nichts zu tun hatten.

Dann sagte Pancrazio Poz, daß er sich wieder an seine Arbeit machen müsse. Er bat mich noch einmal, ihn nicht zu stören, und ersuchte das Modell, wieder die Stellung von vorhin einzunehmen. Dann setzte er sich an einen kleinen Tisch, und ich sah mit Staunen, daß er einen Lederschuh zur Hand nahm, auf den er die Sohle zu nageln begann.

Ich schaute ihm lange zu. Er tat die gleiche Arbeit, wie sie ein Schuster gemacht hätte, und ich hatte große Lust, ihn zu fragen, warum er das tat, aber ich hielt an mich.

Hätte ich ihn gefragt, wäre er sicher beleidigt gewesen und hätte mich des Unverständnisses bezichtigt. Er schlug mit dem Hammer auf das Sohlenleder, machte ab und zu eine Pause und hielt mit halbgeschlossenen Augen sein Werk von sich ab, um es zu begutachten. Dann schaute er auf das Modell und klopfte weiter, schlug einen Nagel ein oder schnitt mit einem Schuhmachermesser feine Streifen ab, alles mit wahrhaft künstlerischer Sorgfalt und Hingabe. Ich sah ganz genau, daß es wirklich ein Schuh war. Vielleicht nicht meisterlich ausgeführt, wie es wahrscheinlich ein echter Schuster gekonnt hätte, aber P. P. war schließlich kein Schuster, oder es lag gar nicht in seiner Absicht, einen Schuh zu machen. Nun schaute er ihn lange an, drehte ihn dann um.

»Du hast dich bewegt«, sagte er zu seinem Modell.

»Ich glaube nicht«, antwortete das Mädchen.

»Aber schau doch her«, sagte Pancrazio Poz und zeigte auf den Schuh, »ich finde die Armbewegung nicht mehr. Lehne dich etwas nach hinten. Ja, so ist's gut. Jetzt stimmt es wieder.« Er nahm das Messer wieder in die Hand und schnitt da und dort kleine Lederstückchen ab und fuhr dann fort, Nägel einzuschlagen. Eine Stunde störte ich ihn nicht. Dann erhob sich Pancrazio.

»Fertig«, sagte er. Er nahm den Schuh und stellte ihn auf ein Brettchen vor dem großen Fenster. Er bat mich, ihn zu begutachten. Es war tatsächlich ein Schuh mit Absatz, Sohle, Schnürsenkel und allem. Ich sagte jedoch nicht: Es scheint ein Schuh zu sein; diese Feststellung, die ich zwar auf den Lippen hatte, aber ich hielt mich zurück, weil ich mir klar wurde, daß dieser Schuh nie angezogen werden konnte, weder auf einen rechten noch auf einen linken Fuß. Seiner Form nach wäre er eher für einen Mittelfuß geeignet, wenn es überhaupt einen Mittelfuß gäbe.

Er fragte mich, was ich von seinem Werk hielte, und ich nickte mit dem Kopf, wenn ich auch nicht verstand, welche Beziehung zwischen dem Schuh und dem Modell bestehen sollte, um so mehr, als der Schuh höchstens einem Mann passen konnte. Aber ich getraute mich nicht zu fragen.

»Für euch Banausen«, sagte P. P., »ist es natürlich zu schwer, den künstlerischen Wert meiner ›Frau am Strand hingestreckt‹ zu erkennen. Ihr seid an die Tradition der Pinsel gebunden und wollt die ganz anderen Ausdrucksformen der modernen Kunst nicht verstehen. Wir haben uns von den Pinseln befreit und versuchen, die Materie zu veredeln, wir verwandeln sie und erheben sie zum Kunstwerk. Betrachte nur einmal die Dicke des Leders, wie sie mit der Oberfläche harmonisch zusammenfließt, sich in einer weichen Linie biegt und in der kurzen Zone endet bei den zwei kleinen Kratern, durch die sich eine feine Linie zieht, welche die beiden Oberflächen einander nähert und sie in einer einzigen, engen Umarmung verbindet. Eine warme, beruhigende Harmonie, eine zarte, morbide Symphonie, die plötzlich durch die große Öffnung in ein geheimnisvolles Dunkel stürzt, voll von Geheimnissen und Unergründlichem. Das Mysterium des Unendlichen, in dem sich Materie und Abstraktes bewegen. Diese beiden Kontraste quälender Inspiration verschmelzen sich manchmal in eine einzige, undefinierbare Form. In die Form der Intelligenz und des Geistes. Schau dir nur an, welch glühende Weiblichkeit in diesem morbiden Vorsprung liegt mit seinen warmen, menschlichen Reflexen. Den ganzen Reiz einer Frau, hingestreckt in der Sonne, strömt diese gewellte Linie ohne jede falsche Scham aus.«

Ich kniff die Augen zusammen und schaute, aber ich konnte nichts anderes sehen als einen Schuh. Aber es war nun einmal kein Schuh, sondern ein Gegenstand, geschaffen von einem Künstler und nicht von einem Schuster, ein dem schöpferischen Geist entsprungenes Kunstwerk und nicht das Erzeugnis einer Serienfabrikation.

Hätte Pancrazio Poz einen zweiten Schuh angefertigt, um ein Paar zu haben, es wäre sicher ein ganz anderes, neues Kunstwerk entstanden, wenn auch aus demselben Material.

»Das ist eines der Werke für meine nächste Ausstellung«, sagte er. »Ich habe schon ein neues im Kopf, das ich sofort in Angriff nehmen muß, ehe die Inspiration entflieht.«

Er nahm ein Glas und füllte es mit Wasser. Ich bemerkte, daß er es mit besonderer Sorgfalt füllte, ganz anders, als ein Mensch ohne künstlerische Ader es getan hätte.

Er setzte es auf ein Regal und stellte sich in Betrachtung versunken davor. Dann ging er auf den Balkon, kam wieder herein und ließ ein Steinchen in das Glas fallen, holte dann ein Fläschchen, aus dem er zwei Tropfen rosa Tinte ins Wasser fallen ließ. Ein rosaroter Streifen senkte sich langsam auf den Boden des Glases. Noch ein blauer Tropfen, und P. P. beschaute aus größerer Entfernung sein Werk.

»Fertig«, sagte er.

»Wie heißt es?« fragte ich.

»Komplex Nummer sieben«, sagte Pancrazio Poz. Dann gingen wir zur Tür.

P. P. nahm seinen Hut, und ich betrachtete diesen Hut mit halbgeschlossenen Augen. Ich versuchte so, eine intime Aussage in diesem Kunstwerk zu finden.

Aber Pancrazio bemerkte es und grinste.

»Man sieht, daß du nichts verstehst«, sagte er, »das ist einfach ein Hut und nichts als ein Hut.«

Er setzte ihn auf, und wir gingen.

Künstlerleben

Ein Künstler ist nicht gerade das, was man vernünftig nennt – von unserem Standpunkt aus betrachtet, vom Standpunkt des normalen Menschen.

Wir halten uns für normal und bilden uns ein, in der Wirklichkeit zu leben: Wir stehen morgens auf, trinken unseren Kaffee, gehen ins Büro und tun alle die Dinge, die in den Grenzen des Normalen liegen.

Kaum tut einer etwas außerhalb dieser Grenzen, bezeichnen wir ihn als anomal, wir sagen, er hat nicht alle Tassen im Schrank. Es ist zum Beispiel nicht normal, das Bier in einen Schuh zu schütten, und wir finden sicher keinen Bankbeamten, der sein Bier in einen Schuh schüttet, ein Bankbeamter hat eben seinen Kopf da, wo er hingehört, nämlich auf den Schultern.

Ein Kunstmaler dagegen kann sein Bier in einen Schuh schütten. Oder auch die Milch oder sonst etwas Flüssiges. Dann kann er den Schuh in den Ofen stecken und den Ofen im Comer See schwimmen lassen.

Die Kindheit eines Künstlers ist immer schwierig, abenteuerlich, seltsam. Aus diesem Grund haben die Künstler später nicht alle Tassen im Schrank, wie der Normalverbraucher zu sagen pflegt. Hier beginnt die Geschichte eines Künstlers, den ich kannte, das Leben des Giulio Trementina.

Giulio Trementina kam an einem Oktobermorgen zur Welt. Es regnete, und die Blätter der Bäume waren schon gelb. In dieser Gegend jedoch gab es keine Bäume, der Regen fiel auf die Straße, in der Giulio Trementina geboren wurde. Es wurde plötzlich ganz dunkel im Haus, eine durchgebrannte Sicherung hatte einen Kurzschluß verursacht. Man mußte einige Kerzen anzünden. Giulio Trementina erblickte also sozusagen das Kerzenlicht der Welt. Dies war sein erstes Abenteuer.

Als er acht Monate alt war, vergaß ihn seine Mutter in

der Straßenbahn. Sie bemerkte sein Verschwinden erst einige Stunden später. Sie konnte sich nicht mehr erinnern, ob sie das Baby bei sich gehabt oder zu Hause gelassen hatte. Dann fiel ihr ein, daß sie es mitgenommen hatte, und sie machte sich eilig auf die Suche nach ihrem Kind.

Nicht nur das Kind fand sie im Fundbüro der Straßenbahn, sondern auch den Regenschirm ihres Mannes, den er vor einigen Monaten verloren hatte.

Etwas später kam der kleine Giulio in die Schule. Von Anfang an, schon in der Volksschule, war er ein derart ungehorsames und renitentes Geschöpf, daß die Lehrer ihn nach Hause schickten. Man brachte ihn in ein Internat, von wo er schon am zweiten Tag davonlief. Seine Mutter bestrafte ihn, indem sie ihn ohne Abendessen ins Bett schickte. Er rächte sich und aß das halbe Leintuch auf. Am nächsten Morgen türmte er und ging in die weite Welt.

Damals war die Welt ungefähr so wie heute. Ein Zehnjähriger hatte auch in dieser Zeit nicht viele Möglichkeiten, einen Job zu finden oder sonst irgendwie sein Glück zu machen, aber der kleine Giulio hatte schon eine ganz bestimmte Vorstellung von seinem Leben: Er wollte es der Kunst weihen. Diese Leidenschaft für die Kunst begann sich in ihm zu regen.

Er stand auf den Straßen herum und bewunderte die Kapitelle der Säulen, die Balkongeländer, die Brückenbögen und die Wandgemälde. Er schaute und schaute. Er lernte Farben, Linien und Formen auswendig. Die Statuen hatten es ihm am meisten angetan, und er verbrachte ganze Tage damit, die Marmorfiguren an den Brunnen zu betrachten.

In dieser Zeit nach seiner Flucht gelang es ihm, sich von Kleinigkeiten, die er da und dort in den Geschäften mitgehen ließ, zu ernähren. Er nahm sich fest vor, den Kaufleuten alles zu vergüten, wenn er erst berühmt geworden war. Man stellte ihn dann in einem letztklassigen Gasthaus als Küchenjungen an, und er wusch zwei Jahre lang Teller und Gläser.

Aber er konnte nicht sein Leben lang Teller waschen. So machte er sich eines Abends wieder davon und überstieg eine Ziegelmauer mit seinen kleinen Ersparnissen in der Tasche.

Diese Ersparnisse verwendete er zum Ankauf einer Fahrkarte, die er mit Aufschlag wiederverkaufte, wodurch sein kleines Kapital etwas weniger klein wurde. Damit erstand er nun Farben und Pinsel. Er wollte malen, denn endlich glaubte er, in der Malerei das Ziel seiner brennenden Leidenschaft gefunden zu haben. War sie es wirklich? Er hoffte es.

Mit seinem Farbkasten ging er in die berühmten Gemäldegalerien der Stadt. Er verbrachte seine Tage, indem er die Meisterwerke der ganz Großen betrachtete. Da er nicht wußte, wo er schlafen sollte, versteckte er sich, wenn die Säle geschlossen wurden, und verbrachte seine Nächte auf Diwanen und Teppichen der Museen. Er fing dann tatsächlich zu malen an, aber schon beim ersten Pinselstrich wurde er sich klar darüber, daß dies nicht sein Weg war. Aber er verlor den Mut nicht. Es gelang ihm, Pinsel und Farben recht günstig einem Sonntagsmaler zu verkaufen. Von dem Erlös erstand er einen Klumpen Ton.

Ein befreundeter Künstler nahm ihn bei sich auf, und er begann zu modellieren. In dieser seiner ersten Schaffensperiode verfertigte er eine lange Reihe von Tonkugeln, von einer fast vollendeten Rundung. Das war der richtige Weg, er fühlte es. Er modellierte mit nie erlahmender Schaffenskraft und ließ nicht nach, sein Ziel, eine vollendet runde Kugel zu schaffen, zu erreichen. Die Kugeln gelangen immer vollkommener, aber von der Vollendung war er noch weit entfernt.

Er beschickte die Ausstellung moderner Bildhauerei in Paris mit 32 schönen runden Kugeln, aber – es muß gesagt werden – keine von ihnen war vollkommen rund. Die Kritiker bedachten ihn mit harten Worten, aber auch dies konnte dem Bildhauer seinen Mut nicht nehmen.

Später ergab er sich wegen einer unglücklichen Liebe dem Suff.

In dieser Periode arbeitete er nur unter Alkohol. Die Kritiker definierten sie als seine beste. Er formte Kugeln, die alles andere als rund waren, er gab ihnen die bizarrsten Formen, länglich, oval mit Stacheln, zusammengedrückt und sogar mit scharfen Ecken.

Eine absolut neue Interpretation der Kugelform, sagten die Kritiker. Man kann die traditionellen runden Kugeln schon nicht mehr sehen. Der Künstler muß einfach in seinem Werk seine Persönlichkeit ausdrücken können.

Die Arbeiten Trementinas aus dieser Zeit waren effektiv von persönlichster Originalität, aber als der Bildhauer das Mädchen vergessen hatte, trank er auch nicht mehr und sah die Kugeln wieder so, wie sie eben waren, und er versuchte, seinen Kugeln wieder die traditionelle Form zu geben.

Dies war sein Untergang. Von allen verfemt, mußte er das Land verlassen und zog sich in eine armselige Gegend im hohen Norden zurück. Er tat weiterhin eine Unmenge Dinge, die ein Normalmensch nie getan hätte, jedoch es würde zu lange dauern, sie alle aufzuzählen.

Aber eines Tages, von plötzlicher Freude gepackt, ging er ins Freie und fing an, die Vorübergehenden mit Schneebällen zu bewerfen. Und gerade während dieses Spiels gelang es ihm zum ersten Mal, eine vollkommen runde Kugel aus dem Schnee zu drehen.

Er bemerkte es im Augenblick, als er den Schneeball werfen wollte. Statt dessen warf er die Arme in die Luft, mit der einen Hand sein Meisterwerk zärtlich umklammernd. Er stieß einen Schrei aus, und als er den Schneeball noch einmal betrachtete, füllten sich seine Augen mit Tränen.

Endlich hatte er das Ziel seines Lebens erreicht. Er hatte das vollbracht, wonach er sich immer gesehnt hatte: die vollkommen runde Kugel. Er betrachtete sie Stunden um Stunden. Er war glücklich, endlich wirklich glücklich, bis die Sonne sein Meisterwerk in nichts zergehen ließ und ihm nur eine tropfende Hand blieb.

Das war zuviel. Er starb.

Das Tropfenfläschchen

Nein, nein, ich kann Ihnen versichern, daß es gar nicht so einfach ist. Viele Dinge scheinen auf den ersten Anhieb ganz simpel. Es sieht aus, als ob sie jedem gelingen könnten. So macht sich einer leichten Herzens ans Werk, und siehe da, nach und nach tauchen Schwierigkeiten auf.

So geht es mit vielen Dingen, und wenn Sie jetzt sagen, daß das nicht wahr ist, werde ich böse, denn ich habe es ausprobiert und kann es Ihnen beweisen. Dann ist es sinnlos zu diskutieren, denn das Gegenteil können Sie doch nicht beweisen, weil wir in diesem Moment gar keine Diskussionsmöglichkeit haben. Ich bin allein und kann sagen, was ich will. Aber ich sage gar nicht, was ich will, sondern nur die Wahrheit.

Die Tatsache, daß eine Sache einfach aussieht und sich dann als kompliziert erweist, kann einen Menschen auf halbem Weg zur Umkehr bringen. Das wäre weise. Hingegen versteift sich der größte Teil der Menschen darauf, eine Sache zu Ende zu bringen, und schafft sich dadurch einen Haufen Ärger. Oder wenn es auch keinen Ärger gibt, sieht er sich vor einer Situation, aus der es keinen Ausweg mehr gibt.

Deshalb ist es das beste, das Tropfenfläschchen aus dem Fenster zu werfen.

Aber wer hat schon den Mut, das Tropfenfläschchen aus dem Fenster zu werfen, wenn er sich eine Idee in den Kopf gesetzt hat und um kein Geld auf der Welt sie aufgeben will? Wir haben einen harten Schädel, das ist's. Man müßte einen weniger harten Schädel haben und sich mit dem Eingeständnis abfinden, daß man es nicht schafft.

Die Geschichte begann, wie die meisten Geschichten beginnen. Sie wissen schon, wie, nicht wahr?

Beim Anfang. Es sah aus, als ob sie überhaupt keinen Anfang hätte, aber auf einmal war man mittendrin, die Geschichte hatte begonnen. Genau so war es mit dem Tropfenfläschchen.

Ich brauchte damals gar keinen Tropfenzähler, aber er kam ins Haus zusammen mit der Jodtinktur. Ich mußte die Jodtinktur tropfenweise einnehmen, ich kaufte sie also mitsamt dem kleinen Fläschchen, in dem sie sich befand.

Bis hierher nichts Besonderes. Wer kauft schon nicht seine Jodtinktur in einem Tropfenfläschchen?

Ohne daß ich es bemerkte, begann die Geschichte an dem Tag, als ich es kaufte.

Tagtäglich benützte ich die mir verschriebene Jodtinktur und ließ sie aus dem Fläschchen tropfen. Und alles hätte so geendet, wie normalerweise Dinge enden, die man begonnen hat. Die einen enden, damit die anderen anfangen können, und so geht es weiter.

Aus all diesen Dingen ist das Leben zusammengesetzt. Schlimm wird es nur, wenn man seine Gedanken nicht loslösen kann von etwas, das bereits vorbei ist. Damit beginnen die Schwierigkeiten, die Probleme, die Streitigkeiten, mit einem Wort, der Ärger.

Wer weiß, wie gewisse Gedanken von uns Besitz ergreifen. Sie sind auf einmal da. Wir sollten uns nicht verrückt machen und den Grund herauszufinden versuchen. Ein Gedanke kommt, und basta. Und wenn sich der Gedanke in unserem Hirn festgesetzt hat, kann man ihn nicht mit einem energischen Kopfschütteln verjagen. Damit bringt man höchstens die Frisur in Unordnung, oder man verscheucht eine Mücke, die sich im Sommer auf unsere Nase gesetzt hat.

An dem Tag, als die letzten Tropfen der Jodtinktur aus

dem Fläschchen fielen, setzte sich so ein Gedanke in meinem Kopf fest.

Wie viele Tropfen enthält so ein Fläschchen? fragte ich mich; ich fand nicht gleich die Antwort, aber das Problem war geboren.

Ich war sein Gefangener.

Ich versuchte zu errechnen, wie viele Tropfen ich verbraucht hatte. Ich kam nicht darauf.

Ich erinnerte mich nicht genau an das Datum des Kaufes, und einige Tage hatte ich die Jodtinktur nicht benützt.

Ich stand da, betrachtete das leere Fläschchen und stellte Vermutungen an. Aber können wir uns mit Vermutungen zufriedengeben? Ich nahm an, daß das Fläschchen ungefähr hundert Tropfen enthalten hatte, aber war diese Vermutung richtig?

Oft sind unsere Gedanken auch von unserer momentanen Stimmung abhängig. An jenem Tag war ich vorsichtig und ängstlich, aber am nächsten Tag fühlte ich mich wesentlich kühner und abenteuerlustiger, und ich nahm zwanzigtausend Tropfen als Flascheninhalt an.

Das ist doch kein Verhältnis, dachte ich, gestern hundert und heute zwanzigtausend. Der Unterschied ist zu groß. Unser Charakter und unsere Gedanken sind veränderlich, aber das Fläschchen ist es nicht. Im besonderen dieses Fläschchen, das sein Aussehen seit dem ersten Tag nicht verändert hatte.

Es sah genau gleich aus, und auch seine Größe war gleich geblieben. Das Fläschchen traf also keine Schuld, und auch die Tropfen konnten es nicht verändert haben.

Ich kam zu einem Entschluß. Ich wusch das Fläschchen gut aus und füllte es mit Wasser.

Dann begann ich mit viel Geduld, die Tropfen in das Glas fallen zu lassen, und zählte sie. Im großen und ganzen leistete ich gute Arbeit. Ich zählte zweitausenddreihundertsiebenundzwanzig Tropfen.

Nun war ich befriedigt. So ist das: Wenn es einem gelingt, ein Problem zu lösen, fühlt man sich im Innersten zufrieden. Ich wußte jetzt, daß das Fläschchen zweitausenddreihundertsiebenundzwanzig Tropfen enthielt, und konnte beruhigt sein.

Aber dann begannen mich Zweifel zu quälen. Hatte ich richtig gezählt? Oder hatte ich einige hundert übersprungen, wie es einem eben passiert, wenn man über zweitausend zählt?

Probieren Sie es einmal, mehr als zweitausend Tropfen hintereinanderweg zu zählen: Es ist gar nicht so leicht, wie es anfangs erscheint. Ich sage nur: Machen Sie eine Probe, und Sie werden schon sehen. Also probierte ich es noch einmal. Ich füllte das Fläschchen von neuem und zählte wieder.

Versuchen Sie nur, die Tropfen aus dem Tropfenzähler fallen zu lassen, an einer gewissen Stelle kann es Ihnen dann passieren, daß zehn Tropfen mit solcher Schnelligkeit ins Glas purzeln, daß Sie sich verzählen *müssen*.

Fünfundfünfzig sechs sieben acht neu ... ze ... el ... zwö ... vier ... fü ... sechsundsiebzig. Wo war ich denn stehengeblieben, Donnerwetter, besser, ich finge noch einmal von vorne an.

Also füllte ich das Fläschchen wieder und fing wieder an. Beim zweiten Mal war die Hand nicht mehr so ruhig wie beim ersten, bei zweihundert zitterte das Fläschchen ein bißchen, und die Flüssigkeit rauschte mit solcher Vehemenz heraus, daß man nicht mehr mitzählen konnte.

Also wieder da capo.

Man mußte die Dinge mit Verstand und Methode angehen. Vor allem nahm ich jetzt ein Blatt Papier und einen Bleistift. Zählen wir die Tropfen in Zehnern.

So ging's schon besser. Man schrieb also die Zehner auf, aber manchmal waren es auch elf oder zwölf, weil wir das Fläschchen nicht rechtzeitig hochgenommen hatten. Das passiert, wenn die Hand müde ist. Aber jedenfalls war es so besser, genauer.

Das kann ich Ihnen versichern. Dann die letzten Tropfen. Wie viele sind es? Ich zählte zusammen: zweitausendneunhundertdrei. Ein ganz schöner Unterschied zum ersten Resultat.

Welches war nun die richtige Zahl? Es stimmte, daß der zweite Versuch sehr genau gewesen war, aber konnte ich sicher sein, daß ich alle Zehner richtig ausgeschrieben hatte? Beim ersten Mal kamen die Tropfen gleichmäßig, einer nach dem anderen heraus, weil meine Hand ruhig war. Jetzt war sie es nicht mehr.

Können Sie mit einem Zweifel leben? Können Sie ewig in Unsicherheit bleiben? Wenn ja, sind Sie ein glücklicher Mensch.

Ich kann's nicht. Ich brauche die Genauigkeit, ich muß meiner Sache sicher sein. Ich schlüpfe mit dem rechten Fuß in den rechten Schuh und mit dem linken in den linken. Wenn ich einen Zweifel habe, löse ich ihn, und es ist mir tatsächlich noch nicht passiert, den linken Schuh am rechten Fuß angezogen zu haben.

Ich konnte nicht mehr. Ich wollte erst am nächsten Tag weitermachen, wenn meine Hand ausgeruht war und ihre gewohnte Festigkeit wiedergefunden hatte.

Dann begann ich von vorne. Aber mit einem praktischeren System, das ich Ihnen nur empfehlen kann, wenn Sie auch einmal die Tropfen in ihrem Tropfenfläschchen zählen wollen . . .

Ich färbte das Wasser mit ein wenig Tinte, nahm dann einen langen Streifen Löschpapier und ließ das gefärbte Wasser auf den Streifen tropfen.

Auf diese Weise konnte ich das ganze Fläschchen leeren, und am Ende war der ganze Streifen voll von kleinen blauen Tropfen. Ich zählte sie: zweitausendsechshundertvierundzwanzig.

Jetzt konnte ich sicher sein. Endlich war mein Problem gelöst. Ich zählte die Tropfen noch einmal: es waren tatsächlich zweitausendsechshundertvierundzwanzig.

War ich wirklich sicher? Oder brauchte ich nicht doch noch eine Bestätigung?

Ich beschloß, die Probe aufs Exempel zu machen.

Am Tag danach nahm ich mit fester Hand einen neuen Streifen Löschpapier und füllte das Fläschchen mit blaugefärbtem Wasser. Geduldig betropfte ich das Löschpapier und zählte zum Schluß die Tropfen: zweitausendsechshundertzweiunddreißig.

Eine Differenz von sechs Tropfen. Jetzt wußte ich genauso viel oder so wenig wie vorher. Ich war sicher, die gleiche Menge Wasser in das Fläschchen gefüllt zu haben, und trotzdem war da diese Differenz.

Ich wiederholte das Experiment.

Der dritte Streifen Löschpapier zeigte mir zweitausendsechshundertneunundzwanzig.

Jetzt saß ich fest bis über die Ohren. Wieso diese Differenz im Flüssigkeitsinhalt des Fläschchens. Warum waren es einmal zweitausendsechshundertzweiunddreißig, dann zweitausendsechshundertvierundzwanzig, dann zweitausendsechshundertneunundzwanzig?

Ich versuchte es ein viertes Mal. Zweitausendfünfhundertneunzig. Ich komplizierte meine Berechnung. Die Tröpfchen auf dem Löschpapier waren nicht alle gleich. Einer war größer als der andere. Aber trotzdem konnte ich keine gleichmäßige Zahl errechnen.

Ich fuhr eine ganze Weile fort, Tropfen auf Löschpapier zu zählen, das Ergebnis war immer verschieden. Wenn ich wenigstens zweimal die gleiche Summe herausgebracht hätte!

Nein.

Ich versuche immer noch und finde keine Ruhe. Der Tropfenzähler ist wohl auch eine Persönlichkeit und genauso veränderlich, wie wir es sind, je nach Tag, Stunde und Laune. Wie man ja auch weiß, daß wir nicht alle gleich sind.

Das Telefon

»Männer sind sentimental.« Dies sagte Emilio Trebucca und schrieb es auch auf ein Blatt Papier, das dann verlorenging, wie so viele Dinge in der Welt verlorengehen. Über diesen Satz befragt, blickte Emilio Trebucca ins Leere und begann dann seine Erzählung.

»Ich spreche von Federico Asperita, dem Feuerwehrmann«, sagte Trebucca, »er war jung und voll der schönsten Hoffnungen wie alle jungen Leute seines Alters. Dies ist natürlich eine Liebesgeschichte, die aber nie das Licht der Welt erblickte. Sie blieb im Klingeln eines Telefons stecken, wenigstens in der Phantasie von Federico Asperita, denn er war sentimental und deshalb ein Träumer.

Er glaubte mehr den Träumen als der Wirklichkeit, denn sie gaben ihm alles, was er sich erwartete. Der Wirklichkeit dagegen gelang es nie, ihn zufriedenzustellen, nicht nur das, sie bereitete ihm nur Enttäuschung und Bitterkeit.

Vielleicht ist der Anfang meiner Geschichte ein wenig wirr«, sagte Trebucca, »aber wir können nicht immer präzis sein. Laßt sie mich trotzdem erzählen, dann werdet ihr meine Gedanken besser verstehen und auch den Seelenzustand, in dem sich Federico Asperita am Ende seines Abenteuers befand.

Also, die Sache begann an einem Frühlingsnachmittag. Die Szenerie war typisch für diese Jahreszeit: Blumen, blauer Himmel, fliegende Schwalben. Kaum stand das Mädchen vor ihm, geschah ihm, was wir alle so gut kennen, wenn auch jeder von uns anders darauf reagiert. Sein Herz begann heftig zu schlagen, das Blut stieg ihm zu Kopf, ihre Schönheit hatte ihn bis ins Innerste getroffen. Aber ängstlich verbarg er seine Gefühle, so schwer es ihm auch fiel, damit niemand seine Verwirrung bemerke. Es war eine vergnügte Gesellschaft, das Mädchen lächelte und zeigte in ihrer Unbefangenheit keinerlei Antipathie gegen ihn.

Nichts weiter geschah an diesem Nachmittag, aber in den Augen Verliebter gewinnen auch die kleinsten Gesten große Bedeutung. Federico glaubte einem Lächeln, einem freundlichen Blick, einer Kopfwendung entnehmen zu können, daß er dem Mädchen nicht gleichgültig war.

Als sich die Gesellschaft auflöste, hielt er ihre Hand lange in der seinen, und sein Herz klopfte wieder stürmisch. Ich weiß nicht, wieso er so mutig war, denn ich kenne ihn und weiß, wie schüchtern er ist. Deshalb wunderte ich mich sehr, daß er die Courage hatte, sie um ein Wiedersehen zu bitten, aber ich kann ihm seine damalige Erregung nachfühlen, als sie antwortete, daß sie ihn gerne wiedersehen würde. Er kritzelte schnell seine Telefonnummer auf ein Stück Papier und gab es ihr. Sie tat es in ihre Tasche, lächelte und sagte, daß sie ihn vielleicht morgen anrufen würde.

›Nach achtzehn Uhr habe ich Wache‹, sagte er, ›und warte auf Ihren Anruf.‹

›Ich weiß noch nicht‹, sagte sie, ›kann sein, daß ich anrufe.‹

Ihr könnt euch vorstellen, wie Federico diesen Tag durchstand. Es war der längste Tag seines Lebens.

Die Stunden vergingen überhaupt nicht, und alle Uhren schienen stehengeblieben zu sein.

Endlich war es achtzehn Uhr. Von dieser Stunde an verließ Federico seinen Platz am Telefon nicht mehr. Er schloß die Augen und sah wieder das Mädchen vor sich, fühlte wieder sein Herz schlagen beim Gedanken an das, was sie sich gesagt hatten. Er stellte sie sich vor, wie auch sie diese Stunde erwartete. Jetzt stand sie wahrscheinlich auf, suchte in der Tasche sein Blatt Papier und wählte seine Nummer. Jetzt mußte es läuten. Noch nicht. Noch läutete es nicht. Federico schaute das Telefon an und betete im Innern: Läute, läute doch schon, worauf wartest du noch?

Die Minuten vergingen, und er dachte schon an irgendein Hindernis. Aber nein . . . er hatte gesagt, nach achtzehn Uhr, nicht um achtzehn Uhr. Sie konnte auch in einer halben Stunde oder noch später anrufen. Dann hatte sie gesagt . . . vielleicht . . . wie, wenn sie überhaupt nicht anrief?

Plötzlich läutete das Telefon. Federico sprang auf, sein Herz klopfte heftig. Er streckte die Hand aus und berührte den Telefonhörer. Und wenn nicht sie es war? Alles wäre zusammengebrochen, sein Traum wäre zu Ende. Sie hatte vielleicht gesagt, aber wenn sie nicht anrief, wenn sie ihn einfach vergessen hatte?

Das Telefon läutete weiter.

Federico schloß die Augen und dachte an sie. Er sah sie am Telefon stehen mit dem Hörer in der Hand. Er sah sie vor sich, wie sie mit Herzklopfen auf den Klang seiner Stimme wartete. Er zog die Hand wieder zurück und träumte weiter von ihr, so wie er sie gestern gesehen hatte, mit demselben Kleid und demselben Lächeln.

Wieder streckte er die Hand aus und berührte den Hörer. Noch immer hob er nicht ab. Das Telefon läutete weiter. War sie es, war sie es nicht? Dieses Dilemma war furchtbar. Wenn er nun eine andere Stimme hörte und nicht die ihrige? War es nicht besser, weiter zu träumen und sie sich vorzustellen mit dem Hörer in der Hand, genauso aufgeregt wie er selber, in Erwartung seiner Stimme? Ihm schien aus dem Läuten ihre Stimme zu erklingen, die seinen Namen rief: ›Federico . . . Federico . . .‹

Er bezwang seine Erregung, packte den Hörer und wartete noch ein Läuten ab. Dann entschloß er sich, zur Wirklichkeit zurückzukehren, und hoffte trotzdem, daß sich sein Traum erfülle. Er hob ab, preßte den Hörer ans Ohr und hörte das Freizeichen.

Wahrscheinlich hatte sie die Geduld verloren oder glaubte, sich verwählt zu haben. Sicher stand sie dort und verglich die Nummer auf seinem Blatt Papier und wählte nun noch einmal.

Er legte den Hörer auf und wartete.

Wieder läutete es. Sie war es, ganz sicher war sie es. Er hörte sie ganz deutlich, wie ihre zarte Stimme rief: ›Federico . . .‹ Das gleiche Spiel von vorhin begann. Er preßte den Hörer mit der rechten Hand und nahm ihn wieder nicht auf. Es war so schön zu hören, wie sie ihn immer wieder rief: ›Federico – Federico –‹ Und wenn sie es doch nicht war? War es dann nicht erst recht besser, den Traum weiterzuträumen, statt in die unfreundliche Wirklichkeit zurückzufallen?

Er ließ das Telefon noch mehrere Male läuten, bis es endlich schwieg.

Vielleicht tut ihr das Warten gut, sagte er sich, sie wird nun wahrscheinlich erst wieder in einer viertel oder halben Stunde anrufen.

Aber das Telefon läutete wieder, und Federicos Herz verfiel augenblicklich wieder in seinen beschleunigten Rhythmus. Wie schön war ihre Beharrlichkeit! Sicher machte sie sich schon Sorgen um ihn. Jetzt nahm er sein Herz in beide Hände. Er hob den Hörer ab und preßte ihn ans Ohr. Sofort malträtierte eine wütende männliche Stimme sein Trommelfell: ›Seit einer halben Stunde rufe ich die Feuerwehr!‹ bellte die Stimme. ›Das ganze Haus brennt!‹

Federico Asperita seufzte tief und gab Alarm. Der Traum war aus. Sekunden später war der gesamte Wagenpark der Feuerwehr unterwegs, aber das Feuer hatte sich schon im ganzen Viertel ausgebreitet.

Federico Asperita verlor seine Stellung und sah das Mädchen nie wieder«, sagte Emilio Trebucca, »die Geschichte ist aus.«

Geheimnisse der menschlichen Natur

Wer hätte je gedacht, daß Filippo Augusto Erbace solch ein Mensch wäre?

Im ganzen Viertel genoß er echte Sympathien bei allen, und die Bewohner des Hauses, in dem er wohnte, können die ganze Sache heute noch nicht verstehen. Sie können einfach nicht daran glauben.

Filippo Augusto Erbace war ein ausgesprochener Durchschnittsmensch, nicht mehr ganz jung, und hatte sich durch harte Arbeit bei seiner Bank eine gehobene Position errungen. Er war Spezialist in der Subtraktion und galt in seinem Bereich als Fachmann, worüber auch er selbst niemanden in Zweifel ließ. Oft wurde er als Sachverständiger für Kontrollen ins Ausland berufen. Im Büro erzählt man sich heute noch von seinem phänomenalen Gedächtnis: Er merkte sich die Überträge wie kein anderer. Mit unerhörter Schnelligkeit gelangen ihm auch farbige Subtraktionen. Er konnte zum Beispiel von einer gelben Zahl eine blaue Zahl abziehen, ohne die Farben zu verändern, und es kam das exakte Resultat einer beliebigen dritten Farbe heraus.

Er war einfach ein Naturtalent. Es konnte nicht anders sein, denn wie er hatten auch andere die Materie studiert, aber doch nie den gleichen Erfolg erzielt.

Soviel über seine Tätigkeit, aber das interessiert keinen in seinem Wohnviertel. Alle wußten, daß er eine Respektsperson war, und damit basta. Man schätzte ihn und behandelte ihn mit größter Höflichkeit. Immer war er zufrieden und freundlich, grüßte seine Nachbarn und sprach mit ihnen vom Wetter, vom Essen, vom Flußwasser, von der Hin- und Rückfahrt auf der Eisenbahn und eben von allem, was die Menschen so interessiert.

Liebenswürdig und ungezwungen half er ohne den mindesten Eigennutz jedem, der um Hilfe bat ... Alle erinnern sich, wie er der Signora Ettimenda den Bleistift spitzte, als er ihr beim Schreiben der Wäscherechnung abbrach und sie kein Federmesser finden konnte.

Die Signora erzählt noch heute den Fall und schaudert, wenn sie an das denkt, was nachher kam. Sie kann es nicht fassen.

Ein so seriöser, korrekter Herr.

Man muß noch vorausschicken, daß er allein lebte in seiner kleinen Wohnung im dritten Stock eines bescheidenen Mietshauses in Via Fratelli Sparazucca. In einem Haus voller Menschen, die immer in Bewegung waren. Dadurch gab es viele Geräusche, die man nicht immer als das unterscheiden konnte, was sie waren. Aber später, als man anfing, mißtrauisch zu werden, bestätigte der Mieter von unten, daß er verdächtige Geräusche gehört habe, ohne sie weiter zu beachten.

Filippo Augusto Erbace war ein Methodiker. Immer zur gleichen Zeit ging er fort, und immer zur gleichen Zeit kam er nach Hause. Alle waren gewohnt, ihn mit dem Frühstückspaket und der Milchflasche zu sehen. Die Wäscherin, die bis vor zwei Monaten einmal in der Woche die Wäsche holte, erzählte, daß sie von der Wohnungstür aus sehr gut ins Eßzimmer sehen konnte. Eines der schönsten Eßzimmer, die sie je gesehen habe. Ein enormer, handgeschnitzter Nußbaumtisch stand dort, aber an mehr erinnerte sie sich nicht. Nie sah sie einen fremden Menschen in der Wohnung. Auch die Hausmeisterin bestätigte, daß nie jemand nach ihm gefragt habe und daß er nie einen Besuch erhielt.

Jetzt sagen natürlich alle, daß Filippo Augusto Erbace schon seit Monaten nicht mehr der gleiche war, daß man kleine Veränderungen in seinem Verhalten bemerkt habe. Kleinigkeiten, die niemandem besonders auffielen. Vielleicht putzte er sich die Nase anders als früher oder blieb einen Augenblick stehen, um in einer Tasche nach etwas zu suchen. Vielleicht ein mißtrauischer Blick, das war alles. Alle denken jetzt, er wäre von einer fixen Idee besessen gewesen oder habe sich vor etwas oder jemandem gefürchtet.

Aber wer hatte schon vorher an so etwas gedacht?

Eines Tages sagte er der Hausmeisterin, daß er in eine andere Stadt versetzt sei. Ihr tat es leid, denn er war ein angenehmer Mieter, mit dem es nie Scherereien gab. Alle bedauerten es und warteten ein wenig traurig auf den Möbelwagen. Aber es kam keiner.

Eines Morgens fand die Hausmeisterin in ihrem Briefkasten die Wohnungsschlüssel des Filippo Augusto Erbace und ein paar Zeilen, in denen er sich verabschiedete.

Er war plötzlich abgereist, und niemand kam, seine Möbel zu holen. Nun begannen die Leute zu reden.

Signora Ettimenda war die erste, die einen Verdacht äußerte. Sie sagte, daß sie viele Nächte über ihrem Kopf Geräusche gehört habe wie von einer Säge und auch heftige Schläge. Nun hatten auf einmal alle Mieter irgend etwas gehört. Vorsichtige Schritte, Herumschieben von schweren Gegenständen, verdächtiges Knacken.

Signora Ella Camiscia, die nebenan wohnte, berichtete, daß in gewissen Nächten die Zwischenwand warm war, sogar sehr warm.

Wahrscheinlich stand an dieser Wand ein Ofen, und Signor Filippo Augusto Erbace mußte einen Grund haben, wenn er ihn mitten im Sommer heizte. Ein Mieter wollte mitten in der Nacht den Schrei einer Frau gehört haben, worauf andere ebenfalls Schreie gehört hatten, sogar ganz sicher.

Die Hausmeisterin hatte die Wohnungsschlüssel in der Hand. »Ich traue mich nicht, allein da hinaufzugehen«, sagte sie, »wenn vielleicht einer der Herren . . .«

Aber keiner hatte die Courage, die Wohnung zu betreten.

Sie beschlossen, die Polizei zu benachrichtigen, und die Polizei kam. Als der Leutnant Occhiato die Türe aufsperrte, waren alle Hauseinwohner mitsamt der Hausmeisterin auf dem Treppenabsatz hinter ihm versammelt. »Unmöglich!« zeterte die Hausmeisterin und fiel in Ohnmacht.

Die Wohnung des Filippo Augusto Erbace war leer.

Der Leutnant ging hinein und schloß die Tür. Die Hausbewohner blieben draußen und diskutierten den Fall.

Was entdeckte der Leutnant in der Wohnung des Filippo Augusto Erbace? Als er herauskam, hatte er ein Paket unter dem Arm. Er verschloß die Tür und brachte ein Siegel an. Die Schlüssel behielt er.

Später erfuhr man, daß der Boden des größeren Zimmers mit feinen Sägespänen bedeckt war, daß wohl einige Holzstückchen herumlagen, aber von den Möbeln keine Spur.

Im großen Kachelofen an der Wand fand der Leutnant ein Stück Bein von dem handgeschnitzten Speisezimmertisch, das nur angesengt war.

»Wo sind die Möbel hingekommen?« fragten sich die Leute erstaunt. »Wie hat er sie aus dem Haus geschafft?«

Die Hausmeisterin sagte unter Eid aus, daß kein Möbelstück aus dem Haus geschafft worden war.

Aber waren denn überhaupt Möbel in der Wohnung des Signor Filippo Augusto Erbace? fragte sich die Polizei.

Die Hausmeisterin, die Wäscherin und eine Nachbarin, die einmal die Wohnung betreten hatte, um eine Tasse Zucker zurückzubringen, die sie sich ausgeliehen hatte, bestätigten, daß Möbel in der Wohnung gewesen waren.

Wo war Filippo Augusto Erbace hingekommen? Man setzte ein Polizeiaufgebot in Bewegung, die ganze Gegend wurde abgesucht, die Eisenbahnen wurden avisiert und auch die Autobusse. Alle Radfahrer wurden kontrolliert. Auf seiner Bank hatte er sich seit ungefähr einem Monat nicht mehr sehen lassen, und die Kontrolle der Subtraktionen hatte man einem anderen Beamten übertragen, den man extra aus dem Ausland kommen ließ.

Als Filippo Augusto Erbace endlich der Polizei in die Hände fiel, seufzten alle erleichtert auf.

Man verhaftete ihn, als er eben mit dem Finger eine frisch gestrichene Bank in den Anlagen betastete.

Er ging folgsam neben dem Polizisten, der ihn erkannt hatte, zum Polizeikommissariat und beantwortete ängstlich alle Fragen des Kommissars. Was hatte er in seiner Wohnung verbrannt? Wie viele Möbelstücke? »Einen handgeschnitzten Eßzimmertisch aus Nußholz«, sagte der Kommissar, »das können Sie nicht leugnen. Hier ist noch ein Stück von einem Bein, das der Leutnant Occhiato im Ofen gefunden hat. Es ist angesengt, aber man sieht noch deutlich die Schnitzerei. Gehörte dieser handgeschnitzte Tisch Ihnen?«

»Ja«, flüsterte Filippo Augusto Erbace und sah zu Boden. Dann fiel er in einen Stuhl, seine Stirn bedeckte sich mit Schweiß, und seine Hände zitterten.

»Was haben Sie noch in dem Ofen in Ihrer Wohnung verbrannt?« fragte der Kommissar.

»Sonst nichts«, stotterte Filippo Augusto Erbace.

»Ihre Wohnung enthielt also nichts als den Tisch?«

»Ja«, flüsterte er.

Die Zeugen wurden gerufen.

Die Wäscherin sagte aus, daß sie außer dem Tisch noch acht Stühle gesehen habe, ebenfalls handgeschnitzt und aus Nußholz.

»Sechs waren es‹!« schrie Filippo Augusto Erbace wie verrückt und hob die Fäuste gegen die Wäscherin.

Der Kommissar schmunzelte. Filippo Augusto Erbace hatte sich verplappert.

»Sind Sie sicher, daß es acht waren?« fragte der Kommissar die Wäscherin.

»Ich glaube, ja, aber gezählt habe ich sie nicht«, sagte die Wäscherin. »Ich habe ein großes Buffet gesehen und eine Kredenz«, sagte der Kontrolleur der Elektrizitätswerke.

»Das kann nicht sein!« schrie Filippo Augusto Erbace wieder. »Sie können mir nicht etwas anhängen, was ich gar nicht gemacht habe.«

»Was haben Sie sonst noch im Ofen verbrannt?« fragte der Kommissar.

»Sonst nichts, Herr Kommissar«, stotterte Filippo Augusto Erbace.

Die Vernehmung dauerte noch den ganzen nächsten Tag, aber Filippo Augusto Erbace wollte nicht gestehen. Die Nachforschungen gingen weiter. Hier das Verzeichnis der Möbel, deren Verbrennung bewiesen war: ein großer Tisch aus massivem Nußholz, ein großes Buffet, sieben Stühle, ein Bett, ein Schrank, eine Kommode und ein Toilettenspiegel im Empirestil. Aber weiß man denn, wie viele andere Dinge noch verbrannt worden waren, von denen man nichts wußte!

Die Leute fragten sich immer wieder schaudernd, wie ein so seriöser, liebenswürdiger Mann solche Scheußlichkeiten vollbringen konnte. Vor allem aber fragten sie sich, was er noch alles in seiner Wohnung verbrannt hatte.

Einstweilen ist die Wohnungstür versiegelt. Der Ofen war wegtransportiert worden, auch die Sägespäne und Holzstückchen, die Nägel und die große Schreinersäge, die man in der Kammer gefunden hatte.

Die Leute machen einen weiten Bogen um das Haus und schaudern immer noch. So ein ruhiger, sympathischer Mann!

Geheimnisse der menschlichen Natur.

Wir sind keine Zigarette

Luciano Sagoma schien verjüngt. Seit vielen Jahren hatten wir ihn nicht gesehen. Wie wenn er hinter einem Wall gelebt hätte, dessen Mauer ihn all die Jahre vor uns verbarg. Manchmal geht es so: Einer, den wir kennen und der mit uns lebt, an unserem Leben teilhat, verschwindet plötzlich, er versteckt sich hinter einer Mauer, und hinter dieser

Mauer bleibt er Jahre um Jahre, bis er wieder auftaucht und wir ihn vollständig verändert wiedersehen.

Man bildet sich ein, daß so ein Mensch unverändert hinter dieser Mauer geblieben ist und nur den Moment abgewartet hat, sich wieder zu zeigen und von neuem in unser Leben zu treten. Statt dessen hat er in den Jahren seiner Abwesenheit eine Menge Dinge getan, von denen wir nichts wissen, und ist keinesfalls wartend hinter seiner Mauer geblieben.

Luciano Sagoma schien also verjüngt. Als wir ihn das letzte Mal sahen, war er viel älter: graue Haare und Falten auf der Stirn. Immer verwirrt, immer etwas in seinem Inneren verborgen. Es passiert oft, daß Menschen etwas in ihrem Inneren verborgen tragen. Wir wissen nicht, was es ist. Und die Betreffenden wissen es selbst nicht. Das heißt, es gelingt ihnen nicht, ihren Seelenzustand zu analysieren. Unsere düstere Laune hat oft Ursachen, die wir nicht ergründen können. Die düstere Laune zieht das Alter nach sich, und in unserem Gehirn formen sich quälende Gedanken, deren Herkunft wir nicht ergründen können.

Luciano Sagoma war einer von ihnen. Er alterte, weil in seinem Inneren etwas nicht stimmte: Er war voller Komplexe, wie es ja so viele gibt. Ein Mensch, der sich über etwas, von dem er selbst nicht wußte, was es war, grämte. Ein Nichts genügte, um ihn in den schwärzesten Pessimismus zu stürzen, und seiner Meinung nach gab es keinerlei Hilfe gegen irgendwelche Schwierigkeiten auch leichter Natur. Wenn er ein leeres Glas sah, runzelte er die Stirn, und sein verwirrter Geist umkreiste dieses Glas und fand keinen Ausweg aus dessen Schicksal. Fatalismus konnte man seine Art zu denken nennen. Er sah das leere Glas, und für ihn war der Fall nicht wiedergutzumachen. Er hatte es geleert, indem er den Wein schlürfte, und dabei dachte er, daß das Glas Tropfen um Tropfen sein Leben aushauchte und, wenn es leer war, wäre alles zu Ende für das arme Glas.

»Es ist nicht wegen des Glases«, sagte er, »das Glas ist im Grund nur ein seelenloser Gegenstand, obwohl ich nicht glaube, daß es überhaupt keine Seele hat. Aber es ist ein Symbol. Auch wir sind Gläser, gefüllt mit Wein, und der Wein ist unser Leben. Wenn unser Wein verbraucht ist, sind wir am Ende angelangt.«

Es ist überhaupt nicht wahr, daß wir Gläser sind, aber wer mit so einem Komplex geschlagen ist, versteht es nicht. Für sie sind wir manchmal Gläser, manchmal Wachskerzen, die langsam verbrennen, dann wieder Wollknäuel, die sich verwirren. Wenn es um Vergleiche geht zwischen Leben und Tod, können wir alles sein: ein Kaffeelöffel, eine Weckeruhr, eine Straßenbahn oder ein Stück Käse. Hie und da sind wir dann auch eine Zigarette, die, angezündet, verglüht, und wir beobachten den feinen Rauchfaden, der zum Himmel steigt und der unser Leben darstellt, wie es sich langsam verzehrt. Wir identifizieren uns derart mit der Zigarette, daß wir glauben, unter unserer Haut den Tabak zu spüren.

Scheint Ihnen nicht, daß wir ziemlich komisch sind, wenn wir all diese Dinge denken? Aber das merken wir nicht einmal, und wir denken ernsthaft weiter, und manchmal weinen wir sogar über unsere Gedanken, wie wenn wir in echter Not wären, wie wenn wir tatsächlich eine Zigarette wären.

Ich frage mich manchmal, was eine Zigarette wohl sagen würde, wenn sie denken könnte wie wir. Sie müßte sich vor Verzweiflung den Tabak ausreißen, weil ihr Leben so schnell zu Ende geht. Und die anderen in der Packung, wenn sie den Stummel eines ihrer Kollegen sehen, verbraucht, zertreten, sie müßten vor Jammer schluchzen. Wir hätten nur mehr nasse Zigarettenpackungen und nichtbrennende Zigaretten.

Das sind eben unsere Komplexe. Und Luciano Sagoma war voll von diesen und ähnlichen. Als Standardvergleich hatte er das Glas gewählt und weinte über ihm.

Eines Tages, erinnere ich mich, sagte ich ihm, es stünde nicht dafür, sich so darüber zu grämen. Wenn das Glas leer war, brauchte man nur die Flasche zu nehmen und neuen Wein einzugießen. An jenem Tag schaute er mich an, wie wenn ich ihm den Himmel geöffnet hätte. Es schien mir, ihm die Hoffnung wiedergegeben, die Lebensfreude wiedergeschenkt zu haben. Aber wenige Tage später begann es von neuem. Dieses Mal war es nicht das Glas, sondern die Flasche. Das Problem hatte sich um nichts gewandelt. Dasselbe Problem, in einen größeren Behälter verpflanzt.

Diesmal war es leicht, ihn in die Wirklichkeit zurückzuführen. Ich machte ihn einfach darauf aufmerksam, daß man jede leere Flasche aus einem Faß nachfüllen könne.

Nachher verschwand er. Ich sah ihn nicht mehr und wußte nicht, ob seine krausen Gedanken noch die gleichen Ideen verfolgten, ob er das Anfangsproblem der Flasche in das Faß weitergeleitet hatte. Für mich war es ein Glück, denn ich hätte nicht gewußt, wie es weitergehen sollte. Ich hätte ihm nur sagen können, daß es seine Zeit brauche, ein Faß zu leeren, und daß inzwischen sicher die neue Ernte eingebracht würde. Ich weiß nicht, was ich ihm hätte sagen können, aber wenn man sich in diese Überlegungen verstrickt, kann man eine Menge dazu sagen, und alles stimmt. Als Luciano Sagoma in unser Leben zurückkehrte, war er nicht mehr der gleiche wie vorher. Wir bemerkten es sofort. Er hatte sich verjüngt, und die Jahre schienen in umgekehrter Reihenfolge an ihm vorbeigegangen zu sein, nach rückwärts. Wir begriffen, daß er alle seine Komplexe verloren hatte und wieder voller Lebensfreude war.

Die Freunde nahmen ihn mit Freuden auf, aber ich wollte etwas mehr wissen und zog ihn mit mir fort, um die Gründe seiner wundersamen Wandlung zu erfahren.

»Es ist dein Verdienst«, sagte er, »ich dachte viel nach über das, was du mir wegen der Gläser gesagt hast, und habe entdeckt, daß du recht hattest. Wir dürfen nie der Verzweiflung verfallen, denn wir sind weder ein Glas noch eine Kerze, weder eine Zigarette noch sonst etwas. Wir sind wir, und damit basta. Ich wollte nicht glauben, daß das Leben weder eine Rauchfahne noch ein Flämmchen, das bald erlischt, noch ein Wollknäuel ist. Ich wollte nicht glauben, daß das Leben ganz etwas anderes, grundverschiedenes ist. Aber es ist so. Jetzt bin ich überzeugt davon. Ich bin auch überzeugt, daß man nie die Hoffnung aufgeben darf. Damals habe ich mich in ein kleines Haus auf dem Land zurückgezogen. Ich habe viel nachgedacht, aber unsere Art zu denken erschwerte die Situation. Ich fuhr fort, wie vorher in den Abgrund der Verzweiflung und Traurigkeit zu fallen, trotz der Geschichte mit dem Faß. Auch das Faß würde eines Tages leer sein, aber da das Faß, das ich dabeihatte, noch voll war, bestand noch kein Grund, die Lage zu dramatisieren. Dann richtete ich meine Aufmerksamkeit auf etwas anderes. Denk dir, auf eine Zeitung. Ich verglich das Leben mit einer Zeitung und las sie von der ersten bis zur letzten Zeile. Als ich damit fertig war, sagte ich: ›Nun, auch mit ihr ist's zu Ende gegangen wie mit allen Dingen auf dieser Welt‹ – aber dann schaute ich von neuem in die Zeitung und begann, sie wieder zu lesen, indem ich immer eine Zeile übersprang. Dabei entdeckte ich Neuigkeiten, die mir vorher nicht aufgefallen waren. Dann schnitt ich die Worte aus und verschob die Sätze. Dadurch fand ich immer wieder etwas Neues, Außergewöhnliches, Unvorhergesehenes. Ich vermischte die Politik mit der Chronik, mit der Reklame, die verschiedensten Dinge kamen dabei heraus: Ein Minister reiste in einer Zahncremetube, ein Flugzeug fiel in eine Pfanne, ein Krieg entbrannte wegen eines Kaffeeservices und tausend andere Vorkommnisse. Aus dieser einzigen Zeitung konnte ich eine Unmenge Variationen schaffen, indem ich Sätze ausschnitt, sie versetzte und die Worte verschob. Ich kam darauf, daß die Möglichkeiten unerschöpflich waren und daß ich nie einen vollständigen Verschleiß dieser Zeitung erreichen würde. Die Hoffnung keimte in meinem Inneren. Ich begann, die Dinge von einem ganz verschiedenen Gesichtspunkt aus zu sehen. Nun ist mein Inneres verwandelt, dank der Zeitung und einer großen Tanne vor meinem Häuschen.

Das mit der Tanne war die endgültige Probe aufs Exempel. Eines Tages kamen sie, um sie umzusägen. Ich dachte an diesen wunderbaren Baum, dessen Leben nun zu Ende war. Aber ich konnte mich selbst nicht mehr überzeugen: Ich war schon auf dem richtigen Weg, auf dem der Hoffnung, der der Zigarette und der Kerze den richtigen Platz einräumt und uns Menschen den unsrigen. Sie schlugen die Tanne um und sägten sie in Stücke. Sie machten Möbelstücke aus ihr. Ich sah, wo sie das Holz hinbeförderten, ich sah, wie sie es verarbeiteten.

Ich bestellte beim Besitzer des Betriebes einen Schrank aus dem frischen Tannenholz. Ich konnte ihn überzeugen, obwohl der Fabrikant mich überreden wollte, mir einen Schrank aus besserem, abgelagertem Holz anfertigen zu lassen. Kaum war der Schrank fertig, brachte ich ihn nach Hause und stellte ihn in meinen Garten. Vom ersten Tag an begann ich ihn zu begießen und zu düngen. Komm, ich zeige ihn dir.«

Ich ging mit ihm, und er zeigte mir seinen Garten. Mittendrin stand ein kleiner Schrank, aus dem dichtbelaubte Zweige sprossen. »Hier ist der Beweis«, sagte Luciano Sagoma, »daß das Leben sich erneuert, daß es weitergeht.«

Er riß ein Blatt ab und steckte es sich ins Knopfloch. Dann entfernte er sich singend, ein glücklicher Mensch.

Bitte beachten Sie
die folgenden Seiten

Ullstein

*Liebenswert
skurrile
Geschichten
der Erfolgs-
autorin aus
Süd-Georgia.*

BAILEY WHITE

Der Tanz der Pelikane

und andere Geschichten von meiner Mama
aus Georgia

Herzenswärme, Humor
und Phantasie stehen im
Mittelpunkt von Mama
Whites Lebensweisheiten.
In der großen Erzähltradi-
tion des amerikanischen
Südens, aber mit einer ihr
eigenen Leichtigkeit er-
zählt Bailey White vom
Alltag in den Südstaaten.
Alltag?

nymphenburger